KB183330

그린비,
나와 너를 마주하다

그린비, 나와 너를 마주하다

초판 1쇄 인쇄_2025년 2월 10일 | **초판 1쇄 발행**_2025년 2월 15일
지은이_그린비 | **엮은이**_성진희
펴낸이_진성옥 외 1인 | **펴낸곳**_꿈과희망
주소_서울시 용산구 한강대로 76길 11-12 5층 501호
전화_02)2681-2832 | **팩스**_02)943-0935 | **출판등록**_제 2016-000036호
e-mail_jinsungok@empas.com
ISBN_979-11-6186-163-0 43810
※ 책 값은 뒤표지에 있습니다.
※ 새론북스는 도서출판 꿈과희망의 계열사입니다.
©printed in Korea. | ※ 잘못된 책은 바꾸어 드립니다.

2025 대구광역시교육청 책쓰기 프로젝트

그린비, 나와 너를 마주하다

그린비 지음 | 성진희 엮음

꿈과희망

지도교사 성 진 희

드디어 '그린비(그리운 선비)' 책쓰기 동아리의 열네 번째 책, '그린비, 나와 너를 마주하다'의 탄생을 앞두고 있습니다. 14년 동안 열일곱 열여덟 '그린비' 남학생들은 다양한 주제로 글을 창작하는 활동을 했습니다.

지금 우리는 급속한 과학기술의 발전과 예측하기 어려운 국제사회의 변화, 사회경제적 변화, 심각한 기후 위기 등 이러한 불확실성과 위기의 시대를 살아가고 있습니다. 대한민국, 대구, 성광고등학교 그린비 동아리학생들은 이러한 미래의 불확실성에 도전하기 위해 오늘도 한 땀 한 땀 책쓰기 활동을 하며 고등학생으로서의 역할을 충실히 하고 있습니다.

올해 그린비는 급속하게 발전하고 있는 AI 시대에 인간다움에 관해 그려봤습니다. AI 시대에 나의 정체성을 바로 확립하는 작업을 해보았다고 말할 수 있습니다. '내가 누구인지?', '내가 가장 좋아하는 것은 무엇인지' 등, 나는 누구인지 그 근원을 파헤치는 작업을 해보았습니다. 그리고 1, 2학년 자율적 교육과정에서 공존과 평화(다문화)라는 주제로 활동한 것에 더 나아가, 그린비 학생들은 자신의 심화한 지식 확장을 위해 창의융합정신을 발휘하여 창작 활동한 것을 에세이, 소설로 풀어내었습니다. 그리하여 열네 번째의 책 '그린비, 나와 너를 마주하다'가 나오게 되었습니다.

1부는 '그린비, 나의 최애를 마주하다'입니다.

AI가 우리의 일상 곳곳에 스며들어 있는 가운데, 우리 모두에게 '인간다움'이란 의미는 점점 더 중요해지고 있는 것 같습니다. 그래서 그린비 남학생들은 '나'의 의미를 되새기고, 자신의 정체성을 찾으며, 자신들의 최애를 진솔하게 그려보았습니다.

영화, 문학, 꿈, 바다, 축구, 여행, 환경, 인공지능, 연주, 행복, 의사 등 우리 학생들의 최애는 참으로 다양했습니다. 자신이 좋아하는 것을 발견한다는 것은 내가 어떤 사람인지, 어떤 가치관을 가지고 있는지 잘 알게 해준다고 생각합니다. 자신의 최애를 고민하여 찾아보고, 그것을 소재로 글을 창작함으로써 그린비 학생들은 자신의 정체성과 스스로의 가능성을 발견하고, 자신을 새롭게 발견하여 더 넓은 시각을 갖게 되는 중요한 경험을 했을 것입니다.

제 마음을 뭉클하게 하였던, 최애를 찾기 위해 애쓴 학생의 진솔한 글을 소개하고자 합니다.

> 한편으로는 도전이었습니다. 특히 이 책에 실은 한 소설의 주제를 선정하기 위해 한 달 반을 고민하면서, 다른 책도 찾아 읽고, 자주 원고를 써 보면서 열심히 노력했습니다. 그런 만큼, 그 소설이 독자 여러분의 기억에 잘 남았으면 좋겠습니다.
>
> -학생 글 중(안승주)

2부는 '그린비, 나와 너, 우분투를 마주하다'입니다.

다문화와 공존, 상호 이해를 주제로 한 이야기입니다. '우리는 서로 다른 문화를 가진 사람들을 어떻게 존중할 것인가?'에 대한 글로, 열일곱, 열여덟의 남학생들은 서로의 다양성을 존중하는 이야기를 담아냈습니다. 여기서 '우분투'는 아프리카 반투족의 말입니다. '나는 우리가 있기에 존재한다'

라는 의미로, 공동체와 상호 연대를 중시하는 사상입니다. 우리 그린비 학생들은 다문화 사회 속에서 타인과의 관계, 공존, 상호 이해의 가치를 탐구하는 데 그치지 않고, 상상의 나래를 펼쳐 자신만의 색깔로 글을 창작함으로써 세상에 중요한 메시지를 전달하고자 했습니다.

우리 학생들의 글을 읽어보면, 다양한 문화 속에서 어떻게 서로를 이해하고 배려하며 함께 발전할 수 있는지 고민한 흔적이 묻어 있습니다. 글 속에서 다룬 경험과 감정은 서로 다른 문화와 가치관이 충돌하는 오늘날의 사회에서 타인과 조화롭게 살아가는 의미를 생각하게 합니다.

> 시간이 지나면서 나는 점차 다문화 가정에 대한 이해를 넓혀 나갔다. 중학교, 고등학교에 다니고 있는 지금까지 많은 다문화 관련 수업을 통해 다른 나라의 문화나 우리나라에 있는 다문화 가정 사람들의 삶에 대해 알아나갔다. 그런 경험들을 통해 나는 다문화 가정이라는 개념이 단순히 외국에서 온 사람들의 집합체가 아니라, 다양한 문화적 배경을 가진 사람들이 서로 다른 방식으로 세상을 보고, 느끼며 살아가는 현실임을 깨닫게 되었다. 그리고 그 '다름'은 결코 부정적인 것이 아니라, 오히려 새로운 시각과 기회를 제공해 주는 소중한 자원이라는 생각이 들었다.
>
> -학생 글 중(배동혁)

우리 그린비 학생들은 책쓰기를 통해, 자신과 다른 사람을 있는 그대로 존중하고, 타인의 다름을 포용하는 동시에, 자신을 둘러싼 관계를 깊이 있게 바라보며 더 넓은 세상을 이해하게 되었습니다.

3부는 '그린비, ChatGPT를 마주하다'입니다.

작년에 이어 그린비 학생들은 인공 지능 기술을 활용한 ChatGPT와의 대화를 통해 자신의 관심 분야와 고민에 대한 탐구를 해보았습니다. ChatGPT와 동행, ChatGPT로 수학 풀기, 딥페이크, 환경, 소설, 교사, 파일럿, 좋아하는 것에 대하여, 나의 소설을 ChatGPT에 묻다, ChatGPT

가 말하는 ChatGPT 소설 등 다양한 주제와 관련된 창의적인 질문을 통해 ChatGPT와 진지하게 대화하고, 그것에 대한 느낀 점을 솔직담백하게 적어보았습니다.

이 과정에서 우리 학생들은 문제 해결 능력을 키우고, 다양한 분야의 지식을 통합하는 능력을 기르며, 창의적이고 혁신적인 접근 방식을 깨달았을 것입니다. 또한 AI의 답변이 항상 완벽하거나 정확하지 않으므로, 학생들은 AI가 제시한 정보를 분석하고 비판적으로 평가하는 능력을 배울 수 있었다고 고백하고 있습니다.

이 중 자기 소설에 대해 ChatGPT에 물은 학생의 글을 소개하고자 합니다. 학생이 쓴 소설의 장점과 보완해야 할 점까지 제시하여 학생이 도움을 받은 글입니다.

> Q: ('바나나 우유'라는 소설을 보여주며) 소설 평가 좀?
>
> ChatGPT:
>
> 이미지를 통해 전달된 소설의 내용을 읽어보니, 다양한 캐릭터들과 그들 간의 관계, 그리고 한국에서의 경험에 대한 이야기가 흥미롭게 전개되고 있음을 느낄 수 있습니다. 이야기는 다문화 가정의 아이들이 겪는 어려움과 편견을 주제로 다루고 있으며, 서로의 문화를 이해하고 존중하는 과정이 담겨 있습니다.
>
> 전체적으로 의미 있는 주제를 담고 있고, 감정 표현이 뛰어나기 때문에 독자들이 이야기의 메시지에 공감할 수 있는 작품으로 보입니다.
>
> -학생 글 중(정예찬)

그리고 'ChatGPT의 소설도 작품으로 인정해야 할까?'에 대해 고민한 솔직담백한 글을 소개합니다.

> 나는 예술에서 창작을 개인의 경험과 감정에 의한 활동이라고 생각하고 그 경험과 감정을 통해 창작자가 의도하는 바에 예술의 본질이 담겨 있다

고 본다. 무엇보다 좋은 작품을 위해서는 창작자의 경험과 진심이 중요한데, ChatGPT는 오로지 데이터와 알고리즘으로 이야기를 만들기 때문에 이를 창작물로 보기는 어렵다고 생각한다.

하지만 우리는 ChatGPT를 충분히 활용할 수 있다. ChatGPT를 도구로서 사용하는 것이다. ChatGPT가 제공한 아이디어나 주제를 바탕으로 인간이 이야기를 만든다면 그것은 인간의 창작물로 간주할 수 있다고 생각한다. 창작 과정에서 ChatGPT에 약간의 도움을 받았을 뿐이고, 이야기 전반에는 인간의 경험과 감정이 개입되었을 것이기 때문이다.

–학생 글 중(정하윤)

한 편의 글을 쓴다는 것은 결코 쉬운 일이 아닙니다. 열일곱, 열여덟 그린비 남학생들은 끝없는 아이디어의 바다를 탐험하고, 때로는 도중에 난관에 부딪히기도 하며, 그 과정에서 스스로 많은 성장을 이루어 냈을 것입니다. 책을 쓰는 과정은 결코 쉽지 않았겠지만, 한 글자, 한 글자에 묻어 있는 노력과 열정은 미래를 열어갈 학생들에게 큰 힘이 될 것이라 생각합니다.

비록 아직은 부족한 면이 많지만, 자신의 이야기, 생각을 글로 담아 세상에 내놓는 용기가 그린비의 자부심으로 남아 있기를 소망해 봅니다.

마지막으로 책이 나오기까지 도와주신 동료 국어 교사(김대웅, 남양선, 백승자, 우성훈, 이대은, 이은희, 정반석, 정안수, 손지나)와 책의 추천 글을 써 주신 김경환 교장선생님, 채종업 목사님께 감사의 마음을 전합니다. 또한 학생들이 마음껏 책을 갈무리할 수 있도록 늦은 시간까지 컴퓨터실을 개방해 주신 이우일 선생님께도 감사의 마음을 전하고 싶습니다.

CONTENTS

2부 그린비, 나와 너, 우분투를 마주하다

2부 그린비, ChatGPT를 마주하다

1부

그린비, 나의 최애를 마주하다

왜 우리는 문학으로 돌아가는가

안승주

-왜 우리의 사회는 더욱더 거칠어져 가는가?

강제적인 정보화 사회에서 마치 파도에 휩쓸리듯 살아가다 보면 지나친 정보 더미 속에 파묻힌 자신을 발견하기 십상이다. 딱딱하고도 거친 사회는 우리에게 수많은 정보들을 압축하여 어떻게든 빠르게 이해시키기 위해 안달이 나 있다. 강압적인 요구에 휘말린 우리는 어쩌면 당연하게도 한 명의 '일방적 수용자'가 되어 간다.

우리는 일반적으로 수용이라는 단어를 부정적으로 바라보지는 않는다. 대체로 '일방적'이라는 단어에 꽂힐 확률이 높다. 이는 매우 바쁜 현대인들의 삶 속에서 대부분은 정보를 받아들이기만 하지, 따로 표현할 시간이 없다는 생각에서 한번 붙여 본 말이다. 마음속에 고이 묵혀 둔 많은 견해는 시간이 지나며 폭력적인 언어로 부패해 간다. 이 언어가 사람들의 마음의 병을 만들고, 공동체보다는 개인을 생각하고, 약자를 경시하는 잘못된 시선의 주체가 된다. 이런 안타까운 현실이 이 사회를 더욱더 사포질하는 요인이 아닐까.

많은 우리나라의 사람들은 점점 사람들이 이기적인 주체로 성장해 간다는 생각을 하곤 하는 것 같다. 당장 뉴스나 신문에서 접하는 소식도 자극적인 소재가 대다수이다. 따뜻한 마음으로 볼 수 있는 기사는 점점 줄어들고, 눈살을 찌푸리게 되는, 한국에서 일어날 것 같지 않던 사건들에 더욱더 노출됨으로써 이 사회의 각박함이 심하게 부각되는 것 같다. 어쩌다 나오는 '마음이 진정되는 기사'에는 '요즘 세상에서 이런 일도 있다'는 식의 안타까운 댓글이 달린다.

학생들의 하루는 둘로 나누어진다. 공부하는 시간과 휴식하는 시간이다. 공부하는 시간에는 교과서와 참고서의 정보를 쓸어 담고, 휴식하는 시간에는 다양한 매체를 이용하며 뇌의 기능을 저하시키거나 정지시킨다. 따라서, 학생들의 뇌는 잠시도 쉴 시간이 없다. 하루 종일 돌아가는 공장처럼 돌아가던 뇌는 언젠가 과부하가 와 그들을 괴롭히는 것 같다. 이 시대의 가장 어린 미래들이 겪는 현실 또한 우리에게 많은 생각을 준다.

-강요된 정보 습득이 도움이 되는가?

학교에 다니며 수행평가를 하다 보면 수많은 책을 접하게 된다. 각 과목에서 궁금한 내용을 찾고 관련된 책을 읽으며 새로운 보고서를 써 내려간다. 이중 십중팔구는 비문학 책인데, 몇몇 친구들은 너무 두꺼운 책을 선정하거나 전공서와 같은 어려운 책에 고통받기도 한다. 이 때문인지, 그들에게 독서하는 시간은 엄청난 고통이며, 과부하 된 뇌에 흘리는 고압 전류와 같다.

이 활동을 몇 개씩 반복하다 보면 이와 같은 생각이 절로 들기 마련이다.

"이걸 내가 나중에 기억하기나 할까?"

많은 어른들은 학교에서 하는 고난이도의 정보 작성 경험이 언젠가는 다시 기억이 나서 도움을 준다는 말을 자주 하신다. 하지만 너무나 방대한 양의 전문 정보를 받아들이는 조그만 학생의 입장에서는 당연하게도 의문이 들기 마련이다. 애초에 이것들이 뇌에 들어오는지도 잘 모르겠다는 생각도 든다. 어쩌면 문서화하기 전까지는 이른바 '정보 폭식'을 한 후, 문서화하는 과정에서 다시 토해내는 비건강한 위장을 소유한 건 아닐까?

또 수학이라는 과목이 학생들에게 받는 비판은 한 문장으로 압축된다.

'이 공식 실생활에서 쓸 거야?'

아이러니하게도 어른들에게 이를 여쭈어보면 딱히 안 쓴다는 대답이 많다. 이 대답은 어쩌면 필요하지도 않은 지식의 섭취를 정당화시키는 것이지만 사회적으로는 딱히 논란이 없다. 정보 습득을 위한 독서도 그렇다. 자신의 필요에 의한 독서가 중요한 것 아닌가? 가끔씩은 어릴 때 간간이 하던 즐거운 독서 활동이 그리워지는 것은 이 때문인지도 모르겠다.

수능 국어 문제의 3분의 1은 비문학 지문에서 출제된다. 그리고 한두 번

이상 모의고사를 쳐 본 경험이 있는 학생이라면 이 비문학 지문이 등급을 결정짓는 중요한 요소로 작용하는 것도 알 것이다. 이때 이 문제들을 풀기 위해 요구되는 것은 정보 이해의 순발력과 정확성이다. 우리가 이런 전문적인 정보를 처음 접하는 경우가 많기 때문에, 얼마나 빨리 정보를 이해하는지가 정답 도출의 관건이라고 할 수 있다. 하지만 이에도 다시 질문을 던지고 싶다. 왜 정보를 빠르고 정확하게 이해하는 것이 중요할까? 어쩌면 빠름을 고집하는 대한민국 사회에서만의 불합리한 기준은 아닐까. 느긋함을 지양하고 빠른 습득을 강요하는 편협한 사회적 분위기 때문일지도 모른다.

-우리는 왜 문학으로 돌아가는가

학교생활을 하며 얻은 편견 중 하나는 사람들이 책읽기를 싫어한다는 것이었다. 하지만 작년 말부터 어느 정도 생각이 전환된 것 같다.

물론 10대를 기준으로 설명한다면 어느 정도는 사실이다. 당시 문구 판매 사이트의 인기 순위에서 10대의 최애 상품은 아이돌 CD와 만화책, 문제집이 10위까지 늘어선 상황이었기 때문이다. 하지만 전체 연령으로 말하면 의견이 조금 달라진다. 1~3위는 인문학 또는 철학책이었고, 아래는 소설책이 많았다.

그렇지만 의문점이 생겼다. 어른들이 좋아하는 국내 소설책이라지만 수준도 높지 않았고 내용도 딱히 심오하지 않았다. 빠르고 전문적인 정보 습득을 지향하는 사람들의 최애라고는 솔직히 믿기 힘든 건 사실이었다. 내용도 대체로 단조로웠다. 마음이 따뜻해지는 이야기가 많았다. 어려운 지식의 향연이 펼쳐지기는커녕 빠르고 쉽게 읽기 편했다.

어쩌면 이러한 책들이 사람들의 뇌를 휴식시켜 주는 기능을 하는 것인지에 대해 생각해 보았다. 우리는 빠른 정보 습득을 지향하면서도, 한편으론 쉽게 읽을 수 있는 텍스트로의 회귀를 원하고 있는 것이 아닐까?

소설은 우리에게 잠깐 쉬어가는 시간을 제공하는 하나의 매개체일지도 모른다. 현대인들의 빠른 소통의 문화는 편리함을 던지는 수단이지만 그만큼의 피로와 부담감도 안겨주는 것 같다. 모든 장점 뒤에는 단점도 있듯이,

현대사회의 단점을 상쇄시키기 위한 수단으로 우리는 또다시 문학 작품을 찾게 된다.

가끔씩 시내에서 책을 구매하기 위해 대형 서점을 들를 때면 베스트셀러 코너를 한참을 서성거리며 책 표지를 실컷 구경하곤 한다. 점점 베스트셀러 항목이 소설로 채워지고 있고, 다수가 편안한 메시지를 전달하는 책이었다. 표지는 감성적인 느낌으로 변화하고 있는 양상을 띠는데, 이것이 이 시대를 살아가는 어른들의 안식처 중 하나가 소설이라는 것을 알게 해 주었다. 사람들은 감성적인 표지에 이끌려 책을 구매하고, 편안한 마음으로 다음 하루를 준비한다.

-사람들이 진리를 찾아가는 법

사람들이 활짝 웃으며 이야기를 하는 또 다른 코너도 있다. 바로 고전문학인데, 여기서 하는 담화를 엿들어 보면 마치 장난감을 잔뜩 가진 어린아이처럼, 다들 자신이 읽은 책들을 자랑하기 바쁘다. 시대적으로 인정받는 책들을 읽어낸 자기 자신에 대한 만족감은 단순한 자존심과는 다른 향기를 뿜어내는 것 같았다.

그렇지만 오래된 글자들을 들추는 과정은 누구에게나 피곤하다. 마치 자신이 10년 전 쓴 일기를 읽기 괜히 부끄러워지는 감정처럼, 예전의 글들은 우리에게 생각보다 부정적인 감정을 준다고 해도 과언이 아니다. 그러나 고전문학 역시도 '예전의 글'에 속한다. 따라서 오랜 시간을 버텨내고 읽혀온 그 사실 하나가 부정적 면모를 상쇄시키는 것일지도 모른다.

문학 작품은 시대적 상황을 대변한다고 해도 과언이 아니다. 단지 왕국이 소멸하고 전쟁이 발발해도 계속해서 읽혀오는 '일방적 무한성'을 지니는 것이 특징이다. 또한 한 문학에 의해 각 계층들의 인식이 변모하여 시대 자체를 뒤집어버리는 경우도 흔치 않다. 이처럼 문학은 물질적인 것보다 훨씬 강한, 정신적 힘을 내재하고 있다.

어떻게 문학이 생각을 변화시킬 수 있을까? 각 문학 작품에서 저자는 갈등이라는 수단으로 자신의 독창적인 생각을 아름답게 노래한다. 대개 오래된 고전문학에서 나오는 견해들은 현대에 와서도 인정받을 수 있을 만큼 혁신적이다. 그것이 고전이 지닌 진리가 아닐까.

전 세계의 사람들은 오래전 인기 작가들의 견해를 알기 위해 수많은 고전을 독해한다. 살아가는 데 있어서 필요한 진리를 얻기 위한 고귀한 과정 뒤따라오는 성취감은 이루 말할 수 없는 즐거움의 향연으로 돌아온다. 예를 들면 〈데미안〉처럼 어려운 책들을 자신만의 언어로 해석하며, 과거 연필을 쥐었던 저자와 대화하기 위해 독서라는 소통 창구에 접속하려 하기도 한다.

-우리는 결국 다시 문학으로 돌아간다.

개인적으로 정말 감명 깊게 읽은 책 중 하나인 〈어서 오세요, 휴남동 서점입니다〉의 저자인 황보름 작가께서 작가의 말에 기록하신 말 중 일부를 첨부하고 싶다.

> "그러니까 나는 내가 읽고 싶은 이야기를 쓰고 싶었다. 자기만의 속도와 방향을 찾아가는 사람들의 이야기를, 애써 마음을 다잡지 않으면 스스로 나를 포함해 나와 관계된 많은 것을 폄하하게 되는 세상에서 나의 작은 노력과 노동과 꾸준함을 옹호해 주는 이야기를, 더 잘해야 한다고 스스로를 다그치느라 일상의 즐거움을 잃어버린 나의 어깨를 따뜻이 안아주는 이야기를."
>
> (〈어서 오세요, 휴남동 서점입니다〉, 작가의 말 中)

현대인들의 사고방식은 빠름을 추구하지만, 그 빠름이 불러오는 편리함 뒤에는 수많은 부담감과 피로가 숨어 있다. 따라서 우리는 휴식처를 찾곤 한다. 물리적인 휴식처보다는, 따뜻한 정신적 휴식처로. 우리가 기대서 이야기할 수 있는 한 그루의 고목처럼, 문학은 항상 우리의 주변에 있다. 그리고 우리는 언젠가 힘들 때마다 다시 문학을 찾는다.

우리는 결국 다시 문학으로 돌아간다.

푸른 상처

김우현

해맑은 순수함을 노래하는 책에서 다음과 같은 구절을 읽은 적이 있습니다. '사랑은 서로를 보는 것이 아니라, 함께 같은 방향으로 보는 것이다.' 하지만 우리에게 그저 서로의 눈동자를 바라보는 것보다 더 큰 축복이 있을까요.

바다는 생명의 숨을 불어준 어머니, 우리가 제 발로 나온 정겨운 고향, 그럼에도 함께하는 지구의 코스모스입니다. 종종 긴 호를 그리며 날아가는 흰 제비갈매기를 보며, 시선으로 저 선거운 일직선을 훑으며 그 눈맞춤을 합니다. 저는 파르무레한 그 향기에 끌려 연필을 쥘 나이에 낚싯대를 잡게 되었습니다만 도시에서의 숨막히는 공기가 파도처럼 저를 떠민 것도 같습니다. 아직 잡은 고기들 중 1자를 넘는 것이 손에 꼽습니다. 같은 배에서도 큰 우럭을 잡으시는 선배들을 보면 자신의 미숙함을 느끼게 됩니다.

이런 저를 받아준 서암 마을은 부산에 위치한 작은 포구입니다. 주변에는 대변항이 있어 밥상에는 말린 멸치가 올라오는데, 갓 잡은 신선함이 오독오독 씹어집니다. 밤이면 바다가 그리는 풍경화를 감상하곤 합니다. 군청색 캔버스에 별이 흩뿌려지고, 젖병 등대가 특유의 수줍은 밝기로 이색적인 분위기를 자아냅니다. 하얀 물결도 단조로운 풍경화를 바림하네요. 이런 아름다운 곳에도 한 가지 아쉬운 점이 있다면 이방인이라는 저의 신분입니다. 영화에서 본 대사 '지삐 몰라.'와 달리 '욕 보이소.', '널쭈겠다.'와 같은 부산 사투리는 타국어와 같이 낯설게 들립니다. 왠지 모를 외로움이 길 잃은 배처럼 마음에 떠다닙니다.

이른 아침 저는 여느 때와 같이 파도를 감상하며 승선하였습니다. 부드러운 샛바람이 마치 할 말이 있다는 듯 제 손을 툭툭 건드립니다. 밤중에 바짝 말라버린 고요가 파도 소리에 푹 젖었습니다. 어제는 처음으로 4짜가 넘는 대어를 잡았습니다. 갑판에 올라와서도 펄떡거리는 그것의 모습이 가슴을 무겁게 합니다. 그 절망적인 생명력을 느끼고선 바다가 짓는 표정을 눈에 담고 싶어졌습니다.

“어머니 당신은 두려운 것입니까? 아니면 하루하루 당신의 자식들을 앗아가는 저희들이 미운 것입니까?”

낚싯대를 던지며 혼잣말을 중얼거립니다.

얼마 전 뉴스에서 흰수염 고래만한 화물선이 몸뚱아리를 가누지 못하고 넘어지는 장면을 보았습니다. 미친 듯이 튀는 물방울들이, 바다의 그 푸른 피가 자꾸만 아른거립니다. 바다를 보기 위해 시작한 일은 가슴에 족쇄를 묶고, 무심코 튼 텔레비전은 그 방대한 해수로도 씻겨낼 수 없는 죄를 환기하네요. 그래도 일을 할 때면 잡생각과 걱정이 없어져 시간이 빨리 흘러갑니다.

낚시 준비를 하고 우럭 대여섯 마리 정도를 잡으니 어느새 점심을 먹을 때가 되었습니다. 생선을 낚는 일은 꽤 많은 에너지를 필요로 하기 때문에 식사는 든든히 챙겨야 합니다만 이렇다할 조리 도구가 없어 아쉬울 따름입니다. 갓 잡은 생선을 회로 뜨고, 식사를 위해 낚은 문어로 해물 라면을 끓입니다. 점심은 물고기들도 허기를 채우기 위해 활발히 움직일 때라 얼른 식사를 마치고 일을 합니다.

제 옆자리에는 유일하게 사투리를 쓰지 않는 중년 남성분이 계시는데, 회사를 퇴직하고 자연을 누리기 위해 오셨다고 합니다. 낚시를 준비하는데 갑자기 말씀을 꺼냅니다.

“학생은 무엇 때문에 이 망망대해에 왔는가?”

“세상이 오직 두 개의 푸른 도화지로 나뉘는 모습을 보고 싶었습니다.”
라고 답하니 희미하게 웃으시며 말씀하셨습니다.

“그럼 자네는 검은 물감이 그 도화지에 묻는 것을 어떻게 생각하는가?”

저는 곰곰이 생각하다가 어두운 물감이 인간들이 현재 일으키는 패륜을 의미한다는 것을 깨닫고 대답했습니다.

“저는 바다가 아름다운 까닭이 한없이 푸른 순수함이라고 생각합니다.

검정색은 그 위에 어떤 색도 덧칠할 수 없고, 주위의 색들마저 어둡게 변질됩니다."

"자네는 바다의 한 면만을 사랑하는 것 같네. 하지만 태초의 바다는 저 고기가 토해내는 붉은 피의 색을 가지고 있었다는 것을 알고 있는가?"

"하지만 그것은 생명의 바다가 아니지 않습니까? 핏빛 바다는 마그마, 죽음의 바다입니다."

라고 답하였습니다. 그분은 알 수 없는 표정을 지으시곤 말씀하셨습니다.

"내가 생각하는 바다는 그저 대자연이 끊임없는 생명력으로 그려내는 캔버스라네."

몇 마디를 더 나누려던 찰나에 입질이 잡혔고, 막 타오르기 시작한 대화의 불꽃도 픽 꺼져 버렸습니다. 침묵을 어쩔 줄 몰라 하는 어색은 저를 재촉합니다. 하는 수 없이 시계를 보니 마무리를 할 때가 되었습니다.

간단한 저녁을 먹고 저를 초대한 밤바람을 만나기 위해 갑판에 오릅니다. 파도는 항상 밤낮 상관없이 쳐대지만 밤의 바다가 고요하게 느껴지는 까닭은 무엇일까요? 수면 위에는 별들의 끝나지 않는 경주가 비춰집니다. 칠흑 같은 밤바다가 아름답다는 것은 폭풍처럼 저의 머리 속을 휘젓습니다. 어두운 배경 속에도 존재감을 잃지 않는 별들은 주위를 삼켜 버리는 검정이 싫다고 한 저에게 말하고 있는 것 같습니다.

검은 배경은 그들만이 빛날 수 있게 도와주는 존재라고. 어쩌면 그 어르신의 말씀처럼 바다는 자연이 그려내는 캔버스일지도 모르겠습니다. 평소에는 아무 생각 없이 있어 왔지만 오늘따라 유난히 떠오르는 것이 많은 밤입니다. 내일은 일찍 일어나 고기를 잡아야 합니다. 먼저 눈을 붙이겠습니다.

저를 깨운 것은 짜증나는 알람도, 목소리 큰 어린 선원도 아니었습니다. 배는 일어나기도 힘들 만큼 흔들리고 있었고, 지금 일어나지 않으면 위험하다는 본능이 저를 일으킨 것입니다. 가까스레 창문에 다가가 밖을 보니 큰 파도가 일렁이고 있었습니다. 일기예보는 분명 가는 빗줄기가 내린다고 알렸지만 현대 과학으로도 관측할 수 없을 만큼 빠르게 형성된 폭풍이 상륙했던 것 같습니다.

가까스로 창문에 다가가 밖을 보니 큰 파도가 일렁이고 있었습니다.

"일어났는가?"

어느새 옆에는 어제 대화를 나누었던 어르신이 계셨고, 요동치는 바다에 시선을 고정하고 계셨습니다.

"네, 드디어 바다가 자신의 이야기를 하려 하는 것 같습니다. 이전까지 자신의 이야기를 들어주지 않았으니깐요."

"자세히 보게. 흔들리는 격동은 우리만을 향하지 않네. 바다와 살다 보면 자주 있는 일이네."

그럴지도 모르겠습니다. 저는 초짜 어부니까요. 이런 상황이 무섭기만 합니다.

"그렇다면 어떡해야 합니까?"

"그저 기다리세. 시간만이 해결해 줄 거야."

시간은 바닷물처럼 정해진 길로 끝없이 흘러가는 걸까요? 아니면 우리의 것은 파도처럼 철썩, 철썩 치고 사라져 버리는 걸까요? 흔들리는 갑판 위에서 갖가지 색들이 번지는 나의 도화지를 봅니다. 많은 색들이 섞이면 검정색이 된다는데, 우리의 바다는 여전히 푸르네요. 언제부터 내리기 시작한지 모르는 빗방울들은 어깨를 적시고, 가슴속에 스며듭니다. 이상하게도, 제 마음속 바다는 고요해집니다. 해가 뜨려면 아직 시간이 있어야 합니다. 자연의 급습에 대비하지 못한 인간은 이제야 이 날씨를 전합니다. 기다리는 것밖에 할 수 없는 저는 다시 잠들어 버렸습니다. 흔들리는 배는 어린 시절 저를 재우던 요람이 되었고, 일정한 간격으로 귀를 자극하는 빗소리는 자장가가 되었습니다. 수면 위로 마구 떠오르던 걱정들은 잠기고, 조금씩 커지던 피곤이 잠식했습니다.

제가 깨어났을 땐 두 시간 정도가 지나 있었습니다. 바다는 저 몰래 하늘과 약속하여 원래의 모습으로 돌아왔습니다. 배는 자기의 균형을 되찾았고, 물고기들도 올라오기 시작합니다.

"바다는 그저 인간이 헤아릴 수 없는 수많은 자연현상의 일부이고, 그것을 담아내는 도화지이지, 죽어버린 시간 속에 멈춰 있는 사진이 아닐세."

"네, 그런 것 같습니다. 바다는 그저 바다일 뿐이겠지요."

제가 생각했던 바다는 서만의 바다였지만, 각지의 마음속에는 자신의 바다가 있겠지요. 이제, 육지에 도달했습니다. 저기 젖병 등대가 보입니다. 서암 마을은 부산에 위치한 작은 포구입니다, 그리고 그곳에는 저의 '바다'가 있습니다. 셀 수 없이 많은 상처가 있겠지만 그 상처마저도 푸르기에 저는 이곳을 떠날 수 없을 것 같습니다.

바나돌이

정예찬

＊＊이 소설을 읽기 전 알아두면 좋은 숫자 단위＊＊
게리온: 년
게리안: 달
게리얼: 일

1화. 화성인 조난자

지구에 떨어진 지 4년째…….

아무도 구해 주지 않는다.

“아니, 화성정부는 뭐하길래 아직도 나를 안 구해 주는 거야…? 미치겠네.”

‘쾅!’

“어…?”

“찾았다….”

“뭐를 찾아?”

“우주를 바꿀 능력자.”

“…뭐?”

“네 머리 위에 달려 있는 거.”

“아, 이거.”

내 머리 위에 달려 있는 것의 정체는 나도 잘 모른다. 하지만 이건 화성에 있을 때도 나만 가지고 있던 것이긴 하다만… 저게 뭔 소리야…?

“이게 앞으로 우주를 바꿀 거야.”

아니, 진짜 무슨 소리인지 모르겠다.

"아까부터 무슨 소리를 하는 거야…."
"앞으로 우린 전쟁을 할 거야. 그리고 그 전쟁에 필요한 힘이 너고."
"싫은데?"
"어?"
"아니, 이건 예상 못 했는데."
"왜?"
"내가 그걸 왜 해. 잘못하면 뒤지는데."
"아니…. 아, 너 조난자구나. 그럼, 네가 할 수 있는 게 뭐가 있지? 보니깐 여기 온 지 오래됐네. 내가 지금 가버리면 넌 또 얼마나 여기서 있어야 할까? 보아하니 화성인인 것 같은데, 화성정부도 이미 널 버린 거 같은데?"
"어…. 아니…. 그러면…. 알겠어… 할게. 하지만 내 중심으로 해야 한다?"
"뭐… 그래."
"기술은 내가 담당해서 할 수 있지만, 이 인원으론 부족해. 지구에서 데려가야 해."
"누구를?"
"그건 이제 찾아야지!"
"뭐?"
"… 사실 한 명 있긴 한데. 문제가 좀 많아서."
"그 친구라도 데리고 가자!"
"음, 그래…. 뭐… 그래도 그 친구도 필요하긴 하니깐."
도대체 누구길래 저러는 걸까. 그리고 진짜 뭐 하는 건진 아직도 모르겠다.

2화. 지구인 영입

지구인은 지배층이랑 피지배층으로 나뉜다고 한다. 지구에선 지배층을 '사람'이라 부르고, 나머지 피지배층을 '동물'이라고 한다. 우리가 찾는 건 피지배층인 동물이지만, 사람보다는 낫다고 해서 데려 가려는 듯하는데…

"아니, 여기 왜 이렇게 더워?"
"조용히 따라오기나 해. 여긴 원래 더워… 저기다!"
"웬 동굴?"
"네가 정사자냐?"
"그런데요. 누구세요?"
"맞네, 잡아."
"뭐?"
"잡으라고."
'우당탕 쿵쾅!'
"읍읍읍!"
"생각해 보니깐 네 이름이 뭐냐?"
"… 바나돌이."
"난 양양."
"읍읍읍!"
이게 진짜 뭔 짓거리냐고….

3화. 배 만들기

우주로 나아가려면 배를 만들어야 한다고 한다. 그리고 배를 타고 나아가서 이곳 은하 구역인 시컨 구역을 장악해야 한다는데….
이게 무슨 헛소리인가 싶다. 여기서 어떻게 만드냐고….
"진짜 만들 수 있는 거야?"
"어, 만들 수 있어."
"얼마나 걸리는데…."
"한 2게리온(약 10년)?"
"어?"
"아, 몰라 기다리면서 재나 잘 잡아둬."
.
.

.

.

2게리온 후.

"완성."

"드디어…."

"바나돌이님, 이제 가는 거예요?"

2게리온(약 10년)이라는 기간 동안 나는 정사자라는 놈을 길들였고 차라리 사람이 나을 거라는 생각이 들었다.

"출발한다. 빨리 와."

우리는 배를 물속에 지었고, 이제 출발한다고 한다.

"어라, 이게 아닌데."

…진짜 가능할지 모르겠다….

그리고 이때는 몰랐다. 앞으로 우리에게 어떤 일이 벌어질지.

또 우리가 우주로 가는 것이 이곳 우주국에 어떤 영향을 줄지.

그때는 몰랐다…. 그때는.

4화. 포기한 태양의 후예

여차저차해서 우리는 우주로 왔다. 이제 돌아다니면서 우리랑 비슷한 유형의 무리들을 이겨서 시컨구역을 정리해야 한다나 뭐라나….

"좋았어. 잘돼 간다!"

"오?"

'쾅!'

그럴 리가 없지….

"야."

"저건 재가 부딪친 거잖아."

'위잉… 끼익'

"어라? 문이 열리네."

"ㅈ…좀 저… 좀 살려주세요."

"어라?"
"열어줘야 하나…?"
"열어주자 일단. 그리고 잡아서…."
우리와 부딪쳤던 건 웬 비상용 우주선이었고, 거기 안엔 태양국 생물인 '오르'라고 하는 녀석이 있었다.
"감사합니다."
"너 우리랑 같이 다닐래?"
"양양아? 뭐라고?"
"쟤도 필요할 거 같은데."
양양이를 이제 못 믿을 거 같다…
"네, 저도 같이 다닐래요."
"그래."
"아니, 이걸 멋대로 읍읍…!"
미친 놈들아 내가 여기 레시(우두머리)라고….
그렇게 우리는 4인방을 결성했고 조직 이름은 '나가치'라고 하기로 했다.

5화. 1위까지 달리자!

현재 시컨 구역의 1위는 썬리즈라고 한다. 하지만 여기서 1위를 먹고 가도 다른 구역인 피스트, 써드가 있다고 한다. 이 구역이 모이면 케지은하(지구언어로 우리은하. 이하생략.)가 된다고 한다.
즉 우리는 이곳 은하에 있는 수천 개의 조직을 모조리 이기고 가야 은하 하나를 정복한 셈이다.
"자, 저기 앞에 있다. 쏴!"
'쾅!'
우리는 지금 여기 있는 수천 개의 조직들과 싸우고 있다. 이유는 모르겠지만 계속 이기고 있어서 시컨 구역 10위까지 올라왔다고 한다. 그리고 벌써 2게리안(약 4달)이라는 시간이 흘렀다.
"양양아, 이제 어떻게 해야 하지?"

양양이는 어느 순간 참모 역할을 이행하고 있었고, 나머지 오르와 정사자는 양양이가 개발한 복제 기계를 통해 병력을 생산하고 있었다.

"이제 우리는 9위를 잡지 않고 바로 1위를 잡을 거야."

"…뭐?"

듣자 하니 썬리즈는 알 수 없지만 지금 힘이 많이 없는 상태라고 한다. 이것도 해킹을 통해 알아낸 우리만 아는 정보라고 한다.

"그러면 우리는 저 약해진 썬리즈를 치면 되는 건가?"

"그렇게 간단한 게 아니야."

"뭐?"

"썬리즈가 약해졌다 한들 여전히 씨컨의 1위야. 그리고 씨컨의 1위를 잡는다고 해도 남은 피스트와 써드의 1위들을 다 잡아야 케지은하를 통합하는 거야. 그리고 그런 은하가 수천 개가 또 있지…. 그래서 우리는 진짜 제대로 준비해야 해."

그렇게 우리는 만반의 준비를 했고 진짜 시컨 1위는 잡을 수 있다는 생각이 들 정도로 준비했던 거 같다. 그렇게 1게리온(약 5년)이 흘렀다. 오르&정사자 클론도 제대로 무장됐고 배도 더 발전됐다.

이제 씨컨 1위를 잡으러 우리는 태양국으로 간다.

(다음 화에 계속…)

파도 속의 꿈

김도경

제1장: 절정의 순간

정우는 세계 수영 대회에서 금메달을 목표로 매일 같이 훈련에 몰두하고 있다. 그는 일출 전부터 훈련을 시작하며, 근육을 풀고 스트레칭을 한 후 수영장으로 향한다. 수영장에 도착하면 코치와 팀원들이 모여 열심히 준비 운동을 하며, 정우는 자신의 훈련 계획을 되새기며 각오를 다진다.

"정우, 오늘은 200미터 자유형에 집중해 보자. 기록을 경신할 수 있는 날이야."

코치가 카운터를 조정하며 말했다.

"네, 코치님. 제 상태가 좋으니 기록을 깰 준비가 됐습니다."

정우는 자신감 넘치는 목소리로 대답했다.

"좋아! 세계 대회가 코앞이다. 오늘 한 걸음 더 다가가 보자, 파이팅!"

코치도 파이팅 넘치는 목소리로 정우에게 자신감을 심어준다.

훈련은 시작되고, 정우는 강렬한 속도로 수영을 시작한다. 물속에서의 그의 움직임은 마치 물고기처럼 유연하고 빠르다.

"뭐야, 저 녀석 훨씬 빨라졌잖아? 이 정도면 세계 대회에서 메달도 충분히 노려볼 만하겠는걸?"

코치는 내심 기대를 하며 정우를 응원한다.

그러나 어느 순간, 무릎에 찌릿한 통증을 느끼며 그는 수영을 중단한다. 코치와 팀원들이 그의 상태를 확인하려 달려온다.

"정우, 무슨 일이야?"

코치가 걱정스러운 얼굴로 물었다.

"무릎이 아파요. 계속 움직이기 힘들 것 같아요."

정우는 통증에 얼굴을 찡그리며 말했다.

정우는 병원으로 급히 이송되었고, MRI 촬영과 정밀 검사 후 의사는 심각한 무릎 인대 손상을 진단한다. 의사는 정우에게 수술이 필요하며, 그로 인해 수 개월간 훈련과 대회 출전이 어려울 것이라고 설명했다.

"정우 씨, 인대가 많이 손상되었습니다. 수술이 필요합니다. 재활도 긴 시간이 걸릴 거예요. 수술 후에는 매우 조심해야 합니다."

의사는 무거운 목소리로 말했다.

제2장: 시련의 시작

수술 후, 정우는 재활 병원에 입원하게 된다. 병원에 도착한 첫날, 그는 병실의 차가운 공기와 어두운 분위기에 압도당한다. 병실의 벽은 하얗고, 바닥은 차가운 타일로 되어 있어 정우는 자신의 몸이 여기에 적응할 수 있을지 의문을 품는다. 재활 병원의 직원들은 정우에게 친절하게 인사를 건네지만, 그들의 표정에는 동정과 걱정이 섞여 있다.

정우는 입원 초기, 매일 아침 7시에 일어나야 한다. 새벽의 병원은 고요하고, 정우의 방에서는 다른 환자들의 잠든 모습과 간호사들의 소리 없는 발걸음이 들려온다. 그는 하루의 일과가 고통스러우리라는 것을 예감하며 일어난다.

"정우 씨, 오늘은 무릎 운동을 시작할 거예요. 기초부터 다시 해야 합니다."

유진 간호사가 정중하게 설명했다.

정우는 자신이 어떤 어려움을 겪게 될지 상상하며, 다리가 아파서 제대로 걷기 힘든 상태로 치료실로 향한다. 치료실은 밝고 깨끗하지만, 무언가 냉랭한 느낌이 든다. 유진은 치료 기구와 운동기구들을 설명하면서, 정우의 상태를 확인하고 적절한 운동 계획을 제시한다.

"여기서는 기구를 사용해 무릎에 부담을 주지 않도록 하며, 점진적으로 회복할 수 있도록 돕겠습니다. 처음에는 적은 강도로 시작할 거예요."

유진은 설명을 덧붙였다.

정우는 기구에 앉아 무릎 운동을 시작한다. 처음에는 매우 간단한 동작이지만, 시간이 지날수록 그의 무릎에 불편함과 고통이 더해진다. 정우는 자신의 몸이 이렇게까지 무기력하다는 것을 처음 경험하면서, 괴로워한다.

"아파요. 정말 아파요."

정우는 고통을 참지 못하고 소리쳤다.

유진은 그의 통증을 이해하며 다가왔다.

"처음에는 다들 힘들어해요. 하지만 조금씩 나아질 거예요. 인내심을 가지고 조금씩 나아지길 바라요."

정우는 매일같이 같은 패턴의 훈련과 치료를 반복한다. 재활 치료는 단순히 신체적 고통뿐만 아니라 정신적 고통도 동반한다. 매일 같은 치료실에서 같은 운동을 반복하면서 정우는 자신이 점점 지쳐가고 있다는 것을 느낀다. 그는 수술 후 회복 속도가 느려지고 있다는 생각에 좌절감을 느끼기도 한다.

한편, 정우는 병원에서 제공하는 심리 상담 프로그램에도 참여하기로 한다. 상담사는 정우에게 감정과 스트레스를 관리하는 방법을 가르쳐 준다.

"정우 씨, 당신이 겪고 있는 고통과 좌절감은 매우 자연스러운 감정입니다. 이 감정을 이해하고, 긍정적인 방식으로 대처해 나가는 것이 중요해요. 당신의 경험을 통해 성장할 수 있습니다."

상담사는 조심스럽게 말했다.

정우는 상담사의 말에 힘을 얻으려 하지만, 여전히 자신이 무기력하다는 느낌을 떨칠 수 없다. 그가 대화하는 동안에도 자신의 몸은 꾸준히 고통을 겪고 있다. 그는 하루하루를 힘겹게 보내며, 자신의 목표와 희망을 다시 한번 되새기려 노력한다.

제3장: 새로운 만남

재활 병원에서의 시간이 흐르면서, 정우는 새로운 인물들과 만나게 된다. 유진 간호사는 정우에게 항상 도움을 주며, 그를 위해 다양한 치료 방법과 격려의 말을 아끼지 않는다. 유진은 자신이 선수 시절 겪었던 부상과 재활 과정을 정우에게 이야기하며, 정우가 긍정적인 마인드를 유지할 수 있도록 돕는다.

"정우 씨, 제가 선수 시절 다리 부상을 당했을 때, 처음에는 모든 게 끝난 줄 알았어요. 하지만 그 경험 덕분에 더 강해졌죠. 당신도 지금 이 시기를 극복하고, 새로운 시작을 할 수 있을 거예요."

유진은 자신의 이야기를 들려주며 정우에게 힘을 주었다.

정우는 유진의 이야기를 들으며 큰 위안을 얻었지만, 여전히 자신이 겪고 있는 고통과 불안감을 완전히 떨쳐낼 수는 없었다. 그러나 유진의 조언 덕분에 그는 자신에게 긍정적인 시각을 가지려 노력했다.

그 무렵, 정우는 병원에서 치료받는 또 다른 환자, 강민을 만난다. 강민은 장애인 수영 선수로, 자신의 신체적 한계를 극복하며 수영을 통해 인생의 의미를 찾았다. 강민은 정우와 같은 병실에 입원해 있으며, 정우의 치료를 보며 자신의 경험을 나누기로 한다.

"정우 씨, 저는 사고로 신체장애를 입었지만, 그 덕분에 새로운 길을 찾게 되었어요. 수영이 제 인생을 다시 정의해 줬죠. 당신도 지금 이 어려움을 극복하면서 새로운 목표를 발견할 수 있을 거예요."

강민은 정우에게 힘을 주며 자신의 이야기를 들려주었다.

정우는 강민의 이야기를 들으며 감명을 받았다. 강민은 자신의 경험을 솔직하게 나누며, 정우에게 용기를 주려 한다. 정우는 강민의 긍정적인 태도와 열정에 감동하며, 자신이 겪고 있는 어려움이 결코 끝이 아니라는 것을 깨닫기 시작한다.

"강민 씨, 어떻게 그렇게 긍정적인 마인드를 유지하실 수 있었나요?"

정우는 궁금해하며 물었다.

강민은 미소를 지으며 대답했다.

"제 삶에서 가장 중요한 것은 저 자신을 이해하고, 내가 무엇을 원하는지를 찾는 것이었어요. 어려움 속에서도 새로운 기회를 찾으려고 노력했죠. 당신도 자신의 길을 찾을 수 있을 거예요."

정우는 강민의 조언을 깊이 새기며, 자신이 진정으로 원하는 것이 무엇인지 고민하기 시작한다. 그는 자신이 수영을 통해 얻을 수 있는 새로운 목표와 가치에 대해 생각하며, 인생의 방향을 새롭게 설정하려 한다.

제4장: 내면의 변화

정우는 유진과 강민의 조언을 통해 자기 내면을 돌아보게 된다. 그는 수영이 단순히 경쟁의 수단이 아니라, 자신이 진정으로 원하는 것을 찾는 방법으로 이해하게 된다. 정우는 자신이 올림픽 금메달을 목표로 했던 이유와 그 목표가 진정으로 의미하는 바를 고민하기 시작한다.

"유진 씨, 이제 수영이 단순히 기록을 경신하는 것이 아니라, 제 인생의 방향을 찾는 과정이 된 것 같아요. 제가 지금까지 몰두했던 것이 과연 무엇인지, 그리고 내가 정말로 원하는 것이 무엇인지 고민하게 되었습니다."

정우는 제 생각을 유진에게 털어놓았다.

유진은 정우의 고민을 경청하며 답했다.

"정우 씨, 당신이 겪고 있는 내면의 변화는 매우 중요해요. 스스로를 이해하고, 자신의 목표를 재설정하는 것은 인생의 큰 전환점이 될 수 있습니다. 이 과정에서 자신에게 솔직해지고, 자신이 진정으로 원하는 것을 찾는 것이 중요합니다."

정우는 유진의 조언을 깊이 새기며, 자신이 수영을 통해 얻을 수 있는 새로운 목표를 설정하기 시작한다. 그는 단순히 금메달을 목표로 하기보다는, 수영을 통해 자신과 다른 사람들에게 긍정적인 영향을 미치고자 하는 결심을 하게 된다.

정우는 자신의 경험을 바탕으로 후배들에게 멘토가 되고, 재활 병원에서 만난 친구들과 함께 수영 캠프를 열기로 결심한다. 그는 자신이 수영을 통해 배운 교훈을 다른 사람들과 나누기로 마음먹었다.

제5장: 재활의 끝과 새로운 시작

정우는 재활을 마치고 다시 수영을 시작할 수 있는 기회를 얻게 된다. 그러나 그는 이제 단순히 경쟁에서의 승리를 목표로 하지 않고, 수영을 통해 자신의 경험을 다른 사람들과 나누는 새로운 목표를 세운다.

정우는 재활 병원에서 만난 친구들과 함께 지역 사회에서 수영 캠프를 열기로 했다. 그는 이 캠프를 통해 자신이 배운 교훈을 나누고, 수영을 통해 많은 사람들에게 긍정적인 영향을 미치고자 한다.

"우리 함께 수영 캠프를 열어보는 건 어떨까요? 우리가 배운 것, 그리고 우리가 겪은 어려움을 다른 사람들과 나누는 것은 큰 의미가 있을 거예요."

정우는 자신의 아이디어를 친구들에게 설명했다.

강민은 정우의 결정을 지지하며 말했다.

"정말 좋은 생각이에요. 우리가 함께 수영 캠프를 열면, 많은 사람들이 수영의 매력을 느끼고, 긍정적인 변화를 경험할 수 있을 거예요."

강민과 유진은 정우의 제안을 지지하며, 함께 수영 캠프를 준비하기로 한다.

수영 캠프가 준비되면서, 정우는 캠프의 일정과 프로그램을 계획하며 바쁘게 지낸다. 그는 참가자들에게 수영 기술뿐만 아니라, 자신이 겪었던 경험과 교훈을 나누고자 한다. 캠프가 열리자, 지역 사회의 많은 사람들이 참여하였고, 정우는 그들에게 자신의 이야기를 들려주며 수영의 중요성과 긍정적인 삶의 태도를 전달한다.

"수영은 단순한 스포츠가 아니라, 우리 삶에 긍정적인 변화를 가져올 수 있는 강력한 도구입니다. 여러분이 수영을 통해 자신을 발견하고, 새로운 목표를 설정하길 바랍니다."

정우는 캠프에서 참가자들에게 자신의 메시지를 전했다. 캠프가 성공적으로 끝나고, 많은 참가자들이 정우의 이야기와 수영을 통해 얻은 교훈에 감명받았다. 정우는 자신의 경험을 통해 많은 사람들에게 긍정적인 영향을 미쳤다는 것을 실감하며, 새로운 목표와 비전을 가지고 인생을 계속해 나가기로 결심한다.

정우는 자신의 경험을 통해 배운 것을 바탕으로 더 많은 사람들에게 도움을 주고, 자신이 수영을 통해 얻은 가치를 계속해서 나누고자 한다. 그는 자신의 꿈을 다시 한번 다지며, 새로운 도전을 준비하게 된다.

제2의 손흥민

김시원

방과후, 나-고등학교 1학년 2반 손승원은 매일 친구들과 축구를 한다.

"헤이, 패스"

"슛 ~ 골!!"

이 친구들이 착굴하는 것을 맨 뒤에서 볼 수밖에 없었다. 왜냐하면 나는 축구를 못 하니까!! 나는 지금까지 초등학교에서 막 축구한 것 빼고 다 골키퍼를 해야만 했다.

다음날 한결같이 축구를 하고 있는데, 2학년 형들이 축구 경기를 붙자고 했다. 나는

"난 빠질게."

라며 내가 낄 자리는 아닌 것 같아 빠지려고 했지만, 친구는 한 명이 부족하다며 골키퍼는 잘하는 애가 하고 나는 윙을 뛰라고 했다. 나는 개똥을 싸고 우리 학년은 그냥 발리고 경기는 끝이 났다. 집에 오면서 나는 나 때문에 진 것 같아 축구화를 강에 던졌다. 다시는 안 하겠다고 마음을 먹고 학업에 집중하기로 한다. 체육 시간마다 농구하였고, 키가 160cm이었던 나는 175cm로 자라면서 덩치도 커졌다. 1학년 2학기 들어가기 2주 전 방학 때, 프리미어리그를 보고 있는데, 한국 선수가 뛰고 있었다. 그 팀은 토트넘이었고, 그 한국 선수는 손흥민이다. 보고 있던 중,

"와!!~~~ 엄청난 골입니다~~~"

그 골은 푸스카스 상을 받은 골이었고, 나는 그걸 아빠와 생중계로 보고 있었다. 아빠는 토트넘 팬이었고, 나는 그날 손흥민 팬이 되었다. 나는 다시 축구를 하고 싶었고, 운동장에 공을 들고 나갔지만, 축구화가 없었다. 나는 정신을 차리고 다시 학업에 집중하자는 마음을 가지려던 찰나

“축구화 5만 원~~~ 축구화 5만 원~~~”

어느 할아버지가 축구화 한 켤레를 팔고 있었던 것이다. 나는 무시하고 가려 했지만 나도 모르게 할아버지 쪽으로 가고 있었다. 결국 나는 할아버지 앞에 서서 5만 원을 주고 사버렸다. 그러곤 할아버지는

“음… 좋다!”

라는 말을 하며 가버렸고 나는 이참에 한번 공을 차보자고 생각하였고, 바로 운동장에 다시 갔다. 바로 공을 놔두고 축구화를 신고 공을 찼는데, 거의 베컴 같은 궤적이었다.

“와, 이게 무슨 일이지?”

나는 놀라 주저앉았다. 드리블을 한번 해보았는데 마치 메시처럼 공이 내 발에 딱 붙어 떨어지지 않았다. 나는 너무 기쁘고 희망을 보아서 엄마 아빠한테 축구 방과후를 신청하겠다고 하고, 2학기 때 바로 축구 방과후를 신청했다. 방과후 첫날 친구들이 나보고

“갑자기 축구를 하네?”

라고 물었다. 나는 그냥 어물쩍하게 넘겼고 경기를 시작하였다. 경기가 시작되고 나는 오른쪽 윙으로 뛰었다. 처음에는 긴장해서 패스만 돌리고 수비에 치중했다. 하지만 한참 지나지 않아, 공이 내 발 앞에 떨어졌다. 순간적으로 나는 드리블을 시작했다. 마치 몸이 기억하듯 자연스럽게 상대 수비를 제치고 앞으로 나아갔다. 상대 수비수 한 명, 두 명, 세 명을 제치고 나서 슛을 시도했다. 공은 골대 구석으로 날아갔다.

“골!”

친구들과 선배들이 놀라서 나를 쳐다봤다. 나도 내가 한 일이 믿기지 않았다.

그날 이후로 나는 자신감을 얻었고, 축구를 더 열심히 연습했다. 방과후 활동에서도 점점 더 많은 기회를 얻게 되었고, 친구들과 선배들 사이에서 ‘제2의 손흥민’이라는 별명이 붙었다.

몇 주가 지나고 학교 대표팀을 뽑는 선발전이 열렸다. 나는 주저하지 않고 신청했다.

선발전 날, 학교 전교생이 보는 앞에서 나는 다시 한번 내가 가진 능력을

보여줄 기회를 얻었다. 경기가 시작되고, 나는 공이 나에게 오도록 열심히 빈 공간을 달렸고, 모든 집중을 쏟아부었다. 매 경기마다 나는 해트트릭을 하였고, 골을 넣을 때마다 손흥민의 찰칵 세레머니를 하였다. 결승전까지 나의 해트트릭으로 캐리하며 올라갔고 결승전이 시작되었다.

"삑~~"

그 전까지 골을 많이 넣어서 두려움은 없었지만, 지금은 결승전이라 그런지 긴장이 엄청 들었다. 그때 빈공간을 찾아 달렸고, 공이 나에게로 왔다. 나는 바로 달리는 척 접었고 바로 감아차기로 왼쪽 구석을 향해 공이 빨려들어갔다.

"와!!~~~"

친구들의 함성소리와 함께 나는 찰칵 세레머니를 했다. 그 뒤로 나는 긴장이 풀려 또 해트트릭을 하여 우승으로 이끈 장본인이 되었다.

경기가 끝난 후, 감독님이 나를 불러 세웠다.

"손승원, 너 진짜로 대단하다. 열심히 해라. 이번 대회에서 주전으로 뛸 기회를 줄 거야."

그 말을 듣는 순간, 나는 어릴 적 나약했던 내 모습과 지금의 내가 완전히 다르다는 것을 깨달았다. 아빠와 손흥민을 보며 느꼈던 그 열정이 나를 이 자리까지 이끌어 준 것이다. 나는 집에 가서 아빠에게 말했다.

"아빠, 나 이제 진짜 축구선수가 될 수 있을 것 같아."

아빠는 미소를 지으며 나를 격려해 주었다.

"넌 충분히 그럴 자격이 있어. 손흥민처럼 노력한다면 말이야."

그날 이후로 나는 꿈을 향해 한 발짝 더 다가갔다. 축구는 더 이상 나에게 포기할 스포츠가 아니었다.

미래 탐험

김유빈

동현이는 호기심이 많은 한국의 고등학생이었다. 동현이는 평소 책에서 읽은 미래 사회의 이야기나 영화 속 미래의 배경들에 빠져 있었다.

'내가 미래에 갈 수 있다면?'

하지만 이런 생각들은 꿈과도 같은 이야기였다. 아니 적어도 이때까지만 하더라도 그랬다.

어느 날, 동현이는 방을 정리하던 중, 창고 깊숙이 있던 낡은 상자를 발견했다. 이 상자는 동현이의 아버지가 예전에 고물상에서 사온 물건들 중 하나였다. 평소에는 관심조차 없었던 상자였지만 오늘 따라 이상하게도 그 상자가 눈길을 끌었다. 상자 위에는 작은 글씨로 '시간 여행'이라고 적혀 있었다.

"시간 여행?"

동현이는 호기심에 상자를 열어 보았다. 그 안에는 손목시계와 비슷한 기계장치가 있었다.

"에이, 이런 게 진짜겠어?"

동현이는 헛웃음을 지으며 시계를 손목에 차고 장치에 있는 버튼을 눌렀다.

그 순간 동현이의 방은 휘몰아치는 바람과 함께 어두워졌고, 눈부신 빛이 동현이를 감쌌다.

"어… 어! 이게 뭐야!"

모든 것이 정지된 듯한 느낌과 함께 동현이는 정신을 잃었다. 잠시 후 눈을 떴을 때 동현이는 깜짝 놀랐다. 동현이의 눈 앞에는 동현이가 상상했던 바로 그 미래 사회가 펼쳐져 있었다.

도시는 거대한 유리 구조물들로 이루어져 있었고, 공중에는 작은 비행기와 같은 자동차들이 떠다니고 있었다. 거리에는 사람들 대신 로봇들이 바쁘게 움직이고 있었으며, 하늘을 나는 드론들이 물건을 배달하고 있었다. 하지만 가장 눈에 띄는 것은 사람들의 손목에 있는 작은 기계였다. 사람들은 이 기계를 통해 모든 일을 처리하고 있었다.

동현이는 새로운 세계가 신기하면서도 조금 무서웠다.

'여긴 대체 어디지? 아니, 언제지?'

동현이는 손에 찬 시계를 보았다. 손목시계를 살펴보니, 그 시계는 지금이 2145년이라는 것을 가리키고 있었다.

'2145년? 내가 진짜로 미래에 온 건가? 내가 지금 꿈을 꾸고 있는 건가?'

동현이는 믿기 힘들어하며 주변을 둘러보았다. 동현이는 자신이 이곳에 왜 오게 되었는지, 그리고 어떻게 집으로 돌아갈 수 있을지를 알아내기 위해 이 미래 세계를 탐험하기로 결심했다.

동현이는 도시를 돌아다니며 미래의 기술들을 구경했다. 집들은 모두 인공지능 시스템으로 운영되며, 학교는 가상현실로 이루어져 있었다. 모든 것이 그에게는 새로운 세계였다. 하지만 그는 금세 이곳이 완벽하지 않다는 것을 깨달았다.

미래의 사람들은 개인적인 감정을 거의 표현하지 않았다. 모든 것이 효율과 생산을 중요시한 나머지, 사람들 사이의 정과 감정이 사라져버린 듯 보였다. 거리에는 활기가 없었고, 사람들은 로봇과도 같이 움직였다.

동현이는 이 이상한 세상에서 한 소년를 만났다. 소년의 이름은 '현동'이었다. 현동이는 동현이와 달리 이곳에서 태어나고 자란 아이였다. 그는 미래의 세상에 대해 불만이 많았다.

"여기선 모든 게 너무 기계적이야. 사람들은 더 이상 서로 소통하지 않아. 모두가 그냥 목표를 위해 살아가고 있을 뿐이야."

동현이는 현동이의 말에 공감했다.

"그럼, 우리가 이 세상을 바꿀 수 있을까?"

동현이가 물었다.

현동이는 잠시 생각하다가 미소를 지었다.

"아마도… 하지만 우린 과거에서 온 사람이 필요해. 네가 그런 사람일지도 몰라. 혹시 나를 도와서 이 세계의 문제를 해결해 볼래?"

현동이가 말했다.

동현이는 지금 당장 딱히 할 수 있는 게 없어 현동이를 도와 문제들을 해결하기로 했다.

"좋아, 내가 도와줄게. 같이 해결해 보자!"

"고마워. 그럼 뭐부터 해볼까?"

"먼저 이 사회의 문제점이 뭔지 파악해 보자!"

두 사람은 함께 미래 사회의 문제를 파헤치기로 했다. 그들은 미래의 기술을 활용해 사람들에게 감정과 인간미를 되찾아 줄 방법을 찾기 시작했다. 그 과정에서 동현이는 이 미래 사회의 여러 문제들을 알게 되었다. 환경 오염, 자원의 고갈, 그리고 인간 관계의 단절 등. 이 모든 것이 이곳 사람들을 점점 더 기계적으로 만들고 있었다.

동현이와 현동이는 '감정 회복 프로젝트'를 시작했다.

그들은 사람들에게 감정의 중요성을 다시 일깨워 주기 위해 다양한 활동을 벌였다. 가상현실을 활용해 과거의 아름다운 순간들을 재현하고, 사람들이 잊고 있었던 감정들을 되살리려 노력했다. 처음에는 몇몇 사람들만이 이 프로젝트에 관심을 가졌지만, 점차 더 많은 사람들이 이 프로젝트에 동참하게 되었다.

프로젝트가 성공을 거두기 시작하자, 동현이는 자신이 해야 할 일을 해냈다고 느꼈다. 이제는 집으로 돌아갈 시간이 된 것이었다. 하지만 돌아가기에 앞서, 동현이는 현동이와의 작별 인사를 해야 했다.

"이제 돌아가야 할 것 같아."

동현이가 말했다.

"그래? 아… 꼭 가야 되는 거야?"

현동이가 슬픈 말투로 말했다.

"응. 다 해결됐으니 나도 이제 원래 시대로 돌아가야지…."

"그래! 잘 지내고, 잘가! 네 덕분에 우리 이 사회는 인간다움을 찾을 수 있었어. 고마워, 동현아."

"어! 너도 잘 지내고 꼭 잊지 않을게!"

동현이는 시계를 다시 한번 눌렀고, 밝은 빛과 함께 그는 원래의 시간으로 돌아왔다.

눈을 떴을 때, 그는 다시 자신의 방에 있었다. 모든 것이 원래대로 돌아왔지만, 그가 경험한 미래는 결코 잊을 수 없는 기억으로 남아 있었다.

이후로 동현이는 미래에서 배운 교훈을 잊지 않고, 현재의 세상에서 더 나은 미래를 만들기 위해 노력했다. 그는 사람들에게 기술의 발전만큼 중요한 것은 인간다움이라고 강조하며, 모두가 더 따뜻한 세상을 만들기 위해 함께 노력할 것을 다짐했다.

동현이의 모험은 끝났지만, 그의 이야기는 지금도 계속되고 있었다. 그는 매일매일 미래를 향해 한 걸음씩 나아가며, 자신만의 미래를 만들어가고 있었다.

환경의 동현

김은호

2034년.

뜨거운 날이다. 동현이는 오늘도 학교를 간다. 7시 50분, 동현이는 생각보다 늦게 일어났다. 아침으로 자전거로 발전기를 힘겹게 돌려 빵을 먹는다. 씻을 물도 돈을 주고 구매한다. 8시 10분, 밖으로 나가기 시작한다. 안전복은 필수. 햇빛에 의한 자외선 때문에 피부가 태양에 노출되고 결국 몸이 망가지는 일이 빈번히 일어났기 때문이다. 오늘의 온도는 42도.

어제보다 더 덥다. 집 밖 풍경은 거의 아무것도 없었다. 썰렁한 도시. 대부분 사람은 추운 도시로 이사한 것이 주 원인이었고, 동현이는 마지못해 여기에 남아 있었다. 한 걸음 갈 때마다 갈라지는 도로의 아스팔트. 동현이는 오늘도 내일을 위해 길을 나선다. 이 도시에서는 환경문제로 자동차가 극소수만 탈 수 있는 귀한 물건이었고 정부는 친환경 차만 탈 수 있게 만들었다. 학교로 가는 버스는 몇 대 없었다. 저어쯤 지나가는 버스 하나와 요오쯤 지나가는 버스 한 대이다. 버스를 탄 동현이는 에어컨도 없고 그저 밖에 있는 뜨거운 바람을 맞을 뿐이다.

"오늘도 아침에 입에 빵을 물고, 나뿐이네….."

학교에 도착한 동현이는 친구들과 인사한다.

"안녕, 애들아!"

친구인 김요빈이 인사를 받아 주었다.

"오늘은 학교에 늦지 않았네."

학생은 4명, 오늘은 두 명이 오지 않았다.

TV의 전기는 공급이 없어 들어오지도 않고 전기는 그 자체로 없어진 지 오래이다.

"아…. 친구들도 없고 파리 한 마리 없는데 수업 없는 거 아니야?"

요빈이가 말했다.

"실제로 오늘 수업이 없어…. 그냥 누가 올까 봐 나도 그냥저냥 뭐 학교에 온 거지."

세상은 망해가는 중이고, 이 동네는 뜨거워서 아무도 못 산다.

"아니, 그러면 학교를 나가서 지금 어떤지 보자!"

동현이가 말하자 요빈이는 수긍했다.

밖을 나가니 그야말로 평야였다. 썰렁한 도시, 차는 정부가 지원한 자동차, 아스팔트는 갈라지고 사람은 한 명도 없었다.

요빈이가 말했다.

"이거 도시 맞아?"

동현이도 말했다.

"이게 미래라니 말도 안 돼…. 내가 원하는 건 이게 아니야. 돌이킬 수 없을까?"

동현이와 요빈이는 그렇게 좋은 미래를 위해 일하러 갔다.

나무를 사고 꽃을 사고 물을 샀다. 천천히 심고 물을 뿌려주니 당연히 살 수가 없었다.

"아니 내가 원하는 건 이게 아니야, 아!………."

그렇게 꿈에서 깼다. 동현이는 꿈을 꾸고 있었던 것이다.

현재는 2024년.

동현이는 말했다.

"미래를 위해 지금부터 좋은 세상을 만들어야 해."

마지막 패스

이승원

이민수는 어릴 때부터 축구를 좋아했다. 그의 아버지도 축구를 좋아했지만, 그가 축구선수의 길을 가는 것을 반대했다.

"축구는 미래가 불확실한 직업이다."

아버지는 항상 이렇게 말하며 민수가 학업에 집중하기를 원했다. 하지만 민수의 꿈은 오직 축구였다. 학창 시절 내내 축구부에서 뛰며 매 순간 공을 차고 달리는 즐거움을 느꼈다. 그는 축구를 할 때만큼은 모든 걱정과 불안이 사라지는 것 같았다.

성공중학교와 성공고등학교에서 축구 동아리와 축구 방과후를 하며 선생님들에게 입소문도 돌고 학교에서 가장 축구를 잘한다고 소문이 났다. 다른 학교 학생들이 민수와 축구를 하기 위해 성공에 자주 왔고 경기를 할 때마다 민수가 항상 이겼다. 이민수는 선생님들에게도 인정받은 축구 인재인 것이다.

대학교에 진학한 후에도 이민수는 축구부 활동을 계속했다. 그는 그곳에서 자신의 기량을 더욱 갈고닦으며 프로 선수를 꿈꿨다. 그의 스킬은 날이 갈수록 발전했고, 팀의 중심 선수로 자리 잡았다. 대학 리그에서 그의 활약은 눈부셨고, 사람들은 그가 프로로 진출할 날을 기다렸다.

어느 날, 이민수는 대학 축구부 코치인 박 감독에게 호출을 받았다.

"민수야, 네가 계속 이 정도로 잘하면 프로 구단에서 널 눈여겨볼 거야. 이번 주말에 중요한 경기가 있는데, 스카우터가 올 거라는 소문이 있어. 그 경기에서 네 모든 것을 보여줘."

이민수는 설레었다. 프로의 문턱에 서 있다는 생각에 잠을 이루지 못했다. 그는 자신의 꿈이 이루어지기 위해 얼마나 많은 노력이 필요한지 잘 알고 있었다. 그래서 이번 경기는 단순한 경기가 아니었다. 그의 미래가 걸린 경기였다.

경기 당일, 이민수는 평소보다 더 일찍 경기장에 도착했다. 그는 몸을 풀며 정신을 집중하려고 노력했다. 경기장에는 이미 많은 관중이 모여 있었고, 스카우터들도 자리에 앉아 경기를 지켜보고 있었다. 민수는 긴장했지만, 동시에 자신감도 느꼈다. 그는 모든 준비를 마쳤고, 이제 남은 것은 자신이 가진 모든 것을 보여주는 것뿐이었다.

경기가 시작되고, 양 팀은 치열한 공방을 벌였다. 민수의 팀은 상대방의 압박을 잘 견뎌내며 공격 기회를 노렸다. 민수는 공을 잡을 때마다 상대 수비를 압도하며 뛰어난 기량을 보여주었다. 그의 움직임 하나하나가 관중들의 환호를 이끌어 냈고, 스카우터들도 그의 플레이에 주목하고 있었다.

후반전이 되자, 경기는 점점 더 치열해졌다. 민수의 팀은 한 골 뒤진 상태였다. 이제 시간이 얼마 남지 않았고, 팀은 동점 골이 절실했다. 민수는 동료들과의 패스 플레이를 통해 골을 넣기 위한 기회를 만들기 위해 애썼다. 그리고 마침내, 결정적인 순간이 찾아왔다.

상대 팀의 수비를 모두 제치고 골대 앞까지 다가간 이민수는 슛을 할 수 있는 위치에 있었다. 하지만 그 순간, 그는 옆에서 달려오는 동료를 보았다. 동료는 상대 수비에 둘러싸여 있었지만, 완벽한 슛 기회를 잡을 수 있는 위치였다. 이민수는 찰나의 고민 끝에 결정을 내렸다.

그는 자신이 직접 슛을 하는 대신, 동료에게 패스를 보냈다. 동료는 그 패스를 받아 강력한 슛으로 연결했고, 공은 그대로 골문으로 빨려 들어갔다. 관중들은 환호했고, 팀은 동점을 만들었다. 하지만 이민수는 자신의 결정이 옳았는지 확신할 수 없었다. 그는 자신의 찬스를 포기한 것이 과연 스카우터들에게 어떻게 보였을지 걱정되었다.

경기가 끝난 후, 이민수는 혼자 라커룸에 앉아 있었다. 팀은 결국 승리를 거두었고, 모두가 그에게 축하의 말을 건넸지만, 이민수는 마음이 복잡했다. 그는 자신의 결정이 팀을 위해 옳았다고 생각했지만, 프로로 가는 기회를 놓친 것이 아닐까 하는 생각이 머릿속을 떠나지 않았다.

그러나 그 순간, 박 감독이 다가와 말했다.

“민수야, 오늘 네 플레이 정말 훌륭했다. 특히 마지막 순간의 패스는 대단했어. 스카우터들도 너의 플레이를 높이 평가했어. 팀을 위해서 희생할 줄 아는 선수를 찾는 거야. 오늘 너의 결정이 너를 더 큰 무대로 이끌어 줄 거야.”

박 감독의 말에 이민수는 안도했다. 그는 자신이 옳은 결정을 내렸음을 깨달았다. 축구는 혼자 하는 게임이 아니었다. 팀워크가 가장 중요한 요소였고, 자신이 팀을 위해 헌신한 것을 인정받을 수 있다는 사실이 그를 위로했다.

며칠 후, 이민수는 프로 구단의 스카우터로부터 전화를 받았다.

“이민수 선수, 우리는 당신의 팀플레이와 경기에서의 결정을 높이 평가하고 있습니다. 우리 팀에 합류해 주기를 바랍니다.”

이민수는 그 순간 모든 것이 명확해졌다. 그는 자신의 결정이 결국 그를 올바른 길로 인도했음을 깨달았다. 이제 그는 새로운 도전을 시작할 준비가 되어 있었다.

민수의 프로 축구 선수로서의 첫걸음은 이렇게 시작되었다. 그는 앞으로도 많은 도전과 시련을 겪겠지만, 오늘의 경험은 그에게 중요한 교훈을 남겼다. 축구는 단순한 게임이 아니라, 팀과 함께 이루어가는 꿈의 무대였다. 이민수는 그 무대에서 자신의 최선을 다해 빛나기로 다짐했다.

그는 선수로서의 화려한 전성기를 보내게 되는데, 2030년 12월 11일 경기 때 상대방 선수인 김수원과 다툼이 생겼다. 이민수는 싸워봤자 좋을 게 없다고 화해하려 했지만, 김수원은 화가 줄지 않았다. 결국 김수원 선수는 민수를 때리게 되고, 수원 선수는 퇴장과 징계를 받게 되었다. 이민수 선수는 이 사건을 통해 왼쪽 눈의 시력을 잃었다.

며칠 후, 이민수 선수가 입원했을 때, 김수원 선수가 병문안을 왔다. 화가 날 수도 있었지만, 화를 다스리며 말했다.

"오랜만이네. 내 축구계의 라이벌."

김수원 선수는 이 대답을 듣고 한동안 멍하니 있었다. 몇 초 후 김수원 선수도 입을 뗐다.

"그때 일은 미안하게 됐어. 나 때문에 선수 생활을 그만하게 되었잖아. 진심으로 사과할게."

눈을 다친 후 감독생활을 하기로 결정한 이민수 선수는 이렇게 대답했다.

"축구하다 보면 다 그럴 수 있지. 괜찮아. 덕분에 새로운 직업을 찾았어. 축구선수를 은퇴하고 레알 마드리드의 감독이 되려고 준비 중이야."

김수원 선수는 이 말을 듣고 이민수가 대단하다는 것을 느꼈다. 그래서 이민수 감독이 맡는 레알마드리드로 이적하여 이민수의 통솔에 따르기로 결심했다. 이로써 찬란했던 이민수 선수 공연은 막이 끝났지만, 이민수 감독으로서의 공연이 새로 시작하게 된다.

- ChatGPT를 활용한 소설입니다 -

인공지능에 대한 생각

신동훈

인공지능이란 인간의 학습능력, 추론능력, 지각능력을 인공적으로 구현하려는 컴퓨터 과학의 세부 분야 중 하나입니다.

인공지능은 최근 몇 년간 급속히 발전하면서 사회, 경제, 과학, 그리고 일상 생활의 다양한 측면에 큰 영향을 미치고 있습니다. AI 기술은 데이터 분석, 패턴 인식, 자율주행차, 자연어 처리 등 여러 분야에서 응용되며 인간의 생활을 혁신적으로 변화시키고 있습니다. 그러나 기술적 장점과 함께 사회적, 윤리적, 경제적 도전 과제가 동반되기 때문에 AI의 발전과 활용에는 많은 논의가 필요하다고 생각합니다. AI의 현재와 미래, 그리고 이를 둘러싼 주요 이슈들을 살펴보고 저의 의견을 말할 것입니다.

AI는 기본적으로 인간의 인지능력을 모방하여 문제를 해결하고, 학습하고, 예측할 수 있는 기술로 최근 몇 년간의 AI 발전은 여러 기술적 혁신에 의해 가속화되었습니다. 특히 딥러닝과 같은 기술은 AI의 성능을 획기적으로 향상시켰습니다. 이러한 기술은 대량의 데이터를 분석하고 패턴을 인식하는 데 매우 효과적이며, 음성 인식, 이미지 처리, 자율주행차와 같은 여러 분야에서 놀라운 성과를 거두었습니다.

음성 비서인 구글 어시스턴트, 애플의 시리, 아마존의 알렉사 등은 AI가 어떻게 일상생활에 통합될 수 있는지를 잘 보여줍니다. 이들 AI는 자연어 처리(NLP) 기술을 통해 사용자의 명령을 이해하고 응답하며, 사용자 경험을 향상시키는 데 기여하고 있습니다. 또한 자율주행차는 AI의 발전을 대표하는 기술 중 하나로, 교통사고를 줄이고 운전의 편리함을 제공할 잠재력을 가지고 있습니다.

AI는 사회에 많은 긍정적인 영향을 미치고 있지만, 동시에 여러 문제도 동반하고 있습니다. 가장 큰 논란 중 하나는 AI가 일자리 시장에 미치는 영향입니다. 자동화와 로봇 기술의 발전으로 인해 일부 직업은 사라지고, 새로운 직업이 생겨나고 있습니다. 특히 반복적이고 규칙 기반의 작업은 AI와 로봇에 의해 대체될 가능성이 높습니다. 저도 이 문제로 인해 진로를 결정할 때 어려움을 겪은 경험이 있습니다. AI와 로봇에 의해 대체로 인해 일자리의 양극화가 심화될 수 있으며, 이는 사회적 불평등을 증대시킬 수 있습니다. 대체로 인한 사회적 불평등으로는 직업의 양극화, 교육과 기술 격차, 경제적 불안정, 소득 불평등의 확대, 사회적 참여와 권리의 불균형 등이 있습니다.

또한 AI의 사용이 개인 정보 보호와 관련된 문제를 일으킬 수 있습니다. AI가 대량의 개인 데이터를 수집하고 분석함에 따라 개인의 프라이버시가 침해될 위험이 존재합니다. 데이터 보안과 개인정보 보호는 AI의 발전과 함께 중요한 사회적 이슈로 대두되고 있으며, 이를 해결하기 위한 법적, 기술적 방안이 필요합니다.

AI의 발전과 관련된 윤리적 문제는 매우 중요하다고 생각합니다. AI 시스템이 편향된 결정을 내리거나, 불공정한 결과를 초래할 수 있는 위험이 있기 때문입니다. 예를 들어, AI 알고리즘이 학습하는 데이터가 편향되어 있을 경우, AI는 그 편향을 반영하여 결과를 낼 수 있습니다. 이는 사회적 불평등을 심화시킬 수 있으며, AI 시스템이 공정하고 투명하게 운영될 수 있도록 하는 것이 필수적입니다.

AI의 윤리적 문제를 해결하기 위해 많은 연구자들이 AI 윤리 원칙을 제정하고 있다고 합니다. 이는 AI가 인간의 존엄성을 존중하고, 공정성을 유지하며, 책임 있는 방식으로 사용되도록 보장하기 위한 노력입니다. 또한 AI 시스템의 결정 과정이 투명하고 이해 가능해야 한다는 주장이 제기되고 있습니다.

AI의 미래는 매우 밝다고 할 수 있습니다. 기술이 계속해서 발전함에 따라, AI는 더 많은 분야에서 혁신을 일으킬 것으로 예상됩니다. 예를 들어, 헬스케어 분야에서는 AI가 질병 진단과 치료를 혁신적으로 변화시킬 수 있습니다. AI 기반의 의료 진단 시스템은 더 빠르고 정확한 진단을 가능하게 하며, 맞춤형 치료를 제공할 수 있습니다.

교육 분야에서도 AI는 큰 변화를 가져올 수 있습니다. AI를 활용한 개인 맞춤형 교육은 학생 개개인의 학습 스타일과 필요에 맞춘 교육을 제공하며, 교육의 접근성과 품질을 향상시킬 수 있습니다. 이러한 발전은 교육의 미래를 변화시키고, 더 많은 사람들이 양질의 교육을 받을 수 있는 기회를 제공할 것입니다.

또한, AI는 환경 문제 해결에도 기여할 수 있습니다. 예를 들어, AI를 이용한 에너지 관리 시스템은 에너지 소비를 최적화하고, 탄소 배출을 줄이는 데 도움을 줄 수 있습니다. 환경 보호와 지속 가능한 발전을 위한 AI의 역할은 앞으로 더욱 중요해질 것입니다.

인공지능은 우리의 삶을 변화시키고, 다양한 분야에서 혁신을 일으키고 있는 강력한 기술입니다. 그러나 AI의 발전에는 기술적 장점과 함께 사회적, 윤리적 문제가 동반됩니다. AI의 사용과 개발에 있어 공정성, 투명성, 그리고 윤리적 책임이 중요하며, 이를 해결하기 위한 노력이 필요합니다. AI의 미래는 밝지만, 우리는 기술의 발전이 긍정적인 방향으로 이어지도록 지속적으로 노력해야 한다고 생각합니다. 기술이 인간의 삶을 더 나은 방향으로 변화시키기 위해서는 기술적 발전과 사회적 책임이 함께 동반되어야 합니다.

심리의 미로

신동훈

서울의 고층 빌딩 사이로 비가 추적추적 내리고 있었다. 홍익대학교 근처의 낡은 아파트, 소설가 김민준은 방 한구석에 앉아 새 소설의 서문을 써 내려가던 중이었다. 그러나 멈칫, 손이 멈췄다. 그의 머릿속에 계속 맴도는 것은 책이 아니라 수일 전부터 느껴온 이상한 기운이었다.

며칠 전, 민준의 오래된 친구로부터 들은 섬뜩한 소식이 자꾸만 떠올랐다. 일주일 사이에 세 명의 유명한 인물이 의문의 사고로 사망했다는 것이다.

"그거 자살로 결론 났다면서?"

민준은 친구의 말을 믿기 어려웠다. 하지만 경찰은 모든 사건을 그렇게 처리한 모양이었다.

며칠 후, 작은 카페에서

민준은 비 내리는 밤의 적막을 피해 카페 안으로 들어왔다. 자리에 앉아 차를 홀짝거리던 그의 시선이 한 인물을 향해 멈췄다. 신문 기자인 이지훈이었다. 지훈이 고개를 돌려 민준을 발견하고 인사를 건넸다.

"민준 씨! 여기서 만나다니."

지훈이 말했다.

"지훈 씨?"

민준이 놀라며 다가갔다.

"오랜만이네요. 무슨 기사 준비 중인가요?"

지훈은 잠시 말을 멈추더니 낮은 목소리로 속삭였다.

"사실, 그 사건 말이에요. 자살로 보도된 그 세 사람의 죽음… 뭔가 이상

해요."

민준은 의자에 앉으며 고개를 끄덕였다.

"저도 의심스러웠어요. 그냥 우연이라기엔 너무 기이한 연속이죠."

그들은 한참 동안 사건을 분석하기 시작했다.

"첫 번째 희생자는 경제학자였죠?"

민준이 말했다.

"연구실에서 목을 맸다던데, 주변에 자살 편지도 있었다면서요?"

"맞아요."

지훈이 메모를 뒤적였다.

"두 번째는 유명한 피아니스트. 집에서 가스 중독으로 사망했어요. 그리고 마지막은 정치인, 한강에서 발견됐죠."

민준은 생각에 잠기다 물었다.

"그런데 이 사람들 사이에 무슨 공통점이 있나요?"

지훈은 고개를 끄덕이며 메모를 보여줬다.

"모두 같은 심리 치료사를 만났어요. 한재욱이라는 사람이죠. 서울의 유명한 병원에 근무하는 사람인데, 뭔가 이상해요."

민준은 찌푸린 표정으로 말했다.

"한재욱이라… 만나봐야겠군요."

며칠 후, 병원에서

민준과 지훈은 한재욱을 마주하고 있었다. 재욱은 침착한 태도로 그들을 맞았다.

"무슨 일로 오셨습니까?"

한재욱이 부드럽게 물었다. 지훈이 예의 있게 물었다.

"선생님, 최근에 상담하신 환자들이 연이어 사고를 당했습니다. 혹시 그들에 대해 뭔가 이상한 점을 느끼지 않으셨나요?"

한재욱은 잠시 침묵하다가 고개를 저었다.

"안타깝지만, 제가 알고 있는 건 아무것도 없습니다. 그들의 죽음이 제 상담과 관련이 있다고 생각하시는 겁니까?"

민준은 한재욱의 눈을 뚫어지게 바라보며 속마음을 읽으려 애썼다.

"아니요, 그냥 궁금해서요. 단순한 우연일 수도 있지만…."

재욱은 억지 미소를 지으며 말했다.

"제가 도울 수 있는 일이 있다면 언제든지 말씀하세요."

민준의 아파트에서

그날 밤, 민준은 자신의 아파트로 돌아와 고민에 빠졌다. 결정해야 할 일이 너무 많았다. 그때, 그의 집 문 앞에 한 통의 편지가 놓여 있었다. 그는 떨리는 손으로 편지를 열어보았다. 민준은 불안감을 느끼며 재빨리 지훈에게 전화를 걸었지만, 지훈은 받지 않았다. 그는 점점 초조해졌다.

지훈의 집으로 달려간 민준

지훈의 집 문은 잠겨 있지 않았다. 민준은 조심스럽게 문을 열고 방으로 들어갔다. 지훈은 바닥에 쓰러져 있었다. 민준은 놀라 소리쳤다.

"지훈 씨! 괜찮아요?"

다행히 큰 부상은 없었고, 지훈은 병원으로 이송되었다. 깨어난 지훈은 민준을 바라보며 힘겹게 미소 지었다.

"그 편지… 당신도 받았군요."

"네."

민준은 한숨을 내쉬었다.

"이제는 우리가 직접 행동할 때입니다."

다시 병원에서, 한재욱과의 마지막 대면

민준과 지훈은 한재욱을 병원에서 다시 만났다. 이번에는 모든 증거를 갖춘 상태였다. 지훈이 엄숙한 목소리로 말했다.

"선생님, 우리는 당신이 환자들에게 무슨 짓을 했는지 압니다. 심리 실험이었죠?"

한재욱은 마침내 굳어진 얼굴로 한숨을 내쉬었다.

"그걸 어떻게 알았습니까?"

그는 결국 자신의 범행을 자백했다.

“나는 인간의 심리를 조종할 수 있다고 믿었습니다. 내 연구를 위해 그들을… 희생시켰습니다.”

민준은 손에 힘을 꽉 쥐었다.

“당신의 실험은 끝났어요.”

사건이 세상에 알려졌고, 한재욱은 체포되었다. 비록 진실이 밝혀졌지만, 민준과 지훈의 마음 속에는 그 섬뜩한 밤들이 오래도록 남아 있었다. 사건은 끝났지만, 그들은 다시는 일상적인 서울의 밤을 예전처럼 편히 마주할 수 없었다.

김은홍의 여행

김동현

김은홍은 어려서부터 자신이 즐기면서 할 수 있는 일을 원했다. 하지만 대학을 졸업한 김은홍은 자신의 전공과 관련이 없는 보일러회사에 취직하게 된다. 30살의 김은홍은 자신의 삶에 지루함을 느끼고, 20대 초반에 세계 여행을 하던 일을 떠올리며 회사에서 퇴사하고, 전 재산 2,300만 원을 가지고 자신이 원하던 여행을 떠나기로 했다. 김은홍은 어려서부터 시골에 자주 갔기 때문에 자연을 좋아했다. 그래서 자신이 여행을 시작할 곳을 스코틀랜드 하일랜드로 정하고 유라시아 대륙을 횡단해서 아메리카 대륙까지 여행하는 것을 목표로 삼고 글래스고행 비행기에 몸을 실었다.

글래스고에 도착한 김은홍은 스코틀랜드 하일랜드의 광활한 자연 풍경에 압도되었다. 옅은 안개가 드리운 산과 푸른 호수, 바람에 흔들리는 들풀은 그가 그토록 갈망했던 자유와 평온을 느끼게 해주었다. 하이킹과 캠핑을 즐기며 자연 속에서 시간을 보낸 그는 여행을 통해 자신을 되찾고 싶다는 마음이 커져 갔다.

스코틀랜드에서의 첫 여정을 마친 후, 김은홍은 유라시아 대륙 횡단을 본격적으로 시작하기로 했다. 다음 목적지는 네덜란드였다. 배낭 하나를 메고 기차에 올라탄 그는 창밖으로 펼쳐진 유럽의 다양한 풍경을 보며 세계 각지의 사람들과 문화를 경험하기로 결심했다. 암스테르담의 운하 도시를 구경하며 다양한 사람들과 교류하고, 거리의 예술가들과 함께 시간을 보내며 즐거움을 만끽했다.

그의 여정은 이어졌다. 독일의 베를린, 체코의 프라하, 폴란드의 바르샤바, 그리고 러시아의 모스크바에 이르기까지 다양한 나라와 도시를 거치며 그는 각 도시의 역사와 문화를 배우고, 새로운 친구들과 소중한 추억을 쌓았다. 여행 도중 그는 사진을 찍고 글을 쓰며 자신이 느낀 것들을 기록해 나갔다. 모든 것이 낯설고 도전적이었지만, 그는 한걸음 한걸음씩 성장해 나가며 새로운 자신을 발견해 갔다.

유라시아 대륙을 횡단한 후, 김은홍은 꿈에 그리던 아메리카 대륙에 도착했다. 북미의 캐나다에서 시작해 미국, 멕시코, 그리고 남미의 여러 나라를 거치며 그는 대자연의 위대함과 사람들의 따뜻함을 몸소 느꼈다. 때로는 힘들고 지칠 때도 있었지만, 그의 마음 속에는 더 넓은 세상을 경험하고자 하는 열망이 자리 잡고 있었다.

김은홍이 러시아의 모스크바에 도착해 유라시아 횡단의 후반부에 들어섰을 때였다. 낯선 도시에서 혼자 길을 찾으며 버벅대던 그에게 누군가 다가와 도와주겠다고 나섰다. 깔끔한 수염과 따뜻한 미소가 인상적인 한국인 청년, 김유빈센트였다. 은홍은 처음 만난 이 청년이 반갑기도 하고 조금은 신기하기도 했다. 여행자들은 어디서든 금방 친해진다는 말처럼, 두 사람은 금세 서로의 여행 이야기를 나누며 웃음을 터뜨렸다.

유빈센트는 유럽에서 사진작가로 활동하며 다양한 도시를 기록하고 있었다. 그 역시 새로운 경험을 쌓기 위해 유라시아 대륙을 횡단하던 중이었다. 은홍은 그의 이야기에 깊은 감명을 받았다. 마치 여행의 동반자가 생긴 듯한 느낌에 은홍은 유빈센트에게 함께 남은 여정을 하자는 제안을 했다. 유빈센트도 흔쾌히 수락하며 두 사람의 동행이 시작되었다.

함께한 첫 목적지는 바이칼 호수였다. 넓은 호수와 청명한 하늘 아래서 두 사람은 밤하늘을 바라보며 깊은 대화를 나누었다. 서로의 꿈과 과거의 경험들, 그리고 여행을 통해 발견한 것들에 대해 이야기하며 우정은 더욱 깊어졌다. 유빈센트는 사진을 찍고, 은홍은 그 사진에 어울리는 글을 적어 함께 여행 기록을 남기기로 했다. 두 사람의 여행은 그렇게 예술적인 콜라보레이션이 되었다.

여정이 남미에 이르렀을 때, 그들은 페루의 마추픽추로 향했다. 가파른 계단을 오르며 서로를 격려하고, 마침내 정상에 도착해 고대 문명의 신비로움에 감탄했다. 그 순간 은홍은 유빈센트와의 만남이 단순한 우연이 아니라, 서로에게 삶의 큰 영향을 주기 위한 인연이라는 것을 느꼈다.

이후 여행을 마무리하며 각자의 길로 돌아가야 할 때가 다가왔다. 은홍과 유빈센트는 헤어지기 전, 언젠가 다시 만나기로 약속하며 서로를 격려했다. 은홍은 이 여행을 통해 얻은 것들이 소중한 사람들과의 만남 덕분에 더욱 값지게 느껴졌다. 이 여정은 그가 단순히 세상을 돌아보는 여행이 아닌, 자신의 삶을 돌아보고 새롭게 시작할 기회를 준 시간이었다. 결국 그는 두려움을 버리고, 진정으로 원하는 삶을 살아갈 용기를 얻게 되었다.

- ChatGPT를 활용한 글입니다 -

나의 인생사

안훈석

중학교 때까지만 해도 제가 가장 좋아했던 것은 게임과 휴대폰을 보며 시간을 버리는 것이었습니다. 분명 중학교 때는 시간적으로 여유가 충분하고, 정신적으로 여유가 부족했기 때문이었던 것 같습니다. 하지만 점점 고등학교에 입학하고 시간이 지남에 따라, 시간 개념이 제 머릿속에 잡히기 시작했습니다. 고등학교에 들어서고부터 핸드폰과 게임을 하는 것은 시간만 없애고 정신적인 공백을 채워주지 못한다는 것을 깨달았습니다. 그때부터 저는 독서를 하기 시작했습니다.

공부를 하지 않을 때는 소설가 히가시노 게이고의 책을 읽는 것을 제일 좋아합니다. 이게 현재 고등학생인 저의 최애입니다. 가장 최근에는 히가시노 게이고의 100번째 작품인 '마녀와의 7일'에 대해 읽었고, 또 3년 전에 구매하여 읽은 '나미야 잡화점의 기적'이 떠올라 내용도 다 잊어버린 참에 다시 읽어봐야겠다 생각한 연유로 읽어보았습니다. 역시 처음 책을 읽었을 때처럼 책은 저를 감동시켰고, 실망시키지 않았습니다. 이 일을 통해 저는 가끔씩 기억을 잊어버리는 것 또한 사람의 좋은 장점이라 생각했습니다. 사람의 잊어버림은 최근의 저처럼 인상 깊은 책의 내용을 잊어버려 책을 다시 읽을 좋은 기회를 제공하기 때문입니다. 그럴 때마다 친구와 다시 만난 반가운 마음이 듭니다. 물론 기억을 전부 잊어버리면 안 되겠지만요.

항상 저는 인상 깊은 책을 다 읽고 옮긴이의 마지막 말을 끝으로 책을 덮으면 오랫동안 알고 지낸 친구와 영원히 이별한 듯한 아쉬운 기분이 듭니다. 책의 내용을 전부 기억하기 때문에 다시 읽어도 책이 아닌 단순 글자를 읽는다는 느낌이 들어 다시 읽는 것을 꺼리고, 그 책을 당분간 펼칠 이유는 없다고 생각하기 때문입니다. 처음에는 이 아쉬움을 느끼는 제 마음을 부정적이고 성가신 성격이라고 받아들인 적이 있지만, 눈을 감고 다시 생각해 보니 이것이 바로 저의 독서활동을 계속하게 한 연료이자 윤활유라고 생각합니다. 저는 책을 다 읽은 후의 아쉬운 마음을 또 다른 책으로 위로합니다. 이런 행동으로 저는 독서활동을 이어가며 공백을 채워나가고 있습니다.

저의 두 번째 최애로는 악기 연주가 있습니다. 악기 또한 고등학교부터 시작한 것으로 저의 휴대폰과 함께하는 습관을 조금이나마 고치고자 시작한 것입니다. 악기로는 기타를 연주하고 있습니다. 일반 통기타는 아니고, 전자음을 내는 일렉 기타를 치고 있습니다.

잡담을 살짝 더해 보자면, 많은 사람들이 일렉 기타를 친다 하면 매우 시끄러운 소리만 내는 악기라고 생각하지만 저는 잔잔한 음악을 치고 있습니다. 아마 저의 조용한 성격이 음악 취향에 영향을 준 것 같습니다.

저는 어떤 음악이라도 그 속에는 소설 같은 하나의 이야기가 담겨있고, 그 음악을 연주하는 사람 또한 그 이야기와 하나가 될 수 있다고 믿고 있습니다. 옛날에 휴대폰으로 영상을 보며 영상 속 악기를 연주하는 사람이 악기를 연주하며 우는 장면을 본 적이 있습니다. 이때부터 악기는 사람들의 귀를 즐겁게 하고 들을 거리를 제공해 주는 단순한 도구를 넘어, 음악에 담겨 있는 이야기에 들어가 함께할 수 있는 중요한 열쇠라고 생각했습니다.

기타 연주를 하며 배우고 싶은 곡이 있을 때마다 악보를 보며 연습했으며 결국 완곡시킨 경험이 있습니다. 이 경험을 통해 '하면 된다'라는 교훈을 배웠으며, 성취감을 느낄 수 있었습니다. 저는 이런 귀중한 교훈은 엄청난 일과 고통 속에서만 배울 수 있다고 생각했지만, 취미로 시작한 소소한 악기에서 이런 귀중한 경험을 배울 수 있다는 것에 놀랐습니다. 악기를 배움으로 매우 사소한 일이라도 배울 점이 있을 거라는 마음가짐으로 지내고 있습니다.

저는 이 두 활동이 매우 마음에 듭니다. 우스갯소리로 책과 기타만 있다면 전력이 있는 산속에서 살 수 있을 것 같습니다. 두 활동을 통해 삶의 여유를 배웠으며 귀중한 교훈 또한 얻을 수 있었습니다. 비록 아직 고등학생인 저의 최애활동이지만 이 활동만큼은 평생의 최애하는 것으로 남기고 싶습니다. 만약 개인사정으로 더 이상 기타와 독서를 이어나가지 못한다면, 좋은 교훈과 올바른 마음가짐을 가르쳐 준 평생의 추억으로 간직하겠습니다.

불쏘시개

최현석

단풍

마침내 가을이 왔다. 천고마비 말마따나 그것의 희소성 때문인지는 모르겠으나 가을은 가을 자체로 매력적이고 독특한 계절이다. 많은 변화가 단번에 일어나고 언제 그랬냐는 듯 금세 사그라진다. 그리고 그런 변화 하나하나가 인상 깊은데, 아무래도 나에게는 개중에서 단풍이 가장 깊은 인상을 준다.

한국에 사는 고등학생들은 대부분 똑같은 일상의 굴레 속에서 살아간다. 학생이라는 신분은 이것저것 제약이 많기도 하고 세상에 대해서 아는 것이 적기 때문이다. 그러나 사람이 항상 일상에 묻혀 살 수만은 없다. 보통 넓은 의미에서 크고 작은 일탈들이 동반되기 마련이고 이는 다양한 양상으로 이루어진다. 본인이 고등학생이라면, 혹은 성인이더라도 그때의 기억을 회상해 본다면, 본인만의 일탈이 기억날 것이다. 좋아하는 가수의 콘서트 가기, 예쁜 필기구 사기, 책 여백에 낙서하기부터 시작해서 몇몇은 금기의 대명사인 음주와 흡연을 한 기억이 있을지도 모른다. 나도 다양한 형태로 일탈했고 또 하고 있다. 사실, 음주와 흡연 전에 언급한 것들은 전부 내 경험이며 나의 일탈이기도 하다.

최근엔 종종 학원이나 학교가 끝나고 집에 돌아가는 길에 우리 아파트 단지 놀이터에 그네나 벤치에 앉아 있는다. 물론 사람이 없다면 말이다. 그곳은 어릴 적 추억을 떠오르게 하고 놀이터를 둘러싼 나무들은 마음을 편안하게 안정시켜 준다. 그래서 그곳에 들르는 게 취미가 되었다. 놀이터에 들른 날들 중 인상 깊었던 하나가 떠오른다.

그때는, 여전히 학원이 끝나고 놀이터 그네에 앉아 바닥에 무수히 떨어진 불그스름한 낙엽들을 쳐다보고 있을 때였다. 대부분의 낙엽들이 갈색에 가까운 색으로 마지막 온기를 내뿜곤 점점 식어가고 있었다. 그러나 낙엽들 중에서 유독 한 녀석이 눈에 띄었다. 그것은 만지면 바스러지는 다른 칙칙한 색상의 낙엽들과 달리 홀로 중앙의 붉은색과 테두리의 노란색이 서로 이어져 그라데이션으로 칠해진 밝고 강렬한 자기 고유의 색을 내뿜고 있었다. 나중에 검색해 봤는데 아마 벚나무 잎일 것이다. 처음에는 단지 그런 모습이 신기하여 잎자루를 잡고 눈 가까이 가져와 바라보았다. 봉황의 깃털이 그렇게 생겼을까? 그 잎을 가까운 거리에서 자세하게 바라보자 멀리서 보았을 때는 그저 초롱불이었던 녀석이 더욱 강렬한, 너무나 강렬한 이미지로 다가와 순식간에 나를 뒤덮었다.

내가 주운 것은 불쏘시개였다. 추운 가을날, 마음에 정열이 가득 찼다. 내 안에 묻어두었던 감정들이 서서히 피어오르기 시작했다. 매일 반복되는 일상 속에서 느꼈던 답답함, 억눌린 열망들이 하나둘씩 얼굴을 드러냈다.

여름은 부산스럽다. 에너지가 넘쳐나 신중하지 못하고 감정적이다. 겨울은 고요하고 차갑다. 너무 차가운 나머지 활력이 부족하다. 두 계절은 극단으로 치우쳐져 있다. 그것들 사이에 위치하여 겨울을 향하는 가을은 어떤 의미를 갖는가? 어떤 가치를 가지는가? 사람마다 다르겠지만 나는 그 가치를 균형과 그에 뒤따르는 인식에서 찾았다.

가을이 오면 생물들이 대개 그러하듯 거의 모든 나무의 나뭇잎들은 운명을 다해서 바스러지기 전에 노란색 혹은 빨간색으로 마지막 남은 생명력을 불태운다. 가을이 한창 절정일 적에 팔공산에 있는 외할아버지의 포도 농장에 간 기억이 있는데, 그땐 정말 산 전체가 활활 타오르는 것만 같았다. 생명력을 내뿜는 나뭇잎들과는 반대로 가을의 쌀쌀한 날씨는 사람들을 차분하게 만든다. 날씨의 영향을 많이 받는 마음을 가진 사람들은 외로움과 고독을 느끼거나 계절성 우울증이 찾아와 몸과 마음의 활력이 감소하기도 한다. 봄이 생명, 탄생, 활기의 시작을 알리는 계절이지만 이를 반대로 생각해 보면 가을은 죽음, 소멸, 침체의 시작을 알리는 계절일지도 모른다.

태어나기 위해서 죽고 죽기 위해서 태어나며 그것들이 계속해서 순환하는 것이 계절의 세계이다.

그렇다고 가을이 마냥 음울한 계절인 것은 아니다. 나에겐 가을에는 아직 마르지 않은 나뭇잎과 인간은 각각 양과 음의 성질을 띠며 그래서 서로 조화를 이룰 수 있다. 문학작품이나 회화 같은 예술작품들이 때때로 강렬한 인상을 주고 사유를 이끄는 것처럼, 붉게 활활 타오르는 가을의 낙엽은 가을을 넘어 추운 겨울을 견디도록 우리에게 생기를 북돋는, 그리고 우리의 마음 기저에 잠들어 있는 자신의 진실된 욕구를 깨닫게 해주는 하나의 예술작품이다. 마른 낙엽이 더욱 잘 타오른다. 특히 나는 이것이 현대에 더욱 의미 있다고 생각한다.

행복

인간은 언제 가장 행복한가? 주관적인 문제로 답할 수 없는 질문이라고 주장하는 사람이 있을지도 모른다. 동의하는 바이다. 하지만 나는 어느 정도의 보편성이 주관성 아래에 전제된다고 생각하고 나는 그것을 자신의 욕망을 추구할 때라고 정의한다. 욕망이라는 전제 위에서 주관성이 피어난다. 쇼펜하우어가 괜히 자신을 위해서 사유하는 철학자야말로 진정한 철학자라고 말한 것이 아니다. 물론 당연한 말처럼 들리기도 하지만 사람들은 이 말을 왜곡해서 듣기도 한다. 이를 책 《절망의 나라의 행복한 젊은이들》을 다룬 영상을 통해 알게 되었고, 내 생각과 거의 일치하였기에 즉각 동의했다. OECD 국가 중 한국이 자살률이 1위이기도 하고 불행하기로 유명하지만, 우리나라의 행복도는 생각보다 낮지 않다. 소득의 격차에 따라 행복도가 확실히 차이가 나지만 그 또한 극단적 파탄으로까지 치닫진 않는다. 게다가 우리의 통념과는 정반대로 통계상 주관적인 행복도는 다른 연령대에 비해 20대 청년들이 가장 높다. 우리나라 청년들은 대체로 행복하다. 통념과 통계 사이에서는 도대체 왜 이런 모순이 발생하는가? 책에 따르면 그것은 본인을 소외시키는 방식으로 행해진 자기 위로에 있다.

(여기서부터는 내 생각인데) 행복을 삶의 목표로 하는 시대에 살고 있다.

도처에 행복한 삶을 사는 법에 관한 책과 영상들이 넘쳐난다. 그러나 이것은 결코 낭만적인 길이 아니다. 행복이라는 목적에 도달하는 것 자체는 낭만적이나, 그 목적에 도달하고 유지하기 위해서는 필연적으로 상당한 노력이 요구되기에 행복의 길은 마냥 낭만적이지만은 않다. 행복하게 산다는 건 고되게 사는 거다.

자기 위로는 행복이 아니다. 우리는 스스로를 합리화시킬 때 행복을 느끼지 않는다. 오히려 불안과 초조에 가깝다. 행복이란 역으로 자기 자신을 마주하고 소외시키지 않는 데서 발생한다. 정말로, 세상에서 가장 어려운 일이지 않을까? 그럼에도 그러기 위해서 노력하는 것은 처음이야 어렵겠지만 그 자체가 행복으로 느껴질 만큼 기쁜 일이다.

그러나 많은 사람들은 인간이라면 누구나 저지르고 능통한 자기기만을 통해서 그 과정을 생략해 버린다. 행복하고 싶지만, 그 과정이 너무나 고달프니 스스로 행복의 범위를 정해 버리는 것이다. 그런 사람은 오히려 불행하다. (경험담이다)

균형

이런 상태에 빠져 있어서 힘들다면 마침 가을이 왔으니 붉은 단풍들을 느껴보는 것도 좋다고 생각한다. 자연은 최고의 예술가란 말이 있다. 나는 몇몇 단풍들이 주는 인상에서 행복한 삶을 살아갈 동기를 받았다. 너무 비현실적으로 들릴지도 모르겠으나 강렬한 빛을 가진 낙엽 하나를 찾아 관찰해 보면 생각보다 그 속에는 많은 모습이 들어 있다. 관찰은 1시간은 기본이요 하루를 요구할 수도 있다. 그렇게 마침 낙엽의 정열이 온몸을 감싸지도 모른다.

불을 마음속에 들여 추운 겨울로 인해 내면에 비어 있던 열정이 채워지면서 사람의 마음은 안정을 찾을 수 있다. 비로소 내면의 낙엽으로 인한 불과 날씨로 인한 얼음은 균형을 이룬다.

나는 사람들이 낙엽이 아니더라도 자신만의 불쏘시개를 찾을 수 있길 바란다. 그래야지 마음이 더 시드는 추운 겨울을 잘 보낼 수 있고(이런 면에서 몸과 마음은 유사하다) 그렇게 맞춰지는 냉정과 열정 사이의 균형은 정신을 맑게 만들어 우리의 마음 기저에 잠들어 있는 자신의 진실된 욕구를 일깨워 준다. 진정한 삶을 곧바로 살아가진 못하더라도 그것을 위한 디딤돌 역할을 한다. 다들 내면에 온기를 유지하길 빈다.

쓸모없지만 흥미로운 덧붙임 말

옛날 사람들은 마찰식 점화법을 이용했다. 나무 조각을 서로 마찰시키면 톱밥 불씨가 생기는데 이걸 검불, 낙엽, 마른 잔가지, 관솔, 새의 깃털, 짐승의 털과 같은 불쏘시개로 옮겨서 훅훅 불어 불을 붙인다. 그런 점에서 가을이란 날씨는 기묘하다. 단풍이 사람의 내면에 불을 지펴 주니 장기적으로는 사람이 스스로에게 삶의 활력을 불어넣었다. 이런 점에서 단풍은 인간의 외부와 내부를 연결하게 해주는 매개체다. 불을 붙이고 싶다는 내부의 의지는 불쏘시개를 통해 이뤄지며, 또 외부에서 불타는 불쏘시개(낙엽)는 내부에 불을 붙여 삶의 활력을 가져다 준다.

허공을 걷다

김유상

나는 늘 고민했다. 그 질문에 대해서. 초등학교에 입학할 때부터 지금까지도 계속 들어왔던 질문. 나이를 먹고 더욱 성숙해질수록 이 질문에 대한 해답은 점점 어려워져 갔다. 내가 초등학교에 처음 입학했을 때, 선생님은 서로 자기소개를 하는 시간을 갖게 했다.

"자, 친구들~ 각자 일어나서 이름이랑 꿈, 좋아하는 것 등 발표해 보아요."

그때는 별 어려움이 없었다. 그냥 레고 조립이나 만들기 등이 즐거웠으니 그걸 말하면 된 것이었다. 나는 시간이 흘러 중학생이 되었고 당연 초등학교 때에 비해 성숙해졌다. 그리고 담임 선생님이 주신 자기소개 학습지에 적힌 질문을 읽고 한참을 고민했다.

-취미는 무엇인가요?

당시 나는 한 게임에 빠져 게임만 주구장창 하고 살았기 때문에 게임 말곤 취미라고 할 만한 것이 없었다. 하지만 난 대수롭지 않게 여기며 그냥 게임을 적고 넘겼다. 그리고 자기소개의 시간이 왔다. 나는 1번이었기 때문에 나가서 당당하게 소개를 했다.

"안녕하십니까. 저는 1학년 3반 김유민입니다. 좋아하는 것은 먹는 것이고 취미는 게임입니다."

나는 자리에 돌아와 다른 친구들의 소개를 들었다.

"안녕하십니까. 저는 ○○○입니다. 제 취미는 글쓰기입니다. 제가 글쓰는 것을 좋아하기 때문입니다."

그 외에도 축구를 좋아하는 아이, 코딩을 한다는 아이 등등 다양한 취미들이 오르락내리락했다. 다른 친구들의 취미를 들어보니 내 취미가 초라해 보였지만 큰 의미를 두진 않았다. 시간이 지나 친구를 더 사귀기 위해 다른 반에 갔을 때였다. 나는 친구들과 간단한 자기소개를 하며 친목을 다졌다.

"안녕? 난 유민이야. 넌 이름이 뭐야?"

"난 ○○○이야."

"그래? 넌 뭐 좋아해?"

"난 취미로 만화를 그려. 넌?"

"난 게임!"

"아니! 게임은 누구나 하는 거고. 다른 건 없어?"

순간 머리가 띵했다. 게임은 취미가 아닌 건가? 나는 게임을 즐기긴 했지만, 남들보다 더 많이 하거나 특별히 애정을 쏟진 않았다. 기억을 되새겼다. 축구를 좋아한다는 친구, 코딩을 좋아한다는 친구, 가만 보면 다 자기의 꿈과 연관이 있는 취미들이었다. 당장 앞에 있는 ○○이만 봐도 맨날 만화를 그리며 놀고 있지 않은가?

'그럼, 난 뭐지?'

내가 게임을 즐기긴 하지만 직업으로 삼고 싶다거나 그런 것은 아니다. 정말 유흥일 뿐이었다. 여러 의문이 들었다.

'내 꿈은 뭐지? 뭘 좋아하는 거지? 잘하는 거? 내가 잘하는 게 있던가?'

"유민아?"

○○이의 부름에 생각 속에서 빠져 나왔다.

"ㅇ…어."

-띠디디 디디딩

수업 종이 울렸다.

"다… 다음에 알려 줄게, 잘 있어."

"어…."

수업 내내 정신이 멍했다. 마치 내 안에 무언가 깨진 느낌이었다. 집에 돌아와서 침대에 누워 다시 생각에 잠겼다. 6년이라는 짧은 세월에서 내가 뭘 했는지 생각했다. 그냥 놀았다. 학교에서 그저 친구들과 떠들었고 놀이터에서 놀았으며 지금은 귀찮아 손도 대지 않는 레고들을 조립했다. 계속 기억을 더듬다 보니 깨달았다. 이 중에 내가 취미라 부를 만한 것이 없다는 것을. 너무 좋아해서 직업으로 삼고 싶어하는 것이 없단 사실을. 너무 허무하다, 내 안에 있어야 할 것이 텅 빈 기분이다. 그렇게 잠을 설치다가 겨우 잠에 들었다.

– 굿모닝~ 빠빠바 빠바

– 스윽

언제 들어도 적응이 되지 않는 벨소리를 듣고 손을 뻗어 알림을 껐다.

"하~암"

하품을 하고 기지개를 피며 잠에서 깨어났다. 방문을 여니 솔솔 풍기는 달짝지근한 냄새.

"엄마, 오늘 아침 뭐야?"

"어머!? 오늘 일찍 일어났네? 오늘 고등학교 입학식인데 맛있는 거 먹고 힘내야지. 갈비찜 해놨으니까 얼른 씻고 먹어."

"어."

나는 얼른 씻고 식탁에 앉아 숟가락으로 밥을 떠 그 위에 윤기가 좔좔 흐르는 갈비 한 점을 밥 위에 올려 입으로 향했다. 완벽하게 조려진 갈비찜은 그 안에 간직하고 있던 양념을 씹을 때마다 배출하며 밥과 함께 부드럽게 씹혀 천상의 맛을 냈다. 그렇게 만족스러운 식사를 한 뒤 교복을 입고 가방을 멘 뒤 집을 나섰다. 등교 시간보다 한참 일찍 나와서 그런가 거리에는 사람이 없었다. 나는 한적한 버스를 탄 뒤 정문을 지나 교실에 들어갔다.

'역시 아무도 없나?'

내 시선은 칠판을 향했다. 칠판에는 선생님께서 미리 정해둔 자리가 적혀 있었다. 내 자리는 창가 맨 뒷자리. 자연 풍경이 보이며 햇빛이 드는 게 퍽 맘에 들었다. 나는 가방을 걸고 환기나 할 겸 창문을 열었다. 향긋한 봄꽃 냄새와 짹짹거리는 새소리, 은은한 햇빛과 솔솔 불어오는 봄바람에 흔들거리는 나무와 풀들의 소리. 나도 모르게 풍경에 빠져 감상에 젖어들었다. 하지만 이 감상은 얼마 가지 못했다.

– 드르륵

"자! 내가 일등…이 아니네?"

교실의 한적함이 깨지고 한 남자애가 들어왔다. 그는 칠판을 쓱 보고 내 앞자리에 앉아 말을 걸었다.

"안녕. 넌 처음 보는 얼굴인데? 어디서 왔어?"

다른 동에서 이사온 나를 알 리가 없었다. 자신이 모르는 애가 없다고 생각하는 것을 보니 어지간한 인싸인가 싶었다.

"ㅇㅇ동에서 이사 와서 아마 모를 거야."

"아, 확실히 ㅇㅇ동이면 거리가 좀 있지. 통성명이나 할까? 난 정 찬이고 운동은 다 좋아해. 꿈이 체육 교사거든."

저렇게 꿈을 밝히며 자기소개하는 것도 중1 이후론 처음 봤다.

'저런 자기소갠 좀 오글거리지 않나?'

속으로 의문을 잠재우며 답했다.

"나는 김유민이고 좋아하는 건 게임, 잠자기 정도. 꿈도 그닥."

"게임 같은 누구나 하는 그런 거 말곤 뭐 없어?"

불현듯 그날이 떠올랐다. 트라우마까진 아니지만 좀 껄끄러운 질문이었다.

"운동도 누구나 하는 건데, 그럼 넌 뭐 없어?"

나는 무심코 공격적으로 대답했다.

"아하하… 그런가? 어쨌든 네 앞자리니 잘 지내보자고."

"…어."

분위기가 어색해졌다. 나는 간단히 대답만 하고 가방에서 책을 한 권 꺼내 읽었다. 책을 좋아한다고 하면 잘 모르겠지만 그저 게임만 하고 살기엔 너무 남는 게 없을 거 같아 좀 교양 있어 보이는 행위를 한 것뿐이었다. 읽고 재밌다고 느낀 적은 없으나 그냥 읽고 있으면 시간 보내기 좋았기 때문에 계속 이어가고 있었다. 시간이 흐르니 점점 반에 사람들이 차기 시작했다. 창밖의 새소리는 이미 묻혀서 안 들린 지 오래다.

– 드르륵

"자~ 다들 조용!"

담임 선생님께서 들어오셨다.

"자, 난 너희 담임인 한태건이라고 한다. 1년 동안 잘 지내보자꾸나."

"네엡!"

"역시 1학년이라 그런가 활기차구먼! 자, 이거 뒤로 넘겨라."

선생님께서 인쇄물을 나누어 주셨다.

"자, 선생님은 너희에 대해서 잘 모르니 이 인쇄물을 잘 채워서 내일 아침 시간에 제출하면 된다. 특히 진로 관련해서는 자세히 적어라."

진로, 좋아하는 것의 최종 형태이며 앞날에 있어서 중요한 것이다. 그리고 내 안에 비어 있는 무언가일 것이기도 했다. 나는 대충 문항들을 훑어보곤 그대로 가방에 넣었다. 왠지 진로라는 단어를 보고 있자니 좀 불편했다. 그렇게 어영부영 수업을 전부 마치고, 담임의 간단한 종례가 끝났다.

"유민아, 내일 봐."

"어…."

그렇게 공격적으로 굴었는데 인사하는 걸 보니 꽤 착한 애인 것 같았다. 그렇게 버스정류장에 도착해 다음 버스의 시간을 봤다.

– 20분 후

20분이면 걸어가는 것과 얼마 차이 안 나 도착할 것 같았지만 그냥 앉아서 책이나 읽기로 했다. 학교에서 좀 거리가 있는 버스정류장이라 그런지 사람이 별로 없었다. 그렇게 한적함을 즐기며 책을 읽어 나아가는 중에 누군가 말을 걸었다.

"저…. 저기, 혹시 너도 ㅇㅇ작가님 좋아하니?"

나는 갑자기 들려온 음성에 뒤를 돌아보았다. 안경을 쓰고 장발에 같은 학교 교복을 입고 있는 여자애였다. 그러곤 내가 읽고 있던 책의 표지를 보았다.

〈나를 찾아서〉 글: ㅇㅇㅇ

그냥 도서관에서 적당히 골라온 책. 당연히 작가는 누군지도 모른다.

"딱히, 유명한 작가야?"

"어… 엄청 유명하진 않지만, 어느 정도 인지도는 있는 편이야."

"아, 그래?"

나는 무뚝뚝하게 대답한 뒤, 마저 책을 읽으려 했다.

"너 김유민이지?"

"어. 내가 이름을 말한 적이 있던가?"

"아니…. 그 명찰에…."

내 가슴팍을 보았다. 파란색 바탕에 똑똑히 적혀 있는 김유민이라는 글자를

"아."

"그리고 우리 전에 만난 적 있었어. 작년에 글짓기 대회에서…."

'글짓기 대회?'

기억을 되짚어 봤다. 내가 대회 같은 데를 나갔을 리가 없기 때문이다. 그리고 오래지 않아 떠올렸다. 작년 담임은 대회 기간에 우리 반 전부에게 글짓기를 시켰다는 사실을. 어차피 할 일도 없었기에 지루했지만, 시간 때우기 용으로 썼던 글 하나가 상을 받았던 기억이 났다.

"나는 거기서 2등 했거든. 열심히 적었는데 분했던 기억이 남아서. 근데 네 글을 읽어보니 1등 할 만했다 싶어서 후회는 없었어."

아무런 의미도 감정도 담기지 않은 글에서 뭘 느낀 건가 싶었지만 계속 얘기를 들었다.

"나는 글쓰기를 좋아하거든…. 하지만 주변에는 글은커녕 책도 안 읽는 사람이 많아서. 근데@#$@#$"

나는 생각했다. 얘는 딱 좋아하는 것이 정해진 부류구나. 진로도 큰 고민 없이 정하고 꿈을 향해 나아가겠지. 가슴이 옥죄이는 것 같았다. 아무런 꿈도 없는 내가 자기가 좋아하는 것에 대해 활기차게 얘기하는 저 아이에 비해 초라해지는 것 같았다.

"@#$@#$거 같아서 말을 걸게 됐는데…. 미안, 너무 내 얘기만 했나?"

"아니, 말 걸어 줘서 고마워. 난 이만 가볼게."

생각에 잠긴 바람에 제대로 듣지 못했지만, 적당히 대꾸한 뒤 마침 도착한 버스를 타고 집으로 향했다. 집에 도착하니 안이 컴컴했다. 엄마가 잠시 외출한 모양이다. 나는 아침에 먹은 갈비찜을 데워 배를 채운 뒤 침대에 누웠다. 오늘 좋아하는 것에 대해 너무 치인 것 같았다. 운동을 좋아한다며 냅다 취미에 대해 묻는 남자와 글쓰기에 대해 신나게 얘기하던 여자. 당장 내일 적어야 하는 진로에 대한 해답. 머리가 지끈거렸다. 오늘은 더 이상 고민하지 못할 것 같았다. 나는 애써 눈을 감고 잠에 들었다.

눈을 뜨니 나는 길을 걷고 있었다. 하지만 길은 보이지 않았다. 내가 무엇을 딛고 있는지 모르겠지만 그저 어두운 허공에 그저 걷고 있었다.

"누구 없어요?"

주변을 둘러보았다. 주변엔 공허밖에 없었던 탓에 내가 어디에 있는지, 어느 방향으로 가고 있는지, 가야 할 방향이 어딘지 그 무엇도 알지 못했다. 내 주위의 공허는 내 목소리조차 삼켜 메아리조차 울리지 않았다. 보이지 않았다, 눈은 뜨고 있다. 내가 딛고 있는 것은 어두운 허공이지만 내 앞에는 무슨 색이 있지 않았다. 그것이 검은색인지 흰색인지 알 수 없었다. 그저 눈에 보이는 것은 공허 그 자체였다. 주변은 너무나 고요했으며 냄새도 소리도 온기와 서늘함 그 무엇도 느껴지지 않았다. 아무리 둘러보아도 아무것도 보이지 않았다. 하지만 무언가 나를 쫓아오는 것 같은 공포감이 나를 옥죄었다. 아니, 분명 쫓아오고 있다. 나는 달리기 시작했다. 저 정체 모를 공포감을 피해 다리가 비명을 지를 정도로 달렸다.

"허억, 허억"

폐가 불타오르는 것 같았다. 얼마나 더 달려야 하는지, 이 방향이 맞긴 한지 머릿속으로 계속 생각했다. 그리고 사고가 끊기며 끝내 지쳐 쓰러졌을 때.

"유민아~ 학교 가야지."

나는 꿈에서 깨어났다.

가뜩이나 일어나기 힘든 평일 아침. 전날 여러 사람들에게 치인 탓에 정신적으로 피폐해져 악몽을 꾼 모양이었다. 나는 엄마가 해준 아침을 먹고 학교에 일찍 등교해 텅 빈 교실에 들어갔다. 오늘 꾼 악몽 때문인가 교실은 더욱 고요한 느낌이 들었다. 나는 자리에 앉아 자기 소개란을 채워 나가기 시작했다. 이름, 주소, 전화번호 등을 기입해 갔다. 한 질문에 잠시 멈칫했지만 나는 '미정' 그저 한 단어를 기입하고 교탁에 올려 두었다. 자리에 돌아와 햇살을 만끽하며 책을 꺼내 독서를 하기 시작했다. 시간이 지나 사람이 점점 차는 것이 느껴졌다.

"유민아…. 아, 안녕? 어제 잘 들어갔어?"

어제 버스정류장에서 마주친 여자애가 내게 말을 걸었다.

'옆자리였어?'

어제 얘기 도중 상념에 빠진 탓에 말 사이사이에 생긴 공백이 기억났다. 나는 그녀의 명찰을 보고 공백을 채우려 했지만 카디건을 입은 탓에 명찰이 보이지 않았다.

"어…. 그 이름이?"

"…."

적막이 돌았다. 그녀에, 얼굴엔 당황이라는 감정에 딱 맞는 표정을 하고 있었다.

"어제 이 책에 관해 얘기한 애 맞지? 내가 이름을 잘 기억 못 해서."

그녀의 표정이 부끄러움에서 안도하는 표정으로 변했다.

"아! 내 이름은 예슬이야, 한예슬. 잘 부탁해."

그 이후로는 별 소동 없이 하루가 지나가고 집에 돌아와 숙제를 한 뒤 잠에 들었다.

사건 사고도 없고 숙제를 다 끝내 보람찬 하루였다. 오늘은 푹 잘 수 있을 것 같은 느낌이 들었다. 얼마 지나지 않아 나는 잠에 들었다. 그리고 나는 길을 걷고 있었다.

고등학교 입학식을 마친 지 벌써 3주가 지나갔다. 나는 그날 이후로 똑같은 악몽에 시달렸다. 정신적으로 지쳤지만, 부모님에게 별로 말하고 싶진 않았다. 나는 그렇게 지끈거리는 머리는 달래며 학교로 향했다.

"자, 오늘 수업 고생했고, 방과후에 백일장 쓰기 있으니 쓸 사람은 남아서 쓰고 가고. 야자 신청한 사람은 째지 말고 공부하고 가라. 해산!"

나는 야자나 방과후 수업 등을 신청하지 않았기 때문에 가방을 메고 집으로 향하려 했다.

"유민아, 백일장 쓰러 갈 거지? 같이 가자!"

'왜 내가 당연히 쓴다고 생각하는 거지?'

"아니, 난 바로 집에 가려고."

"왜? 오늘 숙제도 거의 없는데… 1년에 한 번 하는 그것도 하고, 상 타면 문상도 준다는데?"

예슬이 횡설수설하며 나를 설득했다.

저렇게 열심히 설득하는데 그냥 거절하긴 좀 그랬다.

"그렇게까지 얘기한다면야…. 간단하게 쓰고 갈게."

"자, 백일장 쓰기는 4시 30분에 시작합니다. 시작과 동시에 주제 보여줄 테니 운문, 산문 둘 중 고르고 대기하세요. 6시에 마감합니다. 다 쓴 사람은 먼저 내고 가도 됩니다."

"유민아, 힘내자!"

"어. 너도."

잠시 후 주제가 공개되었다. 주제는 '생명 존중, 학교 폭력' 등 딱 학교에서 나올 만한 것들이었다.

나는 종이에 반 번호 이름을 적고 양식에 산문이라고 채워 넣었다. 연필을 들고 잠시 고민을 하다 글을 써 내려가기 시작했다. 큰 목표가 있는 것도 아니었기에 그저 머릿속에 생각이 나는 대로 글자를 채웠다. 사람의 죽음을 누구보다 옆에서 보아온 중세 사형 집행인이 한 마을의 따돌림 당하는 외톨이와 만나 생명에 대해 고민하는 이야기. 나는 꽤 만족하며 담당 선생님께 제출한 뒤 집을 향했다.

"다녀왔습니다."

"어머, 우리 아들 왔어? 학교에서 별일 없었고?"

"어. 오늘 백일장 쓰고 왔다 정도?"

"유민이는 작가가 꿈인가?"
"아니, 오늘도 친구가 하자고 해서 한 거지, 할 생각 없었어."
"왜? 우리 아들 글 잘 쓰잖아. 작년에 상 받았을 때 그렇게 글을 잘 쓰는지 처음 알았잖아."
"그건 됐고, 오늘 저녁은 뭐야?"
"오늘 고기 괜찮지? 엄마가 삼겹살 싸게 구해서. 손 씻고 앉아."
"아빠는?"
"오늘 아빠는 늦는대. 너 자고 있을 때 올 거야."

그렇게 엄마와 둘이서 고기를 구워 먹고 침대에 누웠다. 배부르게 먹고 누우니 잠이 솔솔 오기 시작한다. 잠에 들면 또 악몽을 꿀까봐 두려웠지만 4시간 정도 잔 뒤 등교하는 것도 문제였기에 눈을 감고 잠을 허락했다.

눈을 뜨니 역시 주변엔 공허뿐이었다. 나는 다시 공포감에서 도망갈 준비를 했다. 그 순간 멀리서 사람 2명이 보였다. 이 악몽을 꾼 지 벌써 한 달이 다 되어 가지만 이런 적은 처음이다. 나는 쿵쾅대는 가슴을 부여잡고 사람들을 향해 달렸다. 점차 거리가 가까워지니 그들의 인상착의가 보였다. 하지만 얼굴은 비어 있었다. 그들은 내가 보이지 않는 듯 자신들의 길을 걸어 나갔다. 나는 그들을 따라 걸었다. 아무것도 모르는 나에게 있어 그들이 향하는 길은 엄청난 단서를 갖고 있을 것이라는 직감이 들었다.
꽤 오래 걸었지만 역시나 보이는 것은 없었다. 하지만 불현듯 큰 사실이 떠올랐다.
'무섭지 않아?'
늘 나를 괴롭히던 공포감이 느껴지지 않았다. 그리고 그들에 대해 떠올랐다. 한 손에 도끼를 들고 있는 큰 덩치의 남성과 왜소한 체격에 거적때기를 입고 있는 남성, 오늘 내가 쓴 산문의 주인공들이었다. 이를 인지하니 사형 집행인과 외톨이가 고개를 돌렸다. 얼굴이 비어 있었지만 날 쳐다보는 것 같았다. 그리고 꿈에서 깨어났다.

그날 이후로는 내 꿈에서는 그들이 계속 나타나기 시작했다. 하지만 그들도 나와 같이 떠돌고 있었을 뿐 길을 찾아내진 못했다.

"유민아, 무슨 일 있어?"

"아니. 왜?"

"요즘 표정이 좋길래. 평소에는 엄청 지쳐 보였거든."

요즘에 꿈이 공포스럽지 않아서 푹 자긴 했지만, 이렇게 티가 날 정도인지 몰랐다.

"그리고 오늘 백일장 결과 나온다는데 들었어?"

"아, 그래?"

"응. 이따 점심시간에 게시판에 가보자!"

"알았어."

지루한 수업을 마친 뒤, 점심을 먹고 예슬이와 게시판을 향해 뛰어갔다. 나와 예슬이 둘 다 산문을 썼기 때문에 운문 수상자 명단은 넘기고 산문 수상자 명단을 보았다.

1위: 한예슬

2위: 김유민

3등 ○○○

.

.

"와, 유민아. 1등이야!"

"축하해."

"유민이 너도 2등이잖아. 왜 이렇게 무덤덤해? 설마, 내가 1등 해서?"

"그게 아니라… 나는 상을 받을 줄 몰랐거든."

"맞다. 유민아, 너 동아리 정했어?"

"아니."

"그럼 나랑 같은 데 들어갈래? 책 쓰기 동아리에 들어가려 하는데."

최근 내 꿈에 나오는 내 글의 주인공에 대해 고민하고 있었다. 글쓰기를 해보면 무언가 얻을 수 있을 것 같아 예슬이의 제안을 수락했다.

"좋지. 동아리 신청하러 가볼까?"

"응!"

나는 집에 돌아와 연필을 잡았다. 나는 전에 쓴 사형 집행인의 이야기를 보았다. 백일장에 제출할 때는 끝까지 고민하다 답을 내지 못하고 이야기는 끝이 났었다. 꿈속의 주인공은 길을 헤매고 있었다. 그렇게 새벽 늦게까지 고민하며 글을 써 그들의 이야기의 막을 내렸다.

"후우~"

나는 잠이 깨지 않게 미지근한 물로 목을 축인 뒤 침대에 누워 잠에 빠졌다.

이제는 익숙해져 놀랍지 않은 공허. 이제는 친근함이 느껴지는 두 주인공 그리고 그들의 앞에는 공허와 맞지 않게 흙길이 나 있었다. 이 이야기의 끝인 두 주인공의 여행길. 나는 그들의 뒤를 따라갈 수 없어 그저 쭉 지켜봤다, 그들이 걸어가는 길을. 그들이 보이지 않게 되었을 때 나는 꿈에서 깨어났다.

입학식 때부터 잤던 잠 중 제일 상쾌한 잠을 잔 기분이다. 이런 현상이 정신병인 것 아닌가 싶었지만, 정작 자기는 길을 찾지 못했으면서 그들이 길을 찾아 떠나가는 것을 보니 썩 나쁘지 않았다.

'대리만족이라도 느끼는 걸까?'

어떻게 보면 내가 그들의 길을 찾아준 것이었다. 이렇게 타인의 길들을 찾아주다 보면 언젠가 내 길 또한 찾을 수 있을 것 같은 느낌이 들었다. 그리고 글을 쓰기 위해서는 여러 이야기를 들어봐야 했다.

"왜 체육 선생님이 되고 싶냐고?"

나는 그나마 안면식이 있는 정 찬에게 질문했다.

"그야 운동을 좋아하니까? 원래 진로는 하고 싶은 걸로 하라잖아. 내가 운동을 좋아하고 내가 좋아하는 걸 가르치면 재밌지 않을까?"

"단순하네…."

"너무 복잡하게 살아도 문제야~ 너도 운동 좀 해야 해. 이따 축구나 할래?"

"아니… 됐어."

그렇게 예슬이와 담임 선생님 등 좋아하는 것, 진로에 관해 질문하며 글을 썼다. 나는 글에 대해 계속 고민하고 이야기를 써 내려갔다. 시간이 갈수록 많은 인물이 가지각색의 길들을 걸어 나아갔다. 하지만 난 늘 혼자 공허에 남아 있었다.

어느덧 12월이 다가왔다.

"저기 봐. 눈 온다!"

고등학교에서 1년이 다 되어가지만, 나는 I 성향이 강했기 때문에 친한 친구라고 부를 만한 사람은 아직 예슬이와 찬이밖에 없었다. 거리에 서서히 눈이 쌓이기 시작하는 것을 보니 겨울이 확 체감되었다.

"그건 그렇고, 유민아, 너 어떻게 쓸지 정했어?"

"흠, 아직은."

동아리에서 1년 주기로 책을 쓴다고 좋아하는 것을 주제로 글 한 편을 써오라는 과제를 받았다. 지금도 이 과제에 관해서 얘기하기 위해 모인 자리다. 그렇게 둘이서 주제에 관해 어떻게 쓸지 논의를 해보았지만 큰 이득은 없었다.

"유민아, 내일 봐!"

"어, 너도."

예슬이와 작별인사를 한 뒤, 버스를 타고 집에 가며 생각에 빠졌다.

'최근에 생각해 본 적이 없었는데….'

입학식 때 이후로 좋아하는 것이니 뭐니 생각을 안 한 지 꽤 지났었다. 그보단 빨리 그들의 길을 찾아 줘야 했기 때문이다. 그사이 내 삶엔 큰 변화들이 많았지만, 아직 나는 이 질문에 대답을 내놓지 못했다. 그렇게 집에 와서 밥을 먹고 침대에 누워 잠이 들었다.

눈을 뜨니 너무나 익숙한 공허가 나를 반겼다. 하지만 공허가 나를 반길 일이 없다. 처음으로 길을 찾은 이후로 새로운 글을 쓰지 않는 이상 더 이상 내 꿈에는 공허가 나타나지 않았기 때문이다. 지금 나는 기말고사와 과제 덕에 새로운 글은 쓰지 않는다. 나는 익숙하면서도 낯선 공허를 돌아다녔다. 그리고 한 사람을 보았다. 그것은 멀리서도 알아볼 수 있을 만큼 친숙한 것이었다. 익숙한 체형에 익숙한 옷, 얼굴까지. 그것은 바로 나였다. 나는 나를 인지하지 못했다. 그저 과거의 나처럼 걸어가고 있었다.

눈이 떠졌다. 나는 일어나자마자 책상에 있는 펜을 집어 노트에 쓰기 시작했다. 이번 소설의 주인공이 정해진 순간이었다.

지금도 좋아하는 게 무엇이냐는 질문에는 자신 있게 답할 자신은 없다. 하지만 살면서 제일 열심히 했던 것은 있다. 마치 꿈속의 나가 '다음은 내 차례야'라고 말하는 것 같았다. 지금껏 남의 이야기를 보고 남의 길을 찾았던 나는, 이제 나의 이야기를 듣고 내 길을 찾을 때다. 나는 펜을 들었다.

– 소년은 고민하고 있었다. 좋아하는 것에 대해서.

소년은 위축돼 있었다. 주변은 다 꿈이 있는 거 같아 자기가 초라해 보였기 때문이다.

소년은 무서워했다. 꿈에서 쫓아오는 공포감 때문에. 아니, 마음속에 있는 공허가 무서워서.

소년은 즐겼다. 타인의 길을 보며 자기만족했다. 소년은 썼다. 소설같은 인생을.

소년은… 눈을 떴다. 눈앞에는 또 다른 나가 있었다. 지금까지의 주인공들과 다르게 선명한 이목구비가 보였다. 나는 거의 무표정이지만 약간의 미소를 띠었다.

소년은 앞을 보았다. 여러 주인공이 걸어갔던 길들이 한곳에 모였다. 그 길들은 합쳐져 새로운 길이 나타났다. 내 꿈을 채우던 공허는 점점 형형색색의 것들로 물들기 시작했다. 더 이상 내 앞에 또 다른 나는 보이지 않았다.

나는 내 앞에 쭉 놓여 있는 길을 보았다. 목적지는 보이지 않았지만, 방향은 알 수 있었다. 내 뒤에선 여태껏 자신의 길을 찾아 떠나간 이들이 나를 배웅하고 있었다. 그들의 응원을 받으며 나는 앞을 향해 나아갔다. 때로는 힘들어 잠시 쉬다 가고, 신기한 것이 있으면 길에서 벗어나 달렸다. 그리고 새로운 길이 앞에 놓여 있었다.

목표는 보이지 않았다. 내가 어디를 향해 나아가는지 방향조차 모르겠다. 길은 뒤죽박죽이고 너무 어지러웠다. 하지만 보였다 주변의 풍경이. 느껴졌다 꽃의 향기가. 들렸다 바람에 흔들리는 나뭇잎 소리가. 나는 나도 모르는 방향을 향해 길을 걸어갔다.

주마등

정하윤

"쿨럭쿨럭."

오늘은 조금이나마 나아질 것이라 희망을 가진 내가 바보다. 언제쯤 병실 밖으로 나갈 수 있을까. 창밖을 바라본다. 적막만이 감도는 새하얀 병실로부터 알 수 없는 우울감이 몰려온다. 어쩌다 이 지경이 되었나. 이제 겨우 서른인 나에게, 인생의 꽃을 피울 시기에 시한부라는 달갑지 않은 손님이 예고도 없이 찾아왔다. 죽음을 덤덤하게 받아들이고 준비할 수 있는 사람이 세상에 몇이나 될까? 처음에는 시한부 판정을 필사적으로 부정했다. 설령 그것이 사실이라고 하더라도 될 수 있는 만큼 피하고 싶었다. 그러나 계절의 변화에 발맞추어 나의 강한 부정은 체념이 되기 시작했다. 병세는 점점 악화하여 온갖 신약과 치료제를 동원해 보아도 더 이상 돌이킬 수 없었다. 이미 너무 늦어버린 탓일까. 나아질 기미가 보이지 않았다.

병실에서 지낸 시간도 어언 6개월이 되어간다. 처음 이곳에 왔을 때 의사는 올해를 넘기기 어려울 것이라며 드라마에서나 들을 법한 말을 내게 내뱉었다. 오늘은 오래간만에 의사를 만난다. 평소와 달리 긴장한 이유는 단지 오랜만이라서가 아니다. 그의 손에 들린 차트에 적혀 있을 나의 사망 날짜 때문이다. 이토록 잔인할 수 없다. 굳이 이렇게까지 확인 사살을 해야 할까?

저 멀리 복도 끝에서부터 들려오는 의사의 발소리가 점점 가까워질수록 목이 메여온다. 턱 끝까지 차오르는 숨을 찬찬히 내쉬어본다. 그 순간 드르륵 소리와 함께 문이 열리고 의사가 병실 안으로 들어왔다. 내 앞에 우뚝 선 의사는 왠지 모르게 유난히 더 차가워 보였다. 볼펜을 딸깍거리며 차트를 넘기더니 세 번째 차트지에서 그의 핏기 없는 손이 멈추었다. 그러더니 내게 아무렇지 않다는 표정으로 나지막이 말했다.

"저녁 식사는 잘하셨어요?"

의사는 잠시 머뭇거리더니 말을 이었다.

"…안타깝지만 환자분의 마지막 날은 8월 25일입니다. 갑작스러우시겠으나 이제 마음의 준비를 하시길 바랍니다. 그럼."

의사는 고개를 까딱이고는 바쁜 걸음으로 후다닥 병실을 나갔다. 나는 서둘러 달력을 펼쳤다. 지금까지 이곳에서 하루하루를 버틸 때마다 달력에 엑스 표시를 해왔다. 하지만 이제 내가 표시할 수 있는 칸은 오직 하나! 창틈 사이로 새어 들어오는 싸한 바람이 눈가를 적신다. 이전과는 다른 적막이 병실을 가득 메웠다. 뺨을 타고 하염없이 흘러내리는 눈물은 마를 생각이 없나 보다. 깊어져 가는 밤. 숨을 죽이고서 애써 눈물을 삼켜본다.

'삐빅 삐빅'

알람 소리가 귓가에 계속 맴돈다. 평소 같았더라면 일어나 알람을 껐겠지만, 오늘은 왠지 눈을 뜨고 싶지 않았다. 그렇게 알람 소리는 눈을 꼭 감은 채 누워 있는 내 옆에서 5분을 더 맴돌더니 저절로 소리를 죽였다. 순간의 고요함이 주는 안락함. 어떠한 소리도 없이 이 순간 이대로 가만히 멈추길 바랐다. 언제나 몇 번이고 각오했던 죽음인데, 죽음을 받아들일 준비가 끝났다는 생각은 오로지 착각이었다. 막상 코앞으로 다가오니 몸을 일으켜 세울 기운조차 나지 않는다. 세상 많은 사람이 '당신은 죽기 직전에 무얼 하고 싶은가?'라는 질문에 답하기를 즐겨한다. 그들에게 이 질문은 그저 가벼운 이야깃거리뿐일지 모른다. 한때는 나에게도 그러했으니까. 다시금 이 질문을 마주한 나는 아무것도 하고 싶지 않다고 답한다. 오롯이 세상과 작별하고 싶다.

12시쯤 되자 여느 때와 다름없이 병실로 점심밥이 도착했다. 힘겹게 몸을 일으킨다. 쟁반 위에는 쌀밥 한 공기와 그 옆에 거뭇한 미역국 한 그릇이 놓여 있었다. 죽음을 앞둔 채 생일상에나 올라올 법한 미역국을 받으니, 헛웃음만 나온다. 먹고 죽은 귀신이 때깔도 곱다지만 차마 목으로 넘어가질 않는다. 고갤 숙여 넘실대는 국물 속에 비치는 나의 모습만 뚫어지게 쳐다본다. 그렇게 점심을 거른 채 종일 아무 말 없이 누워 있다.

어느새 새하얗던 병실이 붉게 물들고 해는 죽어간다. 오늘 이렇게 죽어도 내일이면 다시 살아나는 해가 참 부럽다. 유리창에 비쳐 일렁이는 노을빛이 커튼 틈새로 새어 나온다. 깊은 곳에 쌓아두었던 미련과 후회도 함께 일렁인다. 테이블에 놓인 작은 거울로 바라본 두 눈동자에는 공허함만이 가득해 보인다. 하지만 그 공허함 뒤에 가려진 살고자 하는 간절함을 발견했을 때, 나는 밤이 영원하길 빌어본다. 내일이 오지 않도록.

웬일인지 알람 소리가 나기도 전에 눈이 번뜩 떠졌다. 아직 밤중인지 앞이 캄캄하다. 어둠 속에 허덕이며 급히 몸 이곳저곳을 더듬는다. 눈두덩부터 두 뺨을 타고 내리며 마른세수를 반복한다. 손끝에서부터 느껴지는 감각에 한시름 놓는다. 아직 죽진 않았나 보다. 그렇게 농수가 옅어지려던 찰나, 순식간에 알 수 없는 위화감이 서린다. 병실이 원래 이렇게까지 어두웠던가. 아무리 기다려 보아도 처음 그대로 암흑하다. 당연하게 마주해왔던 그 어떤 것도 눈에 들어오지 않는다. 심지어는 몸을 휘감고 있는 이 포근한 이불마저도 느껴질 뿐, 보이지 않는다. 소름이 등골을 타고 올라 정수리에 톡 닿았을 때, 나는 당장에 몸을 일으킨다. 벽에 바싹 붙어 병실의 구조를 감으로 대강 기억해 내 조심히 걸음을 옮긴다. 벽면을 짚어가며 천천히 문 쪽으로 다가간다. 문 근처에서 한참 동안 판판한 면을 더듬다 마침내 손에 닿은 차가운 봉을 서둘러 잡아당겨 본다. 문을 열자, 그 뒤로 펼쳐지는 공간은 여전히 어둑하지만 광활함이 느껴진다.

어둠 속에서 한참을 서성이던 중에 끝을 알 수 없는 저 멀리서 작은 불빛이 희미하게 뿜어져 나온다. 그곳을 향해 무작정 걷고 또 걷는다. 희미하던 불빛이 갈수록 선명해지더니 눈앞에 건물 하나가 덩그러니 나타났다. 붉은 기왓장으로 덮인 낡은 가게. 가게 앞에는 넝쿨이 얽혀 있는 고장 난 가로등 하나가 우두커니 서 있다.

건물 바깥 여기저기를 살펴보던 그 순간 누군가 문을 열고 밖으로 나온다. 훤칠한 키에 기름한 얼굴, 위아래로 맞춘 듯 보이는 검은 정장과 깔끔하게 정리한 콧수염이 두드러진 남자였다. 남자는 주머니에서 진한 뿔테 안경을 꺼내 쓰며 내게로 다가온다. 그러더니 내 앞에 멈춰 서 대뜸 말을 건다.

"어서 오세요. 같이 안으로 들어가시죠."

영문도 알지 못한 채 나는 남자를 따라 가게 안으로 들어간다. 케케묵은 골동품 냄새와 둥둥 떠다니는 먼지들이 코를 찌른다.

“저쪽에 잠시 앉아 계세요.”

남자의 지시에 따라 구석에 있는 작은 의자에 먼지를 털고 걸터앉는다. 가게 안에는 커다란 영사기와 끝이 안 보이는 필름, 크기와 모양 모두 제각각인 카메라가 가득하다. 한쪽에는 할아버지 댁에서 봤던 브라운관 텔레비전과 낡은 축음기도 있다. 책장에는 책 몇 권과 레코드판 수십 장이 꽂혀 있고 수만 장의 사진들이 가게 벽면을 잔뜩 메우고 있다. 언뜻 보기에는 골동품 가게 같다. 도무지 알 수 없는 공간이다.

남자는 가게를 둘러보며 기다리고 있던 나에게 찻잔을 건네주고는 주전자를 들고 와 금방 우려낸 따뜻한 차를 따라준다. 나는 아무 말 없이 차를 홀짝인다. 그러다 정신을 차린 나는 남자에게 조심스레 질문한다.

“저… 근데 여긴 어딘가요?”

“제가 운영하는 사진관입니다.”

“아… 혹시 저는 지금 살아 있는 상태인가요? 아님 설마 이미 죽은 후인가요?”

남자는 고개를 뒤로 젖히며 큰소리로 웃어댄다. 그러고는 대답한다.

“지금 계신 이곳은 삶도 죽음도 아닌 삶과 죽음의 경계입니다. 흔히 의식 세계라고도 하죠. 인간이 의식불명 상태에 빠지면 도착하게 되는 곳이 바로 이 의식 세계입니다.

“그럼 저는 지금 의식불명이라는 건가요?”

“그렇죠. 밖에서는 아마 당신을 깨우기 위해 난리도 아닐 겁니다.”

“그럼 다시 돌아가려면 어떻게 해야 하나요…?”

“안타깝지만 다시 돌아갈 수 있는 방법은 없습니다. 삶과 죽음의 경계라고 했지만, 사실상 죽음으로 가기 바로 직전의 경계라는 표현이 더 정확하다고 할 수 있죠. 당신의 이 의식 세계가 끝나면 당신은 비로소 완전한 죽음에 이르게 됩니다. 저는 당신과 같이 이곳에 온 사람들이 주마등을 통해 천천히 평온하게 죽음에 이를 수 있도록 돕는 안내자 역할을 하고 있죠.”

“주마등이요…?”

“네, 저기 보이는 커다란 영사기를 통해 주마등으로 갈 수 있습니다. 주마등 안에는 당신이 지금까지 살아온 흔적들이 모두 살아 숨 쉬고 있죠. 주마등을 쭉 따라 걷다 그 끝에 다다르면 나오는 문을 통해서 완전한 죽음에 이르게 됩니다."

말문이 막힌다. 비유적 표현인 줄로만 알고 있던 주마등이 실존하는 공간이었다니. 신기하면서도 한편으론 두려운 오묘한 감정이 물밀듯 몰려온다. 그러나 죽음의 문턱까지 와서 다시 돌아갈 수도 없는 노릇이다. 이제는 그간 마음으로 수천 번, 수만 번을 되새기고 각오해 왔던 죽음을 향해 스스로 걸어가야 한다. 마음을 다시 한번 굳게 다잡은 후 숨을 고루 내쉰다. 그리고 남자에게 말한다.

"그럼 저를 주마등으로 안내해 주세요."

"마음의 준비는 다 되셨나요? 한번 들어가면 나올 수 없습니다. 발을 내딛은 그 순간부터는 무슨 일이 있더라도 죽음이라는 끝을 향해 가야 합니다."

나는 잠시 주춤한다. 무엇이 나를 이토록 망설이게 하는 걸까? 하지만 굳은 결심으로 끝내 대답한다.

"네."

얼떨결에 대답한 나를 남자는 흐뭇하게 쳐다보더니 아까 본 커다란 영사기를 들고 온다. 남자는 영사기를 내 앞에 세워두고는 준비해 온 필름을 둘둘 말아 끼워 넣는다. 남자는 불을 끄고 영사기를 작동시킨다. 필름이 스쳐 지나가는 동안 영사기가 투과시킨 빛은 필름을 투영하여 맞은편의 빈 벽면을 빈틈없이 채운다. 누런빛의 직사각형 화면은 지직거리더니 이내 화면 안쪽으로 끝이 보이지 않는 기다란 통로가 보이고 화면 크기대로 벽이 허물어지더니 안쪽 통로와 이어지는 입구가 나타난다. 생전 처음 보는 광경에 차마 입이 다물어지지 않는다.

"이제 가실까요?"

넋을 놓고 있던 나에게 남자가 손을 뻗어 통로를 가리키며 나지막이 묻는다. 나는 고개를 끄덕이고서 마침내 언제 끝날지 모르는 길고 긴 길 위에 죽음으로 향하는 첫발을 내디딘다.

몸이 쑤-욱 빨려 들어가는 느낌이 들더니 밖에서 보던 그 길 위에 두 발을 닫고 선다. 남자가 뒤따라 들어오자, 입구가 서서히 사라진다. 그 모습을 가만히 지켜본다. 발길이 떨어지지 않는다.

"이제부턴 앞만 보고 걸어가셔야 합니다. 아무리 뒤를 돌아보아도 다시 돌아갈 수 없습니다. 우리네 인생처럼요. 그러니 그간의 후회도, 미련도 모두 이 길 위에 남겨두고 한없이 아름답고, 한없이 찬란한 추억들만 담아 가세요."

남자의 말이 마음을 울린다. 눈꼬리에 맺히는 눈물 몇 방울을 아무도 모르게 훔쳐본다. 그 말에 용기를 내어 걸어본다. 그제야 주마등이 눈에 들어온다. 통로 전체가 따스한 빛으로 밝게 빛나고 양쪽 벽에는 흑과 백이 교차하며 지나온 세월이 마치 필름처럼 쉴 새 없이 지나간다. 나의 인생을 한 편의 영화로 만들어 감상하는 것 같다. 뿜어져 나오는 빛에 나의 인생은 황홀해 보인다. 잊고 지냈던 것들이 하나둘 떠오르기 시작한다.

어디선가 새 생명의 울음소리가 들려온다. 울음소리가 나는 곳을 향해 걷는다. 그곳에 도착했을 때 나는 생명의 신비를 마주한다. 나의 탄생을 목도하니 자연스레 눈물이 흘러내린다. 생명의 탄생은 지켜보는 것만으로도 눈물이 날 수밖에 없는 감동의 순간이라던 아버지의 말이 떠오른다. 생명의 시작을 알리는 울음소리, 피로 뒤덮인 작은 생명의 그 우렁찬 울음소리를 온몸으로 느껴본다. 그 소리 뒤로 나는 또 다른 소리를 듣는다. 바로 흐느끼는 어머니의 울음소리, 점점 가빠지는 거친 숨소리. 헝클어진 머리와 땀에 흠뻑 젖은 채, 진이 다 빠진 어머니의 모습이 보여주는 숭고한 희생과 강한 정신력에 눈물이 절로 쏟아진다. 뼈가 벌어지는 해산의 고통에 정신을 제대로 차리지 못하는 혼돈 속에서도 핏덩이인 나를 찾는 어머니의 뜨거운 모성애를 가슴 깊이 새긴다.

이를 지켜보던 남자는 내 등을 토닥이며 위로를 건넨다.

"주마등에는 당신이 태어난 순간부터 이곳에 오기 직전의 순간까지 시간의 흐름에 따라 전부 남아 있습니다. 오른쪽 벽면에는 긍정적인 기억들이, 왼쪽 벽면에는 부정적인 기억들이 기록되어 있습니다. 정해진 시간 같은 건 없으니 찬찬히 기억을 곱씹어 보세요. 그럼 저는 먼저 가 이 길 끝에서 당신을 기다리고 있겠습니다."

"감사합니다."

그렇게 나는 앞서가는 남자의 뒷모습을 지켜보며 호흡을 가다듬고 눈물을 털어낸다. 그리고 다시금 일어나 걷는다. 한 걸음 내디딜 때마다 자라나 있는 주마등 속의 어린 나를 본다. 걸으면 걸을수록 너는 점점 키가 커지고 덩치가 불어난다. 어느 순간 너는 두 발로 일어나 걷고 있다. 또 쫑알쫑알 말도 하기 시작한다. 그 시간 속에 담겨 있는 단순한 기쁨, 슬픔, 분노, 즐거움이 고스란히 전해진다.

한참을 걷고 또 걷다 지쳐 잠시 멈추었을 때쯤 주마등 속 어린 나는 어엿한 청소년이 되어 있다. 고개를 돌려 왼쪽 벽면을 바라보니 무사히 중학교를 졸업하고 어느새 17살이 된 너는 고등학교 입학을 앞두고 이사를 가게 되어 사랑하는 이들과의 이별을 마주한다. 너는 이별이 무섭고 벌써부터 사랑하는 이들이 그립다. 헤아릴 수 없는 깊은 상심과 슬픔이 너를 덮친다. 절망이라는 단어가 네 인생에 처음으로 찾아온 순간. 너는 앞으로가 막막하다. 너무나 많은 정을 준 것이 후회된다. 새롭게 마주할 관계가 두렵다. 이사를 와서도 적응되지 않는 새로움이 네겐 너무 버거워 자꾸만 지나간 것들에 미련을 품는다. 너는 이미 깊게 파인 상처를 메워 줄 누군가를 간절히 찾는다. 너는 이 세상에 처음 왔을 때 냈던 우렁찬 울음소리와 달리 그저 맥없이 흐느낀다. 절망, 우울, 불안 따위가 전해진다. 나는 더욱 섬세해진 너의 감정을 느낀다.

멈추었던 걸음을 다시 이어나간다. 얼마 가지 않아 주마등 오른편에서 환호성이 들린다. 환호성이 들리는 장소는 파리, 그곳에서 대학생이 된 나를 발견한다. 너는 꿈에 그리던 대학교에 그토록 바라던 연극영화과 신입생으로 입학한다. 너는 어렸을 적부터 영화를 참 좋아했다. 그래서 있지도 않은 꿈을 써내라고 부추기는 고등학교에서 어릴 적 추억을 꿈으로 삼는다. 선생님들의 만류에도 네가 하고픈 이야기를 영화로 만들어내겠다는 분명한 목표를 가지고 과감히 영화 전공을 선택한다. 그러나 대학은 너의 생각보다 더 만만치 않다. 대학생이 되어도 여전히 반복되는 과제와 시험에서 인생의 허무를 느낀 너는 휴학 신청을 하고 그간 성실히 모아 둔 돈을 사용해 곧장 프랑스로 떠난다. 도착한 파리에서 너는 인생의 낭만을 배운다.

사진으로만 봐오던 명소에 가보고 오로지 너만을 위한 근사한 식사 시간을 가진다. 너는 그렇게 보고 싶어하던 에펠탑을 마주한 채 저녁노을을 감상한다. 샹젤리제 거리 한복판에서 너는 차오르는 행복에 겨워 미친 사람처럼 환호성을 지른다. 너의 모습에서 전해지는 단순한 기쁨을 넘어선 희열에 나 역시 흐뭇한 미소를 띄워본다. 그 뜨거운 희열을 마음에 담고서 묵묵히 남은 길을 마저 걸어간다.

방금 전 느낀 희열이 다 식기도 전에 나는 아까 전과 다른 또 하나의 환호성을 듣는다. 환호성에 뒤이어 박수갈채도 함께 쏟아진다. 나는 주마등을 보기도 전에 눈을 감고 그 순간, 그 감정을 회상한다. 이제는 찬란한 추억이 되어버린 인생에 두 번 다시 없을 영광의 순간을 말이다. 눈을 슬며시 떠본다. 주마등 속의 나는 큰 꽃다발을 한아름 안고서 무대 위로 올라간다. 너는 대학을 무사히 졸업한 후 영화사 취업 준비생이 되어 있었다. 또 취미 삼아 대학 친구들과 영화 제작 동아리를 만들어 종종 영화도 찍는다. 그러다 너는 친구들과 함께 제대로 된 단편 영화를 만든다. 본격적으로 스토리보드를 짜고, 시나리오를 작성하고, 비싼 스튜디오와 장비를 대여한다. 역할 분담에서 너는 자진해 감독을 맡는다. 이후 장면을 구성하고, 그럴듯한 소품도 준비한다. 서로 연출과 연기를 번갈아 하며 한 번씩 카메라도 잡아본다. 매일같이 모여 영화 촬영에 전념한다. 그렇게 약 두 달이 지난 후에 촬영본을 모두 모아 편집을 시작한다. 장면과 장면을 이어 붙이고, 필요 없는 장면은 자르고, 어울리는 음악을 넣어 한 편의 영화가 탄생한다. 우리는 우리의 영화를 가지고 우리만의 작은 시사회를 연다. 민망함에 괜히 웃어보기도 하고, 뛰어난 영상미에 감탄하기도 한다.

너는 너의 공식적인 첫 단편 영화를 이대로 묵혀두기 아쉬워 제52회 부산국제단편영화제에 한국경쟁 부문으로 출품한다. 너의 영화는 예심을 거쳐 상영작에 선정된다. 영화제 당일 아침, 너는 설렘과 부푼 기대감을 안고 극장으로 향한다. 여러 다양한 작품이 상영된 후 시상식이 시작된다. 너는 손에 땀을 쥔다. 묘한 긴장감 속에서 한국경쟁 부문 우수 작품상 수상작에 너의 영화가 호명된다. 너는 무대 앞으로 달려 나가면서 그동안의 노력과 수고가 떠올라 기쁨의 눈물을 흘린다. 떨리는 목소리로 수상 소감을 전하고는 수많은 관객들의 박수갈채를 받으며 무대에서 내려온다. 그 감동의 순간을 바라보고 있자니 나의 눈가도 덩달아 촉촉해진다. 너의 감동이 나를 감싸안는다. 나도 그 감동을 조심스레 끌어안아 본다. 감동에 담긴 환희와 열정을 마음속에 간직한다.

그 뒤로 또 얼마나 걸었는지 모른다. 그럼에도 끝은 아직 보이지 않는다. 고작 30년밖에 살지 않았는데 그 세월에 비해 주마등의 길이가 엄청나다. 그렇게 계속 걷는 중에 멀리서 새하얀 빛이 뿜어져 나와 발끝에 닿는다. 수없이 그 존재를 의심해 왔던 주마등의 끝이 드디어 모습을 드러낸다. 반가운 마음에 발걸음을 재촉한다. 그 끝에 죽음이 기다리고 있다는 사실을 까맣게 잊은 채로. 남은 힘을 짜내어 이미 지칠 대로 지친 두 다리를 움직여 앞으로 걸어 나가려는데 짙은 한숨 소리가 발목을 턱 붙잡는다.

어디서 나는 소리일까. 한참을 두리번거린다. 그러다 나는 이 주마등의 끝자락에서 두 번 다시 겪고 싶지 않은 절망의 고비를 마주한다. 영화제 수상의 여운이 아직 가시지 않은 너는 이제 꽤 이름 있는 영화감독이다. 여기저기서 협업 제안이 들어온다. 영화사 취업은 포기하게 되었지만, 너는 그것이 오히려 기쁘다. 신인 감독으로서의 하루하루를 바삐 살아낸다. 비록 고되고 힘들지만 너는 여전히 기쁘다. 하지만 너는 간과한다. 기쁨은 아주 잠깐일 뿐이라는 사실을.

"생일 축하해, 아들~ 얼른 일어나 밥 먹자. 엄마가 생일상 차려놨어."

어머니가 너를 깨운다. 너의 서른 번째 생일이 되던 2월 25일 이른 아침, 잠에서 깬 너는 어머니의 부름에도 쉽게 몸을 일으키지 못한다. 너의 몸은 불덩이가 되어 뜨겁게 달아오르고 입으로는 검붉은 피를 토해낸다. 놀라는 비명과 함께 순간 무언가 잘못되었음을 감지한 어머니는 벌써 출근한 아버지께 연락해 급히 너를 병원으로 데려간다. 걱정이 된 어린 동생도 따라나선다. 그렇게 눈에도 담지 못한 한 상 가득 차려진 따뜻한 생일상은 너의 입 근처에도 닿지 못한 채 차갑게 식어간다.

온 식구가 황급히 달려간 병원에서 의사는 너에게 더 큰 병원으로 가볼 것을 권한다. 모두가 이 상황이 심상치 않음을 느끼고서는 서둘러 시내에 있는 큰 대학병원으로 향한다. 도착한 병원 내부는 그야말로 아수라장이다. 제발 살려만 달라고 울부짖는 사람, 고래고래 소리치는 사람, 한시가 급해 달려가는 사람, 너 나 할 것 없이 뛰어다니는 사람, 생명이 오가는 상황에서 인간에게 체면 따윈 없다. 너는 그 속에서 정신없이 갖가지 검사를 받고 대기석에 앉아 너의 차례를 기다린다. 너의 이름이 불린다. 다함께 진료실로 들어간다.

"안녕하세요."

의사 선생님은 너에게 인사를 건네고 한참 동안 말없이 마우스만 달칵인다.

"우리 아드님은 아무래도 급성골수성백혈병으로 보입니다. 이미 진행이 많이 이루어진 상태라 지금 상태에선 치료를 시작해도 회복될 가능성이 너무 낮아 아마 올해를 넘기기 힘드실 겁니다. 일단 입원하시고 치료받으시면서 좀 더 지켜보아야 할 것 같습니다.

"선생님, 우리 애 살 수 있는 거죠…?"

묻는 아버지의 목소리가 떨린다. 고개를 떨군 어머니는 눈물을 뚝뚝 흘리며 오열한다.

"조금 더 일찍 발견했다면 모르겠지만 안타깝게도 지금으로썬…시한부라고 생각하셔야 할 것 같습니다."

"아아…."

아버지의 억장이 무너진다. 너 역시 믿기지 않는다. 믿고 싶지 않다. 어느 늦겨울, 너의 인생에 예상치 못한 불청객이 찾아온다.

병실에 누운 너는 너의 죽음을 부정한다. 어머니는 종일 너의 곁을 떠나지 못한다. 그렇게 6개월을 너의 병간호에 전념하신다. 가끔은 아버지나 동생이 와서 네 옆을 지키기도 한다. 시간은 눈치도 없이 계속 흘러간다. 이제 시간은 단지 숫자에 불과하다. 너는 계절의 흐름에 몸을 맡기는 동시에 살고자 하는 의지를 숨기고 죽음 앞에서 체념하는 척한다. 백혈병이라는 시한폭탄을 품고 하루하루를 절망으로 살아간다. 너는 스스로를 세상에서 가장 불쌍하고 불행한 사람으로 여긴다. 몸이 점점 쇠약해진다. 흉측할 정도로 살이 빠진다. 무기력하고 우울하다. 뼈에도 통증이 느껴지고 구토를 일삼는다. 창밖을 보는 것이 너의 유일한 취미이다. 그렇게 너는 봄을 보내고 늦여름을 맞이한다. 무엇 때문에 아직도 살아 있는지 너는 의문이다. 그날 너는 의사로부터 사망 날짜를 전해 듣는다. 그것이 이틀 뒤라는 사실을 알게 된 너는 눈물을 흘리고 어머니의 통곡은 밤을 지새운다.

다음날, 온 가족이 병실로 모였다. 알람이 울리지만 너는 일어나지 않는다. 괜한 심술을 부린다. 멈출 줄 모르는 알람을 어머니가 끄셨다. 가족들은 네가 일어날 때까지 옆에 앉아 기다리고 있었다. 너는 점심이 되어서야 겨우 몸을 일으킨다.

"일어났니? 몸은 좀 어때…?"

어머니의 물음에 너는 침묵으로 답한다.

"엄마가 너 좋아하는 미역국 좀 끓여 와봤어. 생일날 못 먹었잖아. 그때보다 더 맛있게 했어. 얼른 먹어봐. 이제 가면……."

어머니는 터져 나올 것 같은 눈물을 꾹 누르고 말을 잇는다.

"언제 또 먹겠어?"

애써 미소 짓는 어머니의 뺨을 타고 결국 눈물이 흘러내린다. 그러나 너는 어머니의 밥상을 본체만체한다. 어머니가 숟가락을 쥐어주자 그제서야 밥상에 눈길을 준다. 너는 미역국을 가만히 응시하더니 헛웃음을 친다. 그러고는 어머니를 등지고서 다시 돌아눕는다. 어머니는 먹지 않는 너를 이해하면서도 씁쓸한 마음에 국을 한술 떠본다.

해가 저문다. 가족들은 병실에 둘러앉아 계속 너에게 말을 건다.

"아들, 끝까지 포기하면 안 돼. 더 살 수도 있어."

"그래, 이렇게 우울하게 있지만 말고 뭐라 얘기라도 좀 해봐. 엄마 이제 못 볼 수도 있는데 하고 싶은 말 없어?"

"……."

너는 가족들의 말이 귀에 들어오지 않는다. 홀로 사색에 잠긴다.

"엄마, 우리 형이랑 같이 사진 찍어요!"

어릴 적부터 눈치가 빨랐던 녀석은 분위기를 풀어보고자 노력한다.

"그래, 그러자. 아들! 여기 좀 봐봐."

"하나, 둘, 셋!"

셔터 소리와 함께 사진이 찍혔지만 너는 끝내 돌아보지 않았다. 사진 속 너는 여전히 가족을 등지고 누워 있다. 밤을 앞두고 너는 갑자기 오늘 하루가 후회된다. 끝까지 너를 포기하지 않는 가족들에게 미안하다. 더 잘해 주지 못한 것이 후회되고 미련이 남는다. 어느새 너는 눈을 감고 깊은 잠이 든다. 내일이 오지 않길 바라면서. 잠든 나를 발견한 아버지가 불을 끄신다.

주마등에는 그날 밤 자는 동안 보지 못한 가족들의 모습도 함께 남아 있었다. 가족들은 임종을 지키기 위해 밤새도록 깨어 있었다. 어머니는 슬며시 다가와 내가 발로 찬 이불을 다시 덮어주며 나지막이 말한다.

"사랑해, 아들. 네가 어디 있든지 엄마는 언제나 널 사랑해. 넌 영원한 엄마의 자랑이야. 먼저 가서 잘 지내고 있어."

아버지는 내 손을 꼭 붙잡고 짧게 한 마디 남긴다.

"미안하다."

그동안 잘 참아왔던 동생은 마지막이 되어서야 슬픔을 토해낸다. 동생의 눈물에 어머니도, 아버지도 작별의 눈물을 쏟으신다. 아침이 오기까지 눈물이 떨어지는 소리가 멈추지 않는다. 눈물이 머금고 있는 가족의 따스한 사랑이 마음 깊은 곳까지 전해져 온다.

이른 아침, 나는 눈을 떴지만 너는 끝내 눈을 뜨지 못한다. 그렇게 주마등은 끝이 났다. 정신을 차렸을 때, 나는 이 길 끝에 서 있었다. 눈앞에 하얗게 빛나는 커다란 입구와 함께 앞서간 남자가 마침내 모습을 드러낸다.

"드디어 오셨군요. 기다리고 있었습니다."

나는 생긋 웃어 보인다.

"출발할 때와 달리 표정이 밝아 보이네요. 이제 진짜 마지막 단계입니다. 완전한 죽음을 받아들일 준비가 다 되셨나요?"

남자의 질문에 주마등에서 마주한 나의 인생을 마지막으로 돌이켜 본다. 더 이상 후회도, 미련도 없다. 주마등을 지나온 내게 남은 것은 희열, 감동, 열정, 그리고 사랑 같은 것들. 나의 아름답고 찬란한 인생은 어머니의 뜨거운 모성애로 들여 쓰고, 가족의 따스한 사랑으로 마침표를 찍는다. 이제 나는 망설임 없이 답한다.

"네."

꿈을 찾아주는 꿈

이현수

나는 목표가 없다. 하고 싶은 것도, 좋아하는 것도 뭔지 모르겠다. 내 삶은 무기력하기만 하다. 오늘도 난 어김없이 누워서 흰 천장만 바라볼 뿐이다. 어느덧 이렇게 살아간 지도 4년이 넘었다. 고등학교 시절, 공부를 나름 잘했던 나는 주변인들의 권유로 내가 전혀 관심 없었던 명문대 간호학과에 들어갔다. 하지만 흐름을 따라가지 못하고 자퇴를 하게 된다. 이후 아르바이트부터 공사장 막노동까지 여러 가지 일을 하며 돈을 벌기에 바빴고 마땅한 직장 하나도 찾지 못한 채 부모님마저 병으로 돌아가신 이 삶에서 흥미를 잃어버려 26살이 된 지금에도 아무 대책도 없이 국가의 지원금만 빨아먹으며 누워만 있는 처지가 된 것이다. 솔직히 죽고 싶다는 생각까지도 했었다. 이렇게 살 바에는 그냥 다 포기하고 싶었으니까….

그런데 그럴 수가 없었다. 몇 년 전 돌아가신, 나를 항상 응원해 주시던 부모님에게 너무 미안할 것 같았기 때문이다. 그런데 막상 뭔가 하려 해도 뭘 해야 할지, 내가 뭘 좋아하는지 도통 떠오르지가 않았다. 나 자신이 너무 답답했다. 결국 오늘도 아무것도 하지 못한 채 잠에 들겠지….

나는 잠시 눈을 감았다 떴다. 근데 눈앞의 풍경이 달라져 있었다. 분명 방금 전까지 내 방이었는데 말이다. 바닥은 하얀 솜 같았고 광활하게 펼쳐진 하얀 평야가 내 눈앞에 있었다.

"뭐… 뭐야? 이거."

너무 당황스러웠다, 순간 내가 죽은 건가 생각도 했다. 앞으로 한 발짝씩 한 번 걸음을 옮겨보았다. 몇 발자국 안 가니 저 앞에 큰 건물 하나가 보였다. 넓은 평야에 단 한 개의 건물만이 있었다. 나는 무언가에 홀린 것마냥 건물 쪽으로 발걸음을 옮겼다. 가까이 다가가니 큰 간판이 보였다.

"드림… 호텔…?"

이 넓은 평야에 호텔이 웬 말인가. 그런데 그 순간 나도 모르게 무의식적으로 입구의 손잡이를 잡고 문을 열었다. 그리고 나는 호텔 속으로 빨려 들어갔다. 눈을 떠보니 호텔의 로비였다. 외관과는 다르게 안은 화려했다. 당황한 채로 안을 둘러보는 나를 향해 한 남자가 다가왔다.

"진호진 씨 맞으신가요?"

"네… 맞는데요. 그런데 누구시죠?"

"저는 이 호텔의 지배인 제임스라고 합니다. 진호진님 이름으로 예약되어 있네요, 이쪽으로 오시죠."

"네…? 저는 예약한 적이 없는데…."

내 말이 끝나기도 전에 제임스는 내 손을 잡고 어디론가 데려갔다. 그곳은 뻥 뚫린 큰 강당 같은 곳이었는데, 마치 합숙소 같았다.

"그럼, 편하게 쉬십시오."

"아… 저기…."

내가 부르려고 하기 전에 제임스는 이미 나를 두고 내 시야에서 사라졌다. 어이가 없어서 그냥 웃음만 나왔다. 무슨 상황인지… 아직도 실감이 안 났다. 나는 천천히 주위를 둘러보기 시작했다. 합숙소 같은 개념이라 주변 사람들이 무엇을 하고 있는지 다 볼 수 있었다. 주위를 돌아보고 있는 나에게 7살쯤 되어 보이는 한 아이가 말을 걸었다.

"아저씨, 새로 왔어요?"

"어…? 어 그래, 방금 왔어."

그때 아이가 그리던 그림이 내 눈에 들어왔다.

"그림 그리고 있었니?"

"네, 제가 제일 좋아하는 만화 캐릭터를 그리고 있었어요. 저는 커서 화가가 될 거예요! 아저씨 꿈은 뭐예요?"

아이가 그 말을 하는 순간 나는 숨이 턱 막혀 버렸다. 할 대답이 없었기 때문이다.

"아저씨는 꿈이 없어…. 나도 꿈이 있었으면 좋겠다…."

씁쓸한 미소를 띤 후 나는 다른 사람들도 둘러보기 시작했다. 그때 중학생 정도 되어 보이는 한 소년이 눈에 들어왔다. 그 소년은 태블릿PC를 가지고 무언갈 열심히 그리고 있었다. 나는 궁금한 마음에 다가가 소년에게 말을 걸었다.

"저기… 혹시 뭘 그리고 있니?"

"웹툰을 그리고 있어요. 그림 그리는 걸 좋아하고 웹툰 작가가 꿈이거든요."

소년은 말했다.

"아, 그렇구나."

소년과 얘기를 나눈 후 전체를 다시 한번 쓱 돌아보았다. 그림부터 음악, 그리고 운동까지… 다양한 취미를 가지고, 꿈을 가지고 사람들은 무언가 하고 있었다. 여기 있는 사람들은 모두 다 자신이 좋아하는 게 있고, 꿈이 있고, 나아갈 목표가 있다는 게 지금 나의 상황과 너무 대비되는 것 같아 부끄러움이 밀려왔다. 그런데 한 구석에 앉아 있는, 내 또래 정도 되어 보이는 남자는 아무것도 하지 않고 있었다. 나는 그 남자에게 다가가 말을 걸었다.

"왜 그렇게 계세요? 다른 사람들과 달리 혼자 아무것도 하지 않고 계시네요."

그러자 그 남자가 말했다.

"하고 싶은 게 없어요, 마땅히 할 것도 없고. 내가 뭘 하고 싶은지 잘 모르겠네요."

그 순간 나는 뒤통수를 한 대 세게 얻어맞은 것 같았다. 그 남자의 모습은 나의 모습과 너무나도 똑같았기 때문이다. 무기력하게 그냥 하염없이 앉아서 멍때리는… 대책 없는 사람의 모습 말이다. 그런데 그 모습을 제삼자의 입장에서 보니 너무 싫었고 초라해 보였다.

'나도 이렇게 보일까…?'

순간 후회가 밀려왔다. 아니, 어쩌면 수치심일지도 모르겠다. 그런데 그 순간 제임스가 다가왔다.

"어떤가요? 이 모습들을 보니?"

"네…?"

"사실 호진님이 지금까지 보신 모습들은 호진님의 꿈들입니다. 어린 시절부터 지금까지 좋아하는 것들 아니면 좋아했던 것들이 모여 있죠."

"저게 제 꿈들이라고요…?"

"네, 그리고 사실 저는 호진님의 자아입니다."

"네…? 그게 무슨 소리죠…?"

나는 어안이 벙벙해서 되물었다.

"사실 이곳은 호진님의 꿈을 모아 두는 일종의 꿈 저장소예요. 하고 싶은 것, 좋아하는 것, 되고 싶은 것들이 모여 있어요. 태어났을 때부터 지금까지 다 말이죠. 호진님이 꿈을 가질 때나 좋아하는 게 생기면 그 꿈이 이 호텔의 투숙객이 되어 들어와 머물게 돼요. 그리고 그 꿈들을 관리하는, 모두 모여 있는 게 저, 자아죠."

"아니, 그러면 이 무기력한 사람도 제 꿈인 건가요…?"

"사실 몇 년 전부터 이 호텔에 오는 투숙객들이 끊겼어요. 그래서 한동안 호텔의 문은 굳게 닫혀 있었죠. 점점 손님들이 들어오지 않으면서 자연스럽게 이 호텔은 점점 잊히기 시작했어요. 호진님의 기억 속에서 점점… 그러던 어느 날 갑자기 이 무기력한 사람이 저희 호텔을 찾아왔어요. 이전에 만났던 손님들과는 전혀 다른 모습의 손님이었죠. 알고 보니 이건 호진님의 지금 모습이었어요. 무기력한 게 당연한 것이 되고 꿈 없이 살고 싶어하는 생각들 때문에 만들어진 거라고 할 수 있죠. 그래서 이렇게 호진님을 직접 여기까지 불렀어요. 뭔가 이상했거든요."

그렇다. 이 모든 손님들은 다 나의 꿈이고 그 꿈들은 시간이 갈수록 조용히 잊히고 있었던 것이다. 그러고 보니 어릴 때 좋아했었던 장난감을 가지고 노는 아이, 친구들과 즐겨 했었던 축구를 하는 소년, 그리고 잊고 있었던 내 옛날 장래 희망인 화가와 웹툰 작가를 꿈꾸는 아이들까지… 많은 잊힌 꿈들이 모여 있었다. 하지만 지금의 나는 내 눈앞에 있는 사람처럼 무기력한 사람일 뿐이다. 어쩌면 나는 지금까지 주변 사람들에 의해 능동적으로 살아가고 있지 못하고 수동적으로 내 삶을 살아가고 있었던 것 같다.

"취업 잘 되려면 여기 가야지."

"공부 잘하는구나. 그러면 이 학교, 이 과에 가는 게 좋아 보여."

추천과 조언으로만 들려왔던 주변의 말들이 어쩌면 그동안 품어 왔던 내 꿈을 숨기는 가면이 되어 왔던 것 같다는 생각이 들었다. 웹툰 작가가 되고 싶었지만, 전망이 안 좋다, 돈을 많이 못 번다, 성공하기 어렵다는 등등의 말들로 포기해야만 했던 내 옛날의 잊혔던 모습들이 떠오르기 시작했다. 내가 너무 바보 같았다. 내가 좋아하는 게 뭘까라는 질문을 너무 현실과 엮어서 생각했다. 나는 어쩌면 내가 좋아하는 걸 찾고 있었던 것이 아니라, 돈을 많이 벌 수 있는 것들을 생각하고 있었을지도 모른다. 잊힌, 아니 내가 스스로 잊게 한 웹툰 작가라는 꿈을 이제야 다시 찾게 되었다. 그 순간 호텔의 문이 열렸다. 그리고 한 사람이 들어왔다.

"손님이 왔네요."

제임스가 말했다.

그리고 들어온 손님은 자신에 대해 소개했다.

"안녕하세요? 저는 웹툰 작가를 꿈꾸는 26살 남자입니다."

그의 소개가 끝나자마자 내 앞에 있던 무기력한 사람이 먼지가 되어 사라졌다.

"새로운 꿈이네요. 이제 현실로 돌아가 잊고 있던 꿈을 펼치세요."

제임스, 아니 내 자아가 말했다.

나는 그 말에 옅은 미소를 띠며 다시 한번 눈을 감았다 떴다. 눈을 떠보니 나는 다시 내 방으로 돌아와 있었다.

'참으로 이상한 꿈이었어.'

나는 속으로 생각했다. 어두운 반지하방 한켠에 나 있는 창으로 햇빛이 들어왔다. 유독 밝게 느껴진 그 햇빛은 나를 비추고 있었다. 그리고 난 책상에 앉아 오랫동안 쓰지 않았던 태블릿과 펜을 잡았다. 그리고 내 미래를 그려 나가기 시작했다. 이 이야기를 마무리하기 전에 나는 이 세상에 있는 모든 '호진'이들에게 말해 주고 싶다.

세상에 이 직업이 '되어야만' 하는 사람은 없다. 그리고 되어야 하는 의무도 없다. 대신, 네가 진심으로 하고 싶어하는 것, 좋아하는 것, 되고 싶은 것을 현실을 눈치 보지 말고 생각해 보라. 그리고 어둡게 닫혀 있을지도 모르는 당신의 기억 속 호텔의 문을 다시 열어라고.

에필로그

이현수

안녕하세요, '꿈을 찾아주는 꿈'을 쓴 이현수라고 합니다. 우선 이렇게 좋은 프로젝트에 참여하게 되어서 영광이고, 부족하지만 열심히 쓴 글을 읽어주신 독자분들께 감사드립니다. 저는 요즘 학생들의 가장 주요한 고민이자 제 실제 고민이기도 한 진로와 자신의 미래에 대한 고민을 이야기에 녹여내고 싶었습니다. 하고 싶은 일과 해야 하는 일의 괴리감으로 많은 고민이 있는 10대부터 다양한 연령층의 분들께 공감이 되는 글을 쓰고 싶었고, 그러한 우리의 모습을 주인공인 '진호진'에게 투영하여 나타내 보았습니다.

하고 싶은 일이 있지만, 현실이라는 큰 장벽에 막혀서 못 한 적 다들 있으실 텐데요, 실제로 주변 지인들에게 하고 싶은 것과 돈을 많이 버는데 적성에 맞지 않는 일들 중 하나만 고르라고 물어보았을 때 마음 같아서는 하고 싶은 걸 하고 싶지만, 현실적으로 돈을 많이 버는 직업을 선호한다는 답변이 대다수였습니다.

이처럼 현실에 가려 잊힌 우리의 꿈을 찾아가는 과정을 우리가 꾸는 '꿈'과 되고 싶은 것을 의미하는 '꿈'의 두 이미지를 혼합하여 꿈속에서 꿈을 찾아가는 과정으로 묘사하고 싶었고, 많은 꿈들이 호텔의 투숙객으로 기억의 한켠에 머물러 있다는 것을 강조하고 싶었습니다.

책에 나오는 꿈들이 모여 있는 드림 호텔처럼, 여러분들도 다 자기만의 호텔을 가지고 있습니다. 어쩌면 굳게 잠겨 있을지도 모르는 그 호텔을 한번 찾아가 열어보는 것은 어떨까요?

행복에 대하여

김형준

예기치 못한 요청으로 시작된 이 글의 주제는 가장 좋아하는 것(최애)에 대한 것이다. 그러나 나는 내가 아직 무엇을 좋아하는지 잘 모른다. 왜냐하면 학생이라는 신분이 무엇을 다양하게 경험하기에는 환경상 힘들어서 아직 경험이 부족하여 내가 누군지 정확히 알지 못하기 때문이다. 그런데 하나 확실한 것은 나를 포함한 많은 이들의 삶의 지향점(목적)이 행복이라는 것이다. 그렇기에 넓은 관점에서 나를 포함한 대부분의 이들에게 가장 좋아하는 것은 행복인 듯하다. 그래서 다양한 방법들을 통해 행복에 대해 고찰해 보고자 한다. 우선 어떤 대상에 대해 깊이 생각하고자 한다면 대개 그 시작은 그 대상에 대해 정의하는 것이다. 그래서 행복의 정의에 대해 먼저 논의를 하고 가는 것이 좋아 보인다.

'행복이란 무엇인가?'

이를 정의하기 위해서는 아리스토텔레스의 논리를 빌려보겠다. 우리 인간들은 모두 좋음(좋은 상태)을 추구하려고 한다. 그리고 어떤 행위를 통해 얻고자 하는 목적되는 것이 있는 경우에는 행위 자체보다는 그 목적이 더 좋은 것일 것이다. 따라서 우리가 추구하는 최종 목적지가 최고 좋음일 것이다. 그런데 '우리는 무엇을 위해 사는가?', 다시 말해서 '우리의 삶에서 행동들의 최종 목적은 무엇인가?', '우리 인간들은 공부, 대학, 일, 연애, 결혼, 출산, 육아 등등의 행위들을 왜 하는가?'에 대해 거의 절대다수는 '행복하려고'라는 답변을 내놓는다. 그러므로 우리 인간의 삶에서 행해지는 행동들의 목적은 행복이고 그 행복은 가장 좋은 것이다.

이로써 행복의 정의가 가장 좋은 것으로 이 글에서는 정해졌다. 그런데 가장 좋은 것이라는 행복의 정의보다는 이러한 행복을 얻는 방법이 더 중요한 듯하다. 왜냐하면 행복의 정의를 아는 것과 그 정의는 모르나 가장 좋은 상태(행복)를 경험하는 것과 그 경험을 유지하는 방법을 아는 것 셋 중 무엇이 더 좋은 것인가 하면 당연히 후자이기 때문이다. 따라서 우리는 가장 좋은 것(행복)에 더 가까워지기 위해서는 행복해지는 방법에 관해 탐구하는 것이 필수적일 듯하다.

어떻게 해야 행복을 얻는지 알기 위해서는 다양한 사례들을 통해 언제, 어떤 상황에서 행복한지를 먼저 고민하는 것이 좋아 보인다.

'어떤 경우에 행복을 느끼는가?'에 대해 인터뷰한 내 주변의 경험들과 내 경험 속에서는 내가 좋아하는 것을 할 때, 어떠한 일이 큰일이든 작은 일이든, 앞으로 이러한 일을 계속하면서 살아도 좋겠다고 느낄 때, 설명하기 어려운 만족감이 차오르고 기쁠 때 등등 상당히 추상적으로 표현되는 상황들이었다. 그래서 심층적으로 그러한 느낌들, 감정들을 가지기까지의 과정에 집중하여 보기로 했다.

그 상황들에 대한 이야기들이 추상적이었던 만큼 비교적 보편적이고 직관적인 수준의 경험들로부터 차츰 쌓아 나가 보기로 했다.

"음식을 먹을 때 행복한 적이 있나?"

는 질문을 했다. 우리들의 대답은 모두

"예.(그렇지.)"

였다. 그러고 나서 음식을 먹을 때 가장 큰 행복(가장 좋은 상태)을 경험한 때를 이야기해 보기로 하였다.

나의 경우는 정확히 몇 학년인지는 기억나지 않지만, 중학교 때 크리스마스이브의 저녁 식사였다. 가족들이 모여서 서로 떠들고 웃고 함께 맛있는 것과 각자의 일상적인 경험들을 공유하는 상황은 내 인생에서 나를 가장 큰 좋음으로 이끌어 준 순간들 중 하나였고, 그것이 음식에 관하여서는 가장 큰 좋음을 준 때였다.

다른 사람들의 경우도 비슷하였다. 그들은 나와 같이 가족 혹은 친구와 같은 이들과 함께 식사할 때 어떤 경험이나 음식을 공유하며 먹는다는 것이 가장 큰 즐거움이자 좋음(행복)이었다고 답했다.

그렇다면 이제는 '행복의 기제는 무엇인가?'에 대한 답을 우리들의 경험들로부터 추출해 내야 할 시간이다. 우선 우리의 경험들을 시간적인 분할로 먼저 접근해 보았다. 음식을 먹기 전, 음식을 먹는 중, 음식을 먹은 후로 분할하여 행복에 대한 기제를 탐색하려는 시도를 해보았다.

'음식을 먹기 전에 우리는 이때 행복하였는가?'

에 대한 대답은 조금씩 갈렸다. 누군가는 긍정을, 누군가는 부정을 했다.

'음식을 먹는 중에 우리는 이때 행복하였는가?'

이에 대한 대답은 대체로 긍정이었으나 부정의 수 역시 그렇게 적지만은 않았다.

'음식을 먹은 후 우리는 이때 행복하였는가?'

이에 대한 대답은 모두 긍정이었다.

이를 표면적으로 볼 때

'행복은 음식을 먹은 결과이다'

라는 결론은 적절해 보인다. 그러나 우리는 행복에 대해 고찰하고자 하는 것이므로 이에 대해 조금 더 깊이 있게 고민할 필요가 있다. 그래서 각자의 대답에 대한 이유를 물어보았다.

'음식을 먹기 전에 우리는 이때 행복하였는가?'에 대해 긍정으로 대답한 이들은 그 이유가 앞으로 행해질 일들에 대해 긍정적인 방향의 가정적 사고에서 행복을 느꼈다. 부정을 한 이들은 부정적인 방향의 가정적 사고나 혹은 아예 그것과 관련한 사고를 하지 않았다.

'음식을 먹는 중에 우리는 이때 행복하였는가?'에 대해 긍정으로 대답한 이들은 그 이유가 대화를 나누는 대상이나 그 대화 자체에 대해 긍정적인 생각을 했기 때문이라고 답했고, 부정을 한 이들은 음식 먹기 전과 마찬가지로 부정적 생각 혹은 무생각이 그 이유였다.

모두가 동의를 했던 '음식을 먹은 후 우리는 행복하였는가?'의 대답에 대한 이유는 생각해 보니, 지나고 보니, 상당히 긍정적으로 생각되어서였다. 우리가 어떤 감정을 느끼거나 혹은 어떤 상태에 도달하는 방식은 위의 짧지만 긴 문답들을 통하여 우리가 어떤 대상이나 상황에 대해 어떤 사고를 가지는가임이 드러났다.

행복에 대해 우리가 이 글에서 정의한 바에 따르며 좋은 상태임과 어떤 상태에 도달하는 방식은 어떤 대상이나 상황에 대해 어떤 사고를 하는가임을 고려할 때 행복에 다다르는 방법은 우리의 사고 과정이나 방식을 어떻게 갖추는가에 달려 있다고 할 수 있다.

이로써 행복에 대한 이야기는 어느 정도 마무리된 듯하다. 그런데 내가 가진 시각이나 이러한 문답을 이끈 그 과정 속 사고가 이 글에 온전히 담긴 듯하지 않아 약간의 첨언을 하고 글을 마무리하겠다.

위의 문답을 주도하던 나의 질문들에는 양명학, 실존주의, 불교, 도교 철학, 그리고 고대 철학자들의 일부 견해들 등등에 대한 사유들이 묻어 있었다.

인간 세상의 물건들에 대해 이야기를 해보자. 에어컨이 있다고 하자. 이 에어컨은 사람이 어떤 의미를 부여하여 사용하는가에 따라 그 용도가 달라지고 획일화되어 생산된 무언가가 특별해진다. 누군가는 그 에어컨을 그저 내 더위를 식히기 위한 용도로 언제든 대체 가능한 어떤 것으로 사용 가능하고, 또 다른 누군가는 어떠한 중요 데이터가 보관된 하루 종일 가동해야 하는 인류의 보호를 위한 대체하기 까다롭고 잘 관리해야 하는 아주 중요한 냉각장치로서도 사용 가능하다.

인간의 경험이나 자아 혹은 정체성도 이와 비슷하다. 한 개인이 개인 스스로를 어떻게 평가하는가에 따라, 어떤 의미를 부여하는가(사고 과정)에 따라 그 개인 속의 자아나 정체성이 변화하고 그에 따른 행위 역시 변화한다. 그리고 그러한 변형된 행위들의 평가는 경험을 형성하고, 그러한 경험은 처음 부여한 의미에 따라 형성된 자아의 가치관에 다시 영향을 받은 사고에 의해 평가되고 또 의미가 부여된다. 그에 따른 결과는 다시 우리의 감정이나 느낌을 형성하고 감정이나 느낌이 또 다른 의미와 평가에 영향을 주는 것을 반복한다. 이러한 사고가 위의 글에 다 담겨 있는 것이다.

*번외:

문답 속 질문들에 묻어 있는 사고의 공통점은 비어 있는 혹은 그대로 존재하는 대상에 '인위'를 개입하였기 때문에 어떤 긍정적 혹은 부정적 변화가 발생한다는 것이다. 물론 그들 사이에 인위에 대한 입장, 변화에 대한 입장

등의 차이에 따라 세부적인 인간 행위의 지향점들에 대한 이야기들은 달라지지만, 그들이 인간 사고가 세상의 그리고 개인의 형성에 지대한 영향을 미친다는 근본적인 배경을 지니고 있기에 위의 사유들이 내 질문들과 대답들에 묻어 있다고 말할 수 있다.

에필로그

김형준

이 글은 내가 받은 한 부탁에서 시작된 여정과 그 과정을 통해 얻은 깨달음에 대한 기록이다. 글쓰기에 재능이 부족한 탓에 주제를 떠올리고 생각을 정리하여 일목요연하게 전달하는 능력이 부족하다 보니, 고민의 과정을 그대로 담아내는 형태로 글을 써 보았다.

글쓰기의 시작은 매우 단순했다.

"네가 가장 좋아하는 것을 주제로 글을 써줄 수 있니?"

갑작스러운 부탁에 적잖이 당황스러웠다.

'최애'라니. 인생에서 가장 좋아하는 것을 딱 하나 꼽으라니, 막막하기 그지없었다. 대한민국에서 태어나 고등학생이 되기까지 책을 통해 나름 많은 간접 경험을 쌓아왔다고 자부했지만, 정작 직접적인 경험은 턱없이 부족하다 느껴졌다. 아직은 내가 누군지, 무엇을 가장 좋아하는지에 대한 뚜렷한 주관이 없었기 때문이다.

그래서 나는 조금 더 넓은 시각에서 이 질문을 바라보기로 했다.

'우리는 모두 좋음, 혹은 좋은 상태라고 불리는 것을 추구한다. 그리고 모든 행위에는 목적이 있다면, 그 목적은 행위 자체보다 더 좋은 것으로 볼 수 있다. 그러므로 행위의 최종 목표인 행복을 가장 좋은 것으로 볼 수 있다.'

아리스토텔레스의 논리와 보편적 인식을 바탕으로, 행복이라는 개념이 대다수 사람들의 최애가 될 수 있음을 깨달았다. 행복이라는 주제는 보편적이며 동시에 개인적이라는 점에서, 그 안에서 많은 이야기를 꺼낼 수 있을 것 같았다.

하지만 곧 문제에 봉착했다. '행복이란 무엇인가?' 사전적 정의부터 고명한 학자들의 논의까지 들여다보았지만, 결국 행복은 지나치게 추상적인 개념이라는 결론에 도달했다. 그래서 이번에는 관점을 조금 틀어보기로 했다. 개념적이고 관념적인 이야기에서 벗어나, 실질적이고 경험적인 접근을 통해 행복에 대해 탐구해 보자는 것이었다.

우선 나는 주변 친구들에게 도움을 요청했다.

"행복에 대한 글을 쓰고 있는데, 너희가 행복했던 경험과 그 이유, 그리고 행복을 느낀 시점을 이야기해 줄 수 있을까?"

그 질문을 시작으로, 맛있는 음식을 먹었던 순간, 연말 크리스마스와 새해를 기다리던 시간, 가족이나 친구들과 보낸 방학, 그리고 연인과의 데이트 같은 다양한 경험들이 쏟아져 나왔다.

각자의 이야기는 모두 다르지만, 그 속에서 몇 가지 공통점을 발견했다. 이를 바탕으로 행복의 특징을 논할 수 있었다.

우선, 행복은 특정 시점에 국한되지 않는다는 점이다. 비슷한 경험을 한 사람들도 행복을 느낀 시점은 행위 전, 행위 중, 행위 후로 다양했다. 또한, 행복은 상황 자체보다는 그것을 받아들이는 태도와 사고에 크게 영향을 받는다는 특징도 발견했다. 동일한 상황에서도 개인의 사고방식에 따라 행복감이 달라졌다.

결국, 행복은 우리가 마주하는 상황 자체가 아니라, 그것을 어떻게 바라보느냐에 달려 있다는 결론을 내릴 수 있었다.

이러한 결론이 뻔하고 당연하게 느껴질 수도 있다. 하지만 당연한 것을 다시 한번 확인하고 그것의 중요성을 깨닫는 과정 또한 의미 있다고 믿는다. 행복이라는 주제를 통해 사고의 중요성을 재확인했고, 이를 실천하고자 노력해야겠다는 다짐과 함께 이 글을 마무리한다.

p.s.

어느 순간부터 평소 내가 누구인지, 내가 무엇을 좋아하는지에 대한 고민은 학교, 학원, 입시, 미래의 직장 등에 대한 고민으로 뒷순위로 밀려 있었다. 그래서 평소 나에 대한 것은 과거에 고정돼 있었다. 이번 기회는 학교, 학원, 입시, 미래의 직장 등에 대한 고민들보다 선행되어야 하는 더 중요한 고민거리들을 생각나게 했고, 나를 포함한 대부분의 더 근본적인 고민인 행복에 대한 고민들을 하게 해준 점에서 커다란 의미가 있었다. 또한 행복에 대해 쓰며 평소 읽어왔던 책들의 내용을 내가 글을 쓰기 위해 체계화하고, 필요한 정보들을 뽑아내는 경험을 내가 책을 읽으며 깨달은 바를 더 구체화할 수 있도록 도와주어서 좋았다.

손목시계

박형준

추운 겨울 나는 오늘도 새하얀 방 안에서 새하얀 가운을 입고 업무를 본다. 그렇다. 나는 대학병원에서 일하는 의사이다. 나는 레지던트 과정을 마치고 전문의가 된 지 올해로 5년 차이다. 나는 조금 강박이 있다. 큰 건 아니지만 언제 밥을 먹고, 언제 얼마나 환자를 받을지, 다른 병동으로 이동하는 데 얼마나 시간이 걸릴지 그런 것들에 대해 항상 생각하며 다니는 것이다. 그래서 손목시계를 항상 차고 다닌다.

아마 완벽주의 성향이 조금 있는 듯하다. 그리고 솔직히 말해서 나는 그저 맡은 일에 충실할 뿐 뭔가 의사로서 명예라거나 자부심이랄까 그런 건 없는 것 같다. 한때 사람을 살리겠다는 조금은 이상적인 꿈을 갖고 의사가 되었으나, 지금의 나는 그냥 내가 정한 계획대로, 차질 없이 일할 수 있다면 그걸로 만족한다. 오늘도 그렇게 컴퓨터로 한 환자의 병명과 처방할 약을 적고 있던 중이었다. 밖에 있던 간호사 혜인 씨가 급히 달려와 말했다.

"발작 증상 있는 환자가 있어서 급히 응급의학과에서 환자 올려보낸답니다."

"알겠습니다. 일단 보내주세요."

사실 뒤에 예약된 환자가 10명은 족히 넘었기에, 머릿속으로 생각한 시간과는 조금 맞지 않아 짜증이 났지만, 어쨌든 아픈 환자가 나를 찾아온 것이기에 알겠다고 답하였다. 10분쯤 지났을까, 그 환자가 찾아왔다. 그 환자는 나이 47세, 이름은 김민숙이었다. 어딘가 창백해 보이는 모습이었다.

"안녕하세요… 선생님."

"네, 증상을 제가 미리 받은 자료로 좀 확인을 해봤습니다. 발작을 일으키신다면서요?"

"네… 최근에… 몇 번 그랬어요…."
조금 말을 더듬는 듯해 보였다.
"대략 언제쯤부터 그랬나요?"
잠시 가만히 있더니 답하였다.
"사실… 원래 만성으로 가끔 발작을 일으키긴 했는데… 1주 정도 전부터… 자주 네 번… 그랬어요…."
만성으로 달고 살았다고도 했고, 큰 이상이 없어 보여 일단 약물 처방 정도로 어서 마무리짓고 끝내려 했다.
"일단 꽤 흔한 증상이니 약 처방해 드리고, 경과 보도록 하겠습니다. 보호자분 계시나요?"
환자가 머뭇거리고 있는 동안, 혜인이 와서 나에게 작게 속삭였다.
"환자분 가족이 없으십니다."
그 말을 듣고 조금 측은한 마음이 들었으나, 이미 시간이 많이 지나 다음 환자를 받아야 했다. 이 환자로 인해 내 계획에 문제가 생기면 안 되니까.
"음, 죄송합니다. 처방전 끊어드리겠습니다. 약 드셔보고 문제 있으면 다시 오십시오."
그때 그 환자가 말했다.
"저… 좀 아픈데… 검사… 안 되나요…."
검사해 보는 것도 괜찮은 방법이었다. 그렇지만 나에겐 시간이 없었다. 내가 이 환자를 대하는데 정한 최대 시간이 임박하고 있었다.
"일단 약 받으시고 다음에 예약해서 또 오십시오."
그렇게 그 환자를 어서 떠나보내고 다음 환자에게 지연돼서 미안하다고 하며 환자를 받았다. 비록 21분이나 잡아먹혀 나에게 있어 꽤 위기였지만, 이런 적이 나름 많았기에 운이 좀 안 좋다고 생각하고 넘겼다. 내심 그 환자가 다시 오지 않기를 바라면서.
그날 이후 별 다른 일은 없었다. 내가 나의 머릿속에 짜놓은 타임라인대로, 그렇게 물 흐르듯 날들이 지나갔다. 그날 이후 10일이 지났다. 동료 의사와 함께 1층 식당에서 점심 식사를 마치고 올라오는 길이었다. 갑자기 혜인에게 전화가 왔다. 받기 싫은 마음도 들었지만, 전화를 받았다.

"저번에 발작 때문에 왔던 환자, 그 환자 지금 중환자실에 있답니다!"
상당히 당황스러웠다. '별일 없겠지' 하며 넘겼던 환자가 죽을 위기에 처했다고? 믿을 수 없었다. 나는 마치 그 환자처럼 말을 더듬으며 물었다.
"가, 가, 갑자기 왜?!"
"뇌경색이랍니다. 이미 혈관이 막힌 곳이 많아서 일부 조직에 괴사가 있었는데 이상하게 문제 부위가 특이하게 분포해서 별 증상이 없었던 거였습니다."
나의 실수였다. 만성이라는 것에 꽂혀 별일 없을 것으로 생각했던 내가 너무나 미웠다. 일단 어서 수술실로 향했다.
수술실로 가니 다른 의사들이 방금 막 환자의 MRI를 찍고 이상 부위를 확인한 뒤 머리를 절개하고 있었다. 나도 수술복을 입고 참여하였다. 꽤 긴 수술이었다.

몇 시간 지났는지도 모르는 때, 수술실 내에 일정하고 소름 끼치는 기계음이 퍼졌다.
"환자 심전도 수치가 0입니다!"
"수술 중단하고 CPR 진행해!"
나는 수술대에 올라 환자의 가슴을 정신없이 눌렀다. 꼭 살려야 한다는 생각만 가진 채로 말이다. 수술실에는 나의 거친 숨소리만이 울려 퍼졌다.
5분 뒤, 수술실에는 적막만 흘렀다.

수술은 실패하였다. 계획이 완전히 깨져버렸다. 아니, 이미 계획 따윈 존재하지 않았고 존재할 수도 없었다. 사람이 죽었는데 감히 내 시간과 계획 따위가 중요하단 말인가. 이 순간조차 계획을 떠올리는 나 스스로에 대해 나는 너무나 자괴감이 들었다. 그러면서 예전의 내가 떠올랐다. 사람을 살리겠다는 포부를 가진 나였다. 언제부터 이렇게 되어버렸는가.
수술이 끝난 후, 병실로 돌아가는 길에 나는 그만큼 피로와 자책감에 휩싸였다. 손끝은 차갑고, 머리는 얼얼했다. 실패한 수술과 죽음을 맞이한 환자를 생각하니 온몸이 무겁게 느껴졌다.

병실에 도착하자, 그 환자의 친구가 와 있었다. 그녀는 나를 보자 눈물로 가득한 눈을 떴고, 나는 아무 말도 없이 고개를 숙였다. 나는 어떻게 말을 꺼내야 할지 몰랐다. 죄송하다는 말 한마디로 이 상황을 모두 해결할 수 있을 것 같지 않았다. 하지만 어쩔 수 없이 입을 열었다.

"저희가 최선을 다했지만, 상황이 매우 안 좋았습니다. 죄송합니다."

내 목소리는 떨렸고, 눈앞이 흐릿해졌다.

그 친구는 그저 고개를 끄덕일 뿐이었다. 아마 그 역시 말을 잇기 어려운 순간이었을 것이다. 그때 내 머릿속을 스쳤다.

'만약 내가 평소에 환자 한 사람 한 사람에게 조금 더 신경을 썼다면?'

그 후회는 점점 더 커져만 갔다.

퇴근길, 집으로 돌아가는 길에 나는 습관적으로 내 손목시계를 들여다봤다. 시계는 여전히 그저 시간을 가리킬 뿐이었다. 텅 빈 버스 안에서 들리는 초침 소리는 나의 마음을 깎아가는 것처럼 느껴졌다. 사람을 살리겠다는 순수한 마음을 품고 의사가 되었을 때, 나는 그런 일이 일어날 것이라고는 생각도 못 했다.

다음 날, 병원에 출근하면서 나는 결심했다. 더 이상 시간과 계획에 집착하지 않기로 했다. 물론 나는 여전히 빠르고 효율적으로 일하고 싶었지만, 그 이상으로 중요한 것은 환자 한 사람, 한 사람에 대한 진심 어린 관심과 치료라는 것을 이제는 깨달았다.

사람을 살리겠다는 그 꿈이 다시 떠오르면서, 나는 다시 한 걸음씩 그 길을 걸어가기로 했다. 한때 내가 의사가 된 이유는 단 하나, 사람의 생명을 다루는 일이었기 때문이다. 그게 내 본분이었다. 그 순간, 내가 잃어버렸던 것이 무엇인지를 조금이나마 알게 된 것 같았다.

그날 나는 나의 손목시계를 버렸다.

에필로그

박형준

안녕하세요. 소설 '손목시계'를 쓴 박형준입니다. 말씀드리기에 앞서 부족한 저의 글을 읽어주신 독자 여러분들께 감사 인사를 전합니다. 저는 저의 진로에 관해서 글을 써 보았습니다. 제 꿈은 사람들을 살리는 의사가 되는 것입니다. 그러나 저는 저의 꿈에 대해서 직접적으로 이야기하기보다는, 한 의사의 이야기를 통해 의료인과 관련된 교훈을 전하고 싶었습니다. 그래서 어떻게 이를 전할 수 있을까 고민하다가, 자기중심적인 의사가 어떠한 계기를 통해 자신의 책임과 의사로서 생명에 대해 가져야 할 태도 등을 깨닫게 되는 이야기를 풀어내면 좋을 것 같다는 생각을 하게 되었습니다.

의사라는 직업은 우리 사회에서 굉장히 인정받는 직업 중 하나입니다. 그렇지만 그만큼 막중한 책임을 지니고 있는 직업이기도 합니다. 의사는 생명의 삶과 죽음을 다루는 사람들이기 때문입니다. 그렇기에 의사는 정확한 기술도 필요한 반면, 환자라는 하나의 생명을 대하기 위한 공감과 인간성 또한 필요합니다. 이러한 점을 부각하고자 만들어진 이야기가 '손목시계'입니다.

글의 주인공인 '나'는 시간에 대한 강박을 가지고 있어 어딘가 인간성이 결여된 의사입니다. 의사로서의 명예나 자부심을 가지기보다는 시간에 맞게 자신의 일만 하면 그만인 사람이었습니다. 그러나 이러한 시간 강박 때문에 평소처럼 별일 없을 것으로 생각하며 넘긴 환자가 사실 뇌경색이 꽤 진행된 환자였고, 이 환자의 죽음을 계기로 자신의 옛 모습을 떠올리게 됩니다. 한때 의사로서의 사명과 책임을 지녔던 자신이었습니다. '나'는 이제 생명의 중요성을 깨닫고 비인간성의 표상이었던 손목시계를 버립니다.

이 이야기를 통해서 제가 전달하고 싶었던 것은 저의 진로에 대한 저 스스로의 다짐도 있지만, 그뿐만 아니라 여러분 각자가 여러분의 삶에서 지녀야 할 태도입니다. 저는 살아가는 데 있어 우리가 행하는 모든 일들에 진성성을 가져야 한다고 생각합니다.

사실 이러한 소설을 써 보는 것이 처음이라 어려움이 많았습니다. 주제를 잡는 과정도 쉽지 않았을 뿐더러 제가 말하고자 하는 내용을 100% 전하기 위해 잘 표현하는 것이 꽤 어려웠습니다. 독자 여러분들이 보시기에 많이 서툴겠지만, 저의 글을 읽어주신 여러분께 감사를 전합니다. 저의 글이 조금 어색할지라도 여러분께 제가 전하고 싶은 말들이 잘 전달되었으면 좋겠습니다. 그리고 여러분들이 꿈을 이루어 각자의 자리에서 최선을 다하는 사람이 되기를 간절히 소망합니다.

마지막으로 제 옆에서 조언해 주시고 글을 완성하기까지 격려해 주신 성진희 선생님과 이렇게 편집 후기까지 읽어주신 독자 여러분들께 다시 한번 진심으로 감사드립니다.

2부

그린비, 나와 너, 우분투를 마주하다

공존의 법칙 | 내 안의 다문화 / 에필로그 … 정하윤

무너지는 순간에서 | 더스트 / 봄눈 / 에필로그 … 안승주

나의 일기 | 분분히 핀 우리의 다문화 / 에필로그 … 김우현

새로운 시선 | 바나나 우유 / 에필로그 … 정예찬

다른 색깔 | 서로 다른 하늘아래 / 에필로그 … 김도경

손에 손잡고 | 경계를 넘는 골 / 에필로그 … 김시원

다양성 | 다문화란 / 에필로그 … 김유빈

다름 인정 | 다문화가 주는 새로운 시선 / 에필로그 … 김동현

환경 | 우분투를 알아보다 / 에필로그 … 김은호

공존의 세계 | 문화의 벽을 넘어선 마음의 연결 / 에필로그 … 이승원

미로 | 보이지 않는 벽 / 에필로그 … 신동훈

같은 빛 | 모두 같은 빛 / 에필로그 … 김유상

인생 연주 | 하늘 / 에필로그 … 안훈석

흑백의 공존 | 조지 스티니 / 에필로그 … 최현석

추억 | The unforgettable day in my life / 에필로그 … 조동현

함께 한 우리 | 불편했던 첫 만남, 함께하는 지금의 우리 / 에필로그 … 배동혁

내 안의 다문화

정하윤

2024년을 뜨겁게 달군 요리 예능 프로그램 '흑백 요리사'를 시청했다면 한국계 미국인인 에드워드 리 셰프를 모를 수 없을 것이다. 그는 인생을 요리하라는 미션에서 비빔밥을 만들었고 스스로를 비빔 인간이라 소개했다. 자신이 한국인인지 미국인인지, 그의 내면에서 두 가지 정체성이 조화를 이루지 못하고 혼란을 겪은 어린 시절을 회상했다. 그러나 현재의 그는 미국인인 동시에 한국인으로서의 자부심을 가지고 있음을 밝히며 각기 다른 여러 재료가 조화를 이루고 있는 비빔밥이 마치 자기 자신과 같다고 했다. 나는 그 말이 매우 공감되었다. 나 역시 한국과 캐나다, 중국을 오가며 어린 시절을 보낸 추억이 있기 때문이다.

그래서 다문화라는 주제를 처음 들었을 때 반가운 마음이 앞섰다. 태어났을 때부터 다문화에 노출되어 살았고 이후로도 다문화를 많이 접한 경험이 있었기 때문이다. 이 글을 통해 나의 특별한 경험을 짧게나마 이야기해 보고자 한다.

2007년 2월 25일, 나는 대한민국 제 2의 수도로 불리는 부산광역시에서 태어나게 된다. 내가 태어난 후 얼마 지나지 않아서 부모님은 갓난아기인 나를 안고 캐나다행 비행기에 올라타셨다. 그렇게 나는 캐나다 벤쿠버에서 한국인 이민자로서 삶을 시작하게 되었다. 너무나도 어렸던 탓에 잘 기억이 나지는 않지만 부모님이 남겨놓으신 사진을 통해 당시를 회상해 볼 수 있었다. 다문화 국가답게 캐나다는 인종과 국적의 경계가 불분명했다. 내가 다녔던 프리스쿨에는 미국, 캐나다, 중국, 인도, 멕시코 등 세계 여러 나라의 친구들이 있었고, 다니던 교회에서도 역시 필리핀을 비롯하여 다양한 국적의 사람들과 함께 했다. 또한 불어를 공용어로 인정하는 이중 언어 국가였기에 킨더가든이나 학교에서는 주로 불어를 제 2외국어로 가르쳤고, 식당 메뉴판에는 영어, 중국어, 불어가 항상 함께 존재했다.

한국과의 문화적 차이도 컸다. 한국과 달리 할로윈과 크리스마스를 매우 성대하게 보냈고, 특히 추수 감사절에는 모두가 함께 모여 무려 6시간 동안 칠면조를 구워서 먹기도 했다. 그곳에서는 빵이 주식이었는데 어린 시절부터 이러한 식문화를 접해서인지 신기하게도 여전히 밥보다는 빵이 익숙하다. 특히 캐나다는 급식이 없었기 때문에 늘 아침마다 샌드위치 등을 도시락으로 챙겨가야 했다. 그래서 다시 한국으로 돌아와 처음 유치원에 갔을 때 급식 먹는 법을 몰라 식판에 있는 음식을 모두 섞어 먹었다고 한다. 이후 캐나다에서 동생이 태어나게 되었고, 네 식구가 된 우리 가족은 5년간의 이민 생활을 마무리하고 한국으로 돌아가게 되었다. 이렇듯 한국인이라는 정체성을 가지고 있지만 5살까지 긴 시간을 캐나다에서 보내다 보니 고향으로 돌아온 어린 나는 한국이 낯설기만 했다. 하지만 인간은 적응의 동물이라는 말이 있듯이 유치원을 졸업하고 초등학교를 다니기 시작하며 나는 캐나다에서 살다 왔다는 말이 무색할 정도로 완전히 한국에 적응하게 되었다.

한국에서의 즐거운 초등학교 생활을 보내며 어느덧 4학년이 되었다. 고학년이라는 타이틀에 나도 모르게 우쭐해지던 찰나 부모님으로부터 중국으로 가게 되었다는 충격적인 소식을 듣게 되었다. 캐나다를 떠날 때와는 달리 이별이라는 개념이 생긴 나이였기에 한국 생활을 정리하며 울고 또 울었던 기억이 있다. 공항에 도착해서까지도 모든 상황이 거짓말 같았는데 비행기에 올라타는 순간 한국을 떠난다는 게 실감났다.

한국에서 들은 중국에 대한 안 좋은 소문들과 인식에 나는 설렘과 기대보다는 두려움과 걱정이 앞섰다. 게다가 말도 통하지 않는 곳에서 어떻게 지내야 하나 앞이 막막했다. 완전히 새로운 곳에서 새로운 문화를 접하게 된 것이다. 모든 것을 처음부터 다시 시작해야 했다. 중국 국제 학교를 다니며 영어와 중국어로 수업을 했다. 처음 등교한 날 아무 말도 들리지 않았다. 수업을 듣고는 있지만 내용을 전혀 이해할 수 없었다. 영어와 중국어가 오가는 복도를 걸어갈 때 언어장벽이 주는 소외감을 느끼게 되었다. 결국 어

학원을 다니며 학교 수업을 간신히 따라가게 되었다.

중국은 한국과 같은 동양권 국가였기에 식문화에서는 큰 차이가 없었지만 엄격하고 통제된 사회 분위기가 큰 차이점이었다. 우회 접속을 하지 않으면 유튜브를 이용할 수 없었고, 한국 매체에는 연결이 어려웠다. 연락도 중국 자체 메신저를 통해서만 가능했다. 모든 메시지를 공안에서 검열하기 위함이다. 또한 중국은 종교의 자유가 없는데 우리 가족은 기독교였기 때문에 언행에 더욱더 주의를 기울여야 했다. 이외에도 위생 문제, 치안 문제, 교통 문제 등 불편을 감수해야 했고 그 불편에 적응하며 살아야 했다. 그렇지만 마냥 힘들기만한 것은 아니었다. 내가 가장 좋아하는 중국 문화 중 하나는 바로 새벽부터 아침까지 열리는 새벽시장이다. 아파트 단지 안에 매일 새벽마다 장이 열리는데 늘 사람이 바글바글했다. 중국 사람들은 참 부지런하다는 생각이 들었다. 또 중국 사람들의 따뜻한 정을 느낄 수 있었다. 또 학교에 적응할수록 정말 재미있었다. 여러 언어로 다양한 문화를 체험하고 서로 소통했던 시간들이 지금 생각해 보면 정말 값진 경험이다.

1년 뒤 나는 국제 학교에서 중국에 세워진 한국 학교로 전학을 가게 되었다. 대부분이 한국 학생, 선생님이었고 덕분에 훨씬 수월하게 학교생활을 할 수 있었다. 그렇게 한국 학교에서 1년을 더 보낸 후 나는 다시 한국으로 돌아오게 되었다. 한국을 떠나올 때와 한국으로 돌아갈 때 중국에 대한 이미지는 완전히 바뀌어 있었다. 위험하고 낯선 곳, 더럽고 험한 곳이라고 생각했던 중국이 편안한 곳, 그리운 곳이 될 줄은 생각지도 못했다. 중국에서 지내는 동안 중국에 대한 편견을 버리고 새로운 문화를 많이 접하고 즐길 수 있었다.

두 나라를 통해 많은 것을 보고 배울 수 있었다. 항상 떠나야 하는 순간이 되면 가기 싫다고 온갖 불평불만을 토로했지만 지나고 보니 모든 순간과 경험들이 감사하게 느껴진다. 이런 특별한 경험들 덕분에 '나'라는 한 사람 안에는 여러 가지 문화가 자리 잡게 되었다. 즉, 이미 내 안에 다문화가 존재하게 된 것이다. 한국인이지만 한국 문화뿐 아니라 캐나다와 중국의 문화가 함께 섞여 있기에 이것을 어느 나라 문화라고 특정할 수 없다. 이것은 나의 문화, 나만의 문화인 것이다.

우리는 항상 다문화라는 주제를 떠올리면 세계 시민적인 관점에서 우리와 다른 타국의 문화도 존중해야 함을 가장 먼저 생각하게 된다. 하지만 다문화는 개인과 개인 사이에서 더욱 강조될 필요가 있다. 국가로 분류한 문화가 아닌 개인의 내면에 형성된 고유의 문화를 인정하고 존중하는 것이 다문화의 진정한 의미라고 생각된다. 이러한 개인들이 모여 서로 다른 문화가 조화를 이루고 공존할 때 비로소 다문화의 진정한 의미가 실현될 것이다.

에필로그

정하윤

안녕하세요. '주마등', '내 안의 다문화'의 저자 정하윤입니다. 먼저 제 부족한 글을 읽어주신 독자 여러분께 감사드립니다. 이번 그린비 책쓰기의 주제는 '나와 너를 마주하다'였습니다. 이 주제를 다시 크게 둘로 나누어 자신의 '최애'와 '다문화'를 주제로 글을 쓰게 되었고, 한 달간 주제에 대한 고민과 탐색의 시간을 통해 두 작품이 탄생하게 되었습니다.

소설 '주마등'은 저의 최애인 '영화'를 소재로 쓴 단편 소설입니다. 내가 가장 좋아하는 것은 무엇인지 고민하면서 처음에는 영화가 아닌 다른 것을 소재로 삼아 글을 쓰기 시작했었습니다. 하지만 무언가 크게 와 닿는 느낌이 없었고, 이후 몇 번의 수정을 통해 저는 '영화'라는 저의 최애를 마주하게 되었습니다.

어릴 적부터 영화 보는 것을 좋아했고 지금은 영화 제작자를 꿈꾸고 있는 저에게 영화는 더없이 좋은 소재였지만, 소설인 만큼 영화를 너무 직접적으로 드러내고 싶지 않았습니다. 그래서 저는 삶과 죽음을 함께 이야기의 소재로 사용하였습니다. 우리는 죽음의 위기를 맞닥뜨렸을 때 흔히 '인생이 주마등처럼 스쳐 지나간다'라고 이야기합니다. 저는 이 말에서 아이디어를 얻어 주마등이라는 개념을 공간화하여 시한부 인생을 마치고 죽음 앞에 선 주인공이 주마등 속에서 자신의 인생을 돌아보며 죽음을 받아들이는 과정을 담백하게 담아내 보았습니다.

인생이 너무나 힘들고 절망적일 때 행복했던 기억들을 떠올려 보는 것은 어떨까요? 어쩌면 우리의 인생은 우리가 생각하는 것보다 훨씬 아름답고 찬란할지도 모릅니다.

'내 안의 다문화'는 소설이 아닌 수필의 형식으로 저의 이야기를 솔직담백하게 담았습니다. 다문화를 몸소 경험했던 어린 시절의 소중한 추억들을 떠올리며 다문화가 가지는 의미에 대해서도 깊이 생각해 보게 되었습니다. 오늘날 우리 사회는 나와 다르다고 하여 비난하고 조롱하는 모습을 쉽게 찾아볼 수 있습니다. 저는 이러한 모습들이 타인이 가진 고유의 문화를 이해하려고 하지 않기 때문이라고 생각했습니다. 그래서 이 다문화라는 개념이 같은 문화를 공유하고 있는 우리 사회에서 먼저 실현될 필요가 있다고 생각하게 되었습니다. 때문에 개인이 가지는 다문화를 표현할 소재를 찾다가 저의 이민 생활을 예시로 들어 글을 작성하게 되었습니다.

올해도 역시 늦게까지 학교에 남아 글을 쓰고 긴 시간 수정에 수정을 거듭했습니다. 두 번째이니 쉽게 금방 써질 것이라 생각했었는데 제 생각과는 달랐습니다. 지난번 글보다 훨씬 잘 쓰고 싶다는 욕심에 마음처럼 글이 쓰이지 않았고, 이야기가 마구 떠오르지 않았습니다. 그래서 친구들과 선생님들 그리고 부모님과 많은 이야기를 나누며 영감을 얻었습니다. 그래서 이번 저의 작품에는 나만의 경험이 아닌 다른 사람의 인생을 보고 들으며 느낀 바를 소설에 함께 녹여 보았습니다. 특히 백혈병에 대해 구체적인 내용이 필요하여 직접 알아보곤 했는데 백혈병 환자들의 증상과 치료 과정, 겪는 고통을 살펴보며 그 어려움을 깊이 공감하게 되었습니다. 지금 이 글을 읽고 계신 독자 여러분들 중에도 질병으로 힘겨워 하시는 분이 계시다면 희망을 잃지 말고 끝까지 힘을 내시길 응원합니다.

여기까지 저의 긴 글을 읽어주셔서 감사드립니다. 끝으로 함께한 우리 그린비 부원들과 성진희 선생님께 감사의 말씀을 전합니다.

더스트

안승주

암흑 속에서 움직이는 것은 여간 쉬운 일이 아니었다. 마치 새 생명을 부여받은 듯 감각에만 의존하며 앞으로 나아갔다. 내 눈의 적응감각에 의존하여 벽을 더듬었다. 손에 무언가 닿았고 그것을 눌렀다. 전등 스위치였다.

내 방이 밝아졌고 사물들은 빛을 얻었다. 나는 이름모를 역체감에 다시 침대에 누워 천장을 쳐다보았다. 빛이 세상의 주인인 것 같았다. 동물들은 빛에 이끌리고, 태양은 그것을 아는 듯 하루의 절반은 빛을 꺼버린다. 가장 짜증나는 밀당이다.

하늘에서 이름모를 먼지가 내려와 온 동네를 뒤덮은 것은 불과 5시간 전이었다. 먼지는 땅 위를 가득 덮어 새로운 사막을 만들었다. 먼지가 쌓인 토양은 금세 생명력을 잃고 병들었다. 나무들은 강제 파업 시위에 들어간 듯 색깔을 지웠고, 사람들은 사막 속에 묻혀 일생의 마지막 소리를 질렀다.

언제까지 이러고 있어야 하는지도 알기 힘들었다. 단지 심각한 상황에서 잠을 자던 내 자신에 역체감이 든 것이다. 거실로 나와 물을 틀고 새로운 물통을 채웠다. 언제까지 빛과 물을 반길 수 있을지 모른다.

갑자기 창문이 뿌옇게 바래지더니 먼지로 뒤덮였다. 황급히 창문 한쪽을 여니 잿더미 같은 것이 집 안으로 들어왔다. 밖은 폭포수처럼 먼지가 쏟아지고 있었다. 밖으로 나갔다가는 다시 들어오지 못할 것만 같았다.

우산을 챙기고 밖으로 나갔다. 마스크 1개는 불안했던지 2개나 3개 정도를 쓰고 야외 상황을 보았다. 사람들은 집 지붕을 확장하거나 마당에 물을 뿌리는 등 저마다의 대처를 해내고 있었다. 성급한 마음에 발길을 돌려 시청으로 향하기 시작했다.

도시 중심부는 폭우가 내리고 있었다. 너무 비의 양이 많아 먼지로 만든 수프 속을 휘저어 나가는 기분이었다. 게다가 비의 색깔은 검은색으로 기분이 괜히 퀘퀘해졌다.

시청은 소위 '수재민'의 소굴이었다. 사람들은 언젠가부터 서로에게 감정이 상해 폭력을 휘두르는 등 무력을 행사했다. 창문 밖에는 참혹한 광경이 그대로 보였고, 나는 공포심에 사로잡혀 다른 곳으로 갈 수밖에 없었다.

집으로 돌아오니 어느새 먼지는 내 어깨까지 쌓여 있었다. 아직도 이 먼지의 출처를 알아낸 사람은 없다. 마치 고립된 무인도에 감금된 것만 같은 불쾌한 기분이었다.

먼지란 자고로 물에 약하다. 공기든 기관지든 파고드는 역겨운 덩어리들이 물에 씻겨내려가는 모습은 묘한 쾌감을 자아낸다. 하지만 이 먼지는 다르다. 물이 먼지를 모이게 하는 응집력이 되어 더 큰 먼지를 만들어낸다. 그래서 물은 전혀 효과가 없었다. 다른 해결책을 찾아내야 했다.

조금 뒤, 모든 전자기기는 끊긴 상태였지만 신문 한 부가 배달되었다. 신문 배달부의 투정을 뒤로한 채 본 신문의 내용은 가히 충격적이라 말할 수밖에 없었다.

'백두산 폭발로 인한 화산재로 수많은 인명피해 발생… 정부 대안 신속히 필요…'

온몸이 얼어붙었다. 화산재 속을 뚫고 밖으로 어떻게 나갈 수 있었는지 생각하니 소름이 돋았다. 화산재가 뭔진 몰랐어도 호흡기에 좋을 게 없다는 것은 알고 있었다. 바로 구역질이 올라와 수차례 속을 비워냈다.

그러나 나에게 이것이 화산재인지 집먼지인지가 중요한 건 아니였다. 탈출하는 게 가장 중요했다. 집을 나가야 했다. 살고 싶으면.

최대한 모든 부분을 가리고 집을 나섰다. 어쩌면 다시는 돌아오지도 못할 집을 바라보며 생각에 잠겼다. 목적지는 없었지만 돌아갈 생각은 더더욱 없었다. 어떻게든 멀리 가야만 했다. 먼지가 달라붙지 못할 만큼 멀리… 차라리 날 미사일에 묶고 어딘가로 발사해 줄 누군가를 찾는 게 빠를지도 모른다.

거리에는 죽어가는 생명체들의 절망적인 절규로 가득했다. 먼지에 덮인 것들은 빠져나올 수 없었다. 마치 숨구멍에 솜털을 집어넣듯이, 생명들은 부드럽고도 잔인하게 목숨을 잃어 갔다.

걷다 보니 기차역으로 도착했다. 저 멀리서 또다른 먼지를 뿜는 기차를 보고 마음속으로 쾌재를 불렀다. 기차표를 받고 기차에 타니 그제서야 한숨을 돌렸다. 한편으론 이제 어떻게 해야 하는지 막막하기만 했다.

창문이 먼지로 가득차 바깥 풍경이 전혀 보이지 않았다. 이 기차가 어디로 갈지, 살아나갈 수 있을지 그 누구도 장담할 수 없었다. 나는 창에 달라붙은 먼지 틈 속 듬성듬성 박혀 있는 햇빛, 어쩌면 세상의 마지막 희망을 바라보았다.

봄눈

안승주

서울이란 대도시가 뿜어내는 자욱한 기운이 간단한 생각마저 집어삼키는 일은 그다지 어려운 일이 아니었다. 너무나 빨리 이 기운에 잠식당한 것 같아 괜히 억울한 마음이 들었다. 20대로 살아간다는 건 어쩌면 비가 오기 전 드리우는 먹구름의 역할일지도 모른다.

겨우 정착한 서울이었지만 그마저도 열약한 것은 다름없었다. 1년을 고심하다가 얻은 반지하였지만, 월세를 유지하려면 일주일에 절반은 아르바이트를 뛰어야 했고, 하루라도 빠진다면 그날은 식사를 하기 어려웠다. 나는 각박한 현실 속 쳇바퀴에 오른 햄스터 한 마리에 불과했다. 이 도시가 시키는 대로 하는 것이 정답이라는 사실만이 나를 교육할 뿐이다.

동기들의 삶과 내 삶은 어쩌면 많이 다르다. 대학교보다 여행을 더 많이 다니는 동기들과는 달리, 나는 전공서를 펴야만 한다. 수업 이해가 너무 힘들어 따라가기가 벅차기 때문이다. 급하게 온 한국이었지만, 어린 시절의 언어로 쓰인 글이 내 눈에는 익숙했다. 야속하게도 일본어 전공책은 없었기에, 번역기와 장기적 동맹이 필요해 보인다.

저번 주부터 돈이 부족해졌다. 아무래도 한국에서 검정고시를 친다는 것이 좋지 않은 사회적 인식으로 이어지는 것은 부정할 수 없나 보다. 일하는 곳에서 최저시급도 주지 않았다는 사실이 괜히 우울했다. 분명히 내 이중국적이 차별의 원인으로 작용했을 것이다. 따지고는 싶었지만, 그냥 그러지 않기로 했다. 힘만 빠지는 일이니까.

우울증이란 건 생각보다 우울한 병이 아니었다. 평소의 즐거움이 가끔의 불안을 떨치기 위한 도구로 작용한다는 점만이 일반인과 다를 뿐이다. 의사는 내가 너무 자주 망상에 휩싸인다며, 주기적인 운동을 하라고 조언을 하곤 했다. 역시 귀에 들어오지 않았다. 우울증만이 내 입장을 대변하는 것만 같아서 기분이 나빴다.

언젠가부터 이 지독한 무기력함이 내 일상을 장악했는지는 기억이 잘 안 난다. 그러나 우울증이 1년, 2년 동안 지속될 때까지 나는 아무것도 할 수 없었고, 친구들과의 인연이 끊어지기 시작했다. 일상에서 멍해지는 순간이 많아지는 것을 체감할 정도였다. 당연히 손에 잡히는 일도 없었고, 그래서 더욱 내 삶이 비참하게 느껴졌다.

어느 날은 집에서 나와 하염없이 달린 적도 있었다. 비염과 목감기가 내 목소리를 막았지만, 나는 소리를 지르고 싶어서 답답해했다. 그런 나를 더욱 짜증나게 만드는 것은 세찬 바람이었다. 힘든 자의 뺨을 때리는 그 잔인함 앞에 나는 아무것도 할 수 없었다.

그래서 나는 우울증을 극복하려는 생각을 거의 접기로 했다. 시간이 약이라는 말이 있듯이 지금 나를 치료할 수 있는 치료제는 딱히 없었다. 그래서 일상에 집중하기로 했다. 지금 다니고 있는 학교를 열심히 다니고, 아무 생각 없이 살아가는 것이 나의 운명이라고, 그냥 받아들이는 편이 낫다고 생각했다.

오늘도 그렇게 수업을 들으러 갈 준비를 하고 있었다. 그러나 급하게 책장에서 내 엄지손가락만 한 두께의 전공책을 꺼내려다가 책을 받치던 선반이 무너졌다. 하마터면 내 손이 끼일 뻔해서 깜짝 놀랐다. 부서진 선반의 잔해를 손으로 하나하나 걷어내자 오래된 지갑이 하나 나왔다. 기겁할 뻔했다. 다시는 그 지갑을 볼 일이 없을 줄 알았기 때문이었다.

지갑을 열자, 오른쪽에 환히 웃고 있는 아빠와 엄마, 그리고 중간에 어린 내가 서 있는 사진이 있었다. 왠지 모르게 마음 한편이 비워지는 느낌이 들었다. 공허했다. 다시 아빠를 떠올리게 될 것만 같았다. 그리고 조금 뒤, 나는 다시 멍해졌다. 지갑이 뿜어내는 기운이 날 다시 아빠에게로 데려간 것이다.

그 지갑을 산 곳은 교토에 있는 작은 잡화점이었다. 당시 7살쯤 되었던 나는 아빠의 손에 이끌려 자주 여행을 다니곤 했다. 그렇지만 나는 여행을 정말 싫어했다. 아빠가 대화할 때면 어눌한 일본어에 쏟아지는 시선을 바라보기가 싫었다. 그래서 나는 여행을 갈 때마다 다른 곳으로 도망쳤다. 그날 왜 잡화점에 이끌렸는지는 정확히 모르겠지만 아마 낡은 가게의 분위기에 매료된 것이 아닐까 짐작한다.

나는 잡화점의 물건을 괜히 만지작거리며 시간을 때웠다. 아빠가 뒤에서 바라보는지도 모르고 구석에 서서 손때 묻은 물품들을 뚫어져라 쳐다봤다. 그런 날 보고 아빠는 나를 번쩍 들고는 조용히 내가 손에 잡고 있던 지갑을 계산했다. 사진을 하나 넣을 수 있는, 조그만 카드지갑이었다. 당시 나에겐 파란색 곰돌이가 그려져 있는, 촌스럽고 진부한 그런 잡동사니에 불과한 물건이었다. 그래서 나는 지갑을 쳐다도 안 봤다. 아빠가 뭐라고 하던지는 딱히 관심이 없었던 것 같다.

내가 지갑을 들고 다니지 않자 아빠가 그 지갑을 가져 갔다. 나는 곰돌이의 또랑또랑한 눈동자와 아빠의 자신감 있는 눈동자가 어딘가 닮아 보인다고 생각했다. 새로운 곳에서의 생활을 시작하는 한 쓸쓸한 청년의 마음을 가득 채운 눈동자였다. 눈동자는 설렘과 기쁨으로 차 있어 보였지만, 가까이에서 볼수록 슬픔이 고여 있었다. 그것이 앞으로의 아빠의 삶을 모두 설명하는 것 같았다.

아빠는 엄마와는 대학교에서 처음 만났다고 했다. 유학을 왔던 엄마와 곧 입대를 앞두었던 아빠, 그 둘 사이의 사랑은 이어져서는 안 되었다. 그럼에도 둘은 아슬아슬한 관계 속 연락을 계속했다. 결국 아빠가 일본으로 오는 조건으로 다시 재회하게 되었지만, 그마저도 손에 잡히지 않는 돈을 쫓는 데 시간을 뺏겼다. 어쩌면, 둘은 운명이 아니었을지도 모른다. 그래서 누구도 두 사람의 행복을 기대하지 않았다. 그 누구도 두 사람의 미래를 예측하지 못했다. 정확히는, 예측했지만 말하지 않은 것일 것이다.

일본인들은 악착같이 살아가려는 아빠를 좋아하지 않았다. 오히려, 싫어하는 것에 가까웠다. 외할아버지는 늘 아빠를 '쓸데없이 어렵게 살아간다'라고 구박했다. 아빠가 편의점 일부터, 숙박업, 건물 공사, 역무원을 거쳐 직업 정착에 실패하자, 아빠를 보는 것 자체를 싫어했다. 그래서 아빠는 늘 저가 숙박업소에서 살았고, 일주일에 어쩌다 한 번 엄마와 나를 보는 것에 만족하며 살아갔다.

그러나 아빠는 행복하다는 말을 입에 달고 살았다. 피곤에 찌든 삶이었지만, 나와 엄마를 볼 때면 웃음을 절대 잃지 않았다. 가끔씩은 아빠가 연기하는 것 같다는 생각을 하기도 했던 것 같다. 마치 감정 없는 인형이 사람 연기를 하는 것 같은 느낌을 받아서이다. 아마 당시 아빠가 늘 차별과 혐오를 견뎌내는 데 어려움을 겪었지만, 내 앞에서는 절대 그런 모습을 보이지 않아서 그렇게 느낀 것 같다. 나에게 아빠는 늘 꿋꿋한 사람이었다. 넘어지지 않는 사람이었다. 언제나 내 뒤에 서 있었던 지지대였다.

일본에서의 고등학교 1학년 마지막 시험을 치렀던 그 주 주말, 나는 아빠를 잃었다. 아빠는 이틀 전 잠에 든 상태에서 깨어나지 못했다. 병원에서 싸늘한 아빠를 다시 마주했을 때, 그때의 허무감이 아직까지 생생하다. 늘 웃고 있던 아빠는 웃지 못했고, 늘 따뜻했던 아빠의 손이 식어 있었다. 그렇게 단단했던 아빠가 그렇게 힘없이 무너진 모습은 나 또한 무너지게 만들었다. 그날, 나의 세상은 반쯤 토막 났다.

아빠의 병명은 췌장암이었다. 말기 췌장암. 아빠를 잡아먹은 그놈은, 고작 조그만 암세포였다. 작은 세포가 자신을 갉아 먹을 동안에도, 아빠는 아무것도 할 수 없었다. 그저 삶의 마지막 시간을 열심히 살았다. 그때까지 그래왔듯이. 우리에게 알리지 않고 혼자 고통을 견뎠다. 외로운 싸움에서 패한 아빠의 모습이 그래서 슬퍼 보였을 것이다. 아빠는 늘 외로움을 안고 살아갔고, 죽음과 그것을 섞어 들이마셨다.

이후 의사가 조심히 내게 다가와서 말을 건넸다.

"사실 고인께서 두 달 전 이미 췌장암 판정을 받으셨습니다. 혹시 모르고 계셨습니까?"

"……."

"저희 쪽에서는 치료를 권장해 드렸지만, 완강히 거부하셔서… 이번 일은 매우 유감으로 생각합니다."

"아닙니다."

"필요한 서류가 있으시면 꼭 말씀해 주세요. 바로 드리겠습니다."

열일곱 살에게 시체검안서를 마주하고 장례를 치르는 일은 버거운 일이었다. 아니다. 버겁기보다는 괴로운 일이었다. 아빠가 불길 속으로 들어갈 때, 나는 처음으로 이전까지의 내 모습을 원망했다. 늘 아빠를 싫어하던 내가 아빠를 그리워할 것만 같았다. 아빠가 내게 마지막까지 주었던 것은 사랑이었지만, 나는 아빠를 보는 것을 귀찮아했다. 어리석었다. 어려서 그랬다고 합리화하고 싶지는 않았다.

그 지갑은 아빠의 마지막 장소에 놓여 있었다. 사진이 잘 보이게 세워져 있는 형태였고, 나는 그날 처음 사진이 안에 끼워져 있었다는 사실을 알게 되었다. 평소 힘든 순간마다 아빠를 힘내게 한 것은 가족의 행복한 얼굴이었다. 비록 일방적이었던 사랑이었지만, 그에게만 사랑이었지만, 그는 그것을 인생의 지지대로 삼고 살아갔다,

바로 그 지갑을 다시 발견한 것이다. 아빠의 죽음 후 도피하듯 한국으로 온 내게 아빠는 기억하고 싶지 않은 경험으로 남았다. 그래서 나는 그 기억을 한편으로 밀어 놓듯 지갑을 책장 아래로 밀어 놓았던 것이었다. 그 기억이 살아났으니, 다시 아빠를 마주할 용기가 생겼다. 이제 내가 아빠를 보고 싶었다.

우울증의 원인을 알 것만 같았다. 그이의 죽음을 잊으려 한 것이 그 원인이 아니었을까. 나는 갑자기 삶을 더 의지적으로 살아가고자 하는 긍지에 휩싸이기 시작했다. 과연 아빠가 옆에 있었다면 나에게 무슨 말을 해줄 수 있을까. 갑자기 살아난 나의 기억들이 나에게 해답을 주는 것 같았다.

나는 한국에 온 후부터 의식적으로 그를 지우려고 했다. 그를 기억하며 살아가는 것은 나에게는 너무나 두려운 일이었기에, 마치 수정테이프로 볼펜을 지우듯 아빠를 지워냈다. 수정테이프 위에 다시 수정테이프를 칠하고, 상처가 볼록해질 때까지 계속 덧칠했다. 하지만 그러한 덩어리들은 한 번의 칼질로 떨어지게 되어 있었던 듯하다. 결국 나는 다시 아빠를 맞이하게 되었다.

버스를 타고 아빠에게로 가기로 했다. 아빠는 타국에서의 힘든 일생을 마치고 고향에 묻혔다, 조용한 시골, 아마도 그가 어린 시절 뛰어놀며 꿈을 꾸었을 조그만 언덕 위, 그곳에서 아빠는 다시 잠들었다. 힘들었던 그의 마지막을 위로하듯, 고요하고 잔잔한 분위기가 그 장소를 감돌았던 것 같다.

나는 조심스럽게 걸어와 그의 옆에 앉았다. 8년 만에 다시 그이와 말을

나누고 싶었다.

"아빠."

"아빠, 나 왔어."

"아빠 혹시 기억나? 우리 가족이 삿포로 여행 갔던 날? 아빠랑 내가 일본에 왔던 첫날이었을 거야. 눈이 많이 왔잖아. 아빠가 온몸으로 눈을 맞으며 참 즐거워했었는데. 그때 사진도 찍고 같이 눈사람도 만들고, 우리도 정상적인 날이 있었는데… 그렇지?

아빠는 행복했어? 말이 통하는 사람이라고는 나뿐이었잖아. 왜 행복했어? 나는 아빠보다 덜 열심히 사는데, 행복한 게 뭔지 잘 모르겠어. 행복한 건 어쩌면 큰 권리일지도 몰라. 세상에서 가장 부러운 권리.

어쩌면 나는 아빠가 죽었다는 걸 믿기 싫었었던 것 같아. 그래서 한국으로 왔고, 내 삶에서 아빠라는 존재가 있었다는 것을 지우려고 노력했어. 그렇게만 4년을 살았었는데, 난 잘 지웠다고 생각했었는데, 내 정신이 그렇지 않았나 봐. 내가 아빠를 밀어낼 때마다, 오히려 내 마음에 공허한 공간만이 만들어졌던 것 같아. 지갑을 보자마자, 아빠가 다시 찾아왔어. 어디 있었는지는 모르겠지만, 결국 내 마음 어딘가에 새겨져 있었던 것 같아.

그 일이 있고 난 후에 죽음에 대해서 자주 생각을 하게 되었어. 과연 죽음을 온전히 받아들일 수 있는 적정한 나이라는 게 있을까? 시간이 지나면 다 잊게 되고 덤덤해진다는데, 난 잘 모르겠더라. 잊을 수가 없었어. 아빠와 함께했던 시간이 후회로만 남아서, 아니 어쩌면 그런 생각들만이 나를 빠져나올 수 없는 덫에 던져놓은 것일지도 몰라. 그래서 아빠를 피했어. 내가 다시 떳떳하게 아빠를 볼 수 있을까?

난 아빠에게 늘 생각 없고 철없는 사람이었던 것 같아. 앞으로는 달라지고 싶어. 내 공허한 마음에 늘 기억하며 살아갈 거야. 가슴에 묻고 살아간다는 말 있잖아? 그런 것처럼 아빠도 내 마음에 들어오기만 하면 돼."

아마도 그와의 5년 만의 대화일 것이었다. 대답이 없는 일방적인 대화였음에도 만족스러웠다. 평생 기억하며 살아간다는 맹세를 어쩌다 보니 하게 되었지만, 그럼에도 지킬 자신이 있었다. 그렇게 나는 아빠와 처음이자 마지막 약속을 하기로 했다. 정확히는 내가 제안한 첫 약속이었다.

부서진 책장을 수리하며 집을 둘러보니 무의식중에 써놓은 메모들이 눈에 띄었다. 한국 생활에 적응하며 힘든 순간마다 누군가를 지칭하며 불렀던 것 같은데, 지금 보니 꼭 아빠에게 하는 말 같았다. 사실 나는 아빠를 잊기 싫었던 걸지도 모른다. 나의 무의식이 아빠를 기억하고 있었다.

다음 주면 일본으로 간다. 엄마를 5년 만에 보기로 했다. 다시 엄마와 눈을 보러 여행을 떠나고 싶었다. 물론 세 사람보다 두 사람의 여행이 훨씬 공허하겠지만, 누군가의 빈자리에는 서늘한 공기만이 자리하겠지만. 나는 세 사람의 여행이라고 생각하기로 했다.

그 사람은 언제나 눈을 보는 것을 행복해했다. 하늘이 흘리는 슬픔의 기적인 것 같다는 말도 했었던 것 같다. 함께 식사를 하며 내리는 눈을 볼 때면, 왠지 모르게 편안한 마음이 들었었다. 그게 따뜻한 우동의 온기였는지, 아니면 그 사람의 온기였는지, 아니면 눈이 조성한 낭만적 분위기의 생생한 증거인지는 모르겠지만, 그 순간만큼은 어두컴컴했던 그의 삶에도 따끈한 공기가 감돌았을 것이다. 이제 내가, 그이를 다시 안고 온기를 느끼려 한다.

추웠던 2월의 날씨는 이제 저물고 새로운 3월의 형상이 나타나기 시작했다. 그러나 나의 겨울은 건조한 계절이었다. 메마른 대지의 황량한 냉기가 스며드는, 우울의 계절이었다. 나는 그저 나를 비추는 불빛 하나조차 제대로 볼 수 없는 나약한 인간이었기에, 계절을 바꾸지 못했다. 순응하며 살아가야만 했다.

이제 차갑게 식은 몸으로 맞이한 봄이 되었다. 겨우내 미루었던 눈이 드디어 만개하였고, 수년 만에 맞이한 눈은 이상하게도 따뜻했다. 겨울의 내음을 품은 눈송이가 대지에 닫는 순간, 봄날의 온기가 감돌았고 다시 새로운 인생이 시작되었다. 이제 나도 이 눈을 맞이하려 한다. 마치 그 사람이 그랬듯이, 이제는 내가 그 삶을 이어가려 한다.

나는 드디어 봄날의 눈발이 휘날리는 그 낭만적인 삶을 새롭게 달려가려 한다.

에필로그

안승주

-글을 쓰며

안녕하십니까. 그린비 책쓰기 프로젝트에 참가하게 된 안승주입니다.

우선 이 책에 글을 올릴 수 있는 것 자체를 정말 영광스럽게 생각합니다. 아마도 이 책이 저의 이름으로 세상에 나올 수 있는 첫 번째 책이 될 것 같습니다.

저에게 글을 쓴다는 것은 무척이나 특별한 의미입니다. 저는 예전부터 글을 쓰는 것을 좋아했고, 평소에도 자주 일기를 쓰는 등 기록이라는 행위 자체를 즐기는 것 같습니다. 그래서 글을 자주 썼었고, 교내, 교외대회를 몇 번 참가하며 감각을 익혔습니다. 그저 막연하게 글쓰기를 좋아했던 어린 소년이 이제 책쓰기를 하다니, 정말 저 자신이 자랑스러운 느낌이 듭니다.

저는 중학교를 거쳐 고등학교를 진학하며 독서를 언젠가 놓게 되었습니다. 하루 중 책을 붙잡았던 시간은 학원과 학교에 다니며 공부하는 시간으로 바뀌었고, 그에 따라 저는 책과 자연스레 멀어지게 되었습니다. 그렇다 해도 저는 책에 애정이 있던 터라 평소 책을 읽지 못한다는 죄책감을 가지고 하루하루를 지냈습니다. 그러던 와중 글쓰기 동아리를 발견하고, 제가 좋아하는 것을 할 수 있다는 생각에 제 마음이 끌렸던 것 같습니다. 그것이 제가 이 책을 쓰게 된 계기입니다.

그러나 소설 쓰기를 접한 저는 생각보다 어려움을 겪었던 것 같습니다. 제가 어렸을 때 자주 쓰던 독후감을 쓸 때는 1,000자, 2,000자를 쓰는 것도 힘든 일이었기 때문에, 길게 써야 하는 소설을 쓰는 것은 저에게 부담이기도 했고, 한편으로는 도전이었습니다. 특히 이 책에 실은 한 소설의 주제를 선정하기 위해 한 달 반을 고민하면서, 다른 책도 찾아 읽고, 자주 원고를 써 보면서 열심히 노력했습니다. 그런 만큼, 그 소설이 독자 여러분의 기억에 잘 남았으면 좋겠습니다.

-첫 번째 이야기

'우리는 왜 문학으로 돌아가는가'는 고등학교 1학년으로 진학한 저의 마음속 깊은 생각들을 모은 수필입니다. 올해 그린비 책쓰기 동아리의 주제는 자신의 '최애'였고, 저는 고민 없이 문학이라 답했습니다. 어릴 때 읽었던 고전 문학들이 저의 삶에 길을 제시하는 이정표 역할을 하고 있고, 서정적인 생각에 잠기는 매개체 역할도 하고 있기 때문이었습니다. 그래서 평소 제가 문학에 대해 느끼는 생각들, 그리고 고등학교 공부를 하며 대하는 문학, 서점을 다니며 보았던 사람들에 대한 느낌들을 잘 살려 보려고 노력했습니다.

이 글을 쓸 당시는 8월이었기 때문에, 10월 한강 작가님께서 노벨문학상을 수상하기 전이었습니다. 수상 당시, 저는 왜인지 좀 바쁘게 살았던 것 같습니다. 그래서 학교에서 담임 선생님이 갑자기 하신 말씀이 기억에 남습니다. 당시 선생님은

"얘들아, 어제 노벨상 받은 거 봤지? 이것 봐봐. 아무리 지금 이과가 날고 기는 세상이라고 해도, 결국 인문학적 소양이 가장 중요한 거야. 알겠지? 문과 학생들 기죽을 필요 없어."

라고 하셨는데, 아직도 이 말이 뇌리에 깊게 박혀 있습니다.

저는 올해 초반까지도 문과와 이과를 선택해야 한다는 고민 속에 심리적으로 불안해하며 살아갔습니다. 우리나라는 상대적으로 이과 학생들에게 더 많은 기회를 주고, 일자리를 주고, 더 나은 미래를 보장하기 위해서 안달이 나 있는 것은 사실이기 때문에, 저는 이과로 가야 하는지 깊게 고민했습니다. 그러나 중학교 3학년부터 고등학교 1학년까지 저 스스로에게 끊임없이 질문을 던진 결과, 제 답은 '내가 원하는 길을 가겠다'였습니다. 저는 저 스스로가 이과적 과목, 이과적 사고방식에 이질적이라고 생각합니다. 또 저는 논리보다는 감정을 사랑하며, 과학 원리보다는 인문학적 소양을

이해하고 싶어하는 학생입니다. 그래서 저는 문과로 가기로 했습니다. 감사하게도 부모님과 담임 선생님이 제 선택을 존중해 주셨고, 저는 그만큼 자부심을 품게 되었습니다.

그 과정에서 한강 작가님의 수상과 제 글이 큰 의미가 있다고 생각합니다. 제 자부심을 더 확고히 다진 발판이 되었기 때문입니다. 저는 앞으로도 제가 원하는 길로 나아가는 진취적인 학생이 되려 합니다. 그리고 그 결정의 도움을 준 것이 이 글의 주제인 문학이었습니다. 결국 저도 문학으로 돌아가서 해답을 찾는 것 같습니다.

-두 번째 이야기

'더스트'는 제가 제 인생 처음으로 쓴 소설입니다. 동아리 시간에 선생님께서 자유 소설을 주제로 던져 주셨고, 저는 제 머릿속에서 떠오르는 생각들을 옮겨 적기 시작했습니다. 바로 그때, 이 소설의 반 정도가 탄생했습니다.

처음 소설을 쓰려고 할 때 저는 절망적인 상황에서의 인간을 떠올렸습니다. 사람들은 살아가며 수많은 우여곡절을 경험하기 마련입니다. 그때 느끼는 감정들을 묘사해 보고 싶었습니다. 그래서 제 머릿속에 처음 떠오른 제재가 '재난'이었던 것 같습니다.

지나칠 정도로 비현실적인 재난을 떠올리는 것은 그다지 어려운 일은 아니었습니다. 종종 빠지는 터무니없는 공상에서 가져온 것이라 더욱 실감나게 적을 수 있었습니다. 또한 그 재난을 처음 마주하는 혼란한 감정에 대한 묘사에 힘을 주기 위해 노력했습니다.

이 소설을 쓰며 어려웠던 점은 이야기를 이어나가는 것이었습니다. 재난 이야기의 특성상, 작가가 끝까지 완벽하게 이야기를 구상하지 못하면, 길게 쓰는 것이 힘들기 마련입니다. 처음 제가 이 소설을 쓸 때는 간단히 쓰려 했기 때문에, 탄탄한 스토리보드가 마련되어 있지는 않았습니다. 그것이 이 소설의 길이가 짧아진 이유입니다.

저는 이 소설에 대해 생소한 분야로 딛는 첫걸음이라는 의의를 두고 싶습니다. 개인적으로 길이에 대한 미련이 아직도 남아 있긴 하지만, 제가 처음 쓴 소설이라는 의미로 제 인생 평생 기억에 남을 소설이 될 것 같습니다.

-세 번째 이야기

'봄눈'은 제가 죽음에 관한 생각을 하다가 탄생한 소설입니다. 사람들은 언젠가 주변 사람들은 잃어야 한다는 명백한 사실을 망각하며 살아갑니다. 그렇기에, 우리는 그 사실이 실현되는 것만으로도 큰 충격을 받습니다. 마치 '일어나서는 안 될 일'을 마주한 것처럼, 그 사실을 부정하려고 노력합니다. 이 소설은 죽음에 대한 저의 자그만 생각들의 집합에서 시작되었습니다.

이 글을 쓰려고 마음먹은 무렵, 저는 이상하게도 다양한 매체에서 주변 사람의 갑작스러운 죽음을 맞이해 고통스러워하는 사람들의 이야기를 많이 접하게 되었습니다. 그러던 도중 김애란 작가의 《바깥은 여름》이라는 책을 읽게 되었습니다. 그리고 제가 그 책의 페이지를 닫았을 때, 이 소설의 주제가 결정된 것 같습니다. 이 책의 첫 번째 이야기에서 나오는 아이를 잃고 난 후의 부모가 느끼는 공허함과 우울함이 저를 집어삼켰기 때문입니다. 어쩌면 그것이 인간이 느끼는 가장 허무한 감정이 아닐까에 대한 생각이 아닌지에 관한 생각이 들었습니다. 그래서 쓰고 싶었습니다. 그 감정에 대한 극복이 얼마나 중요한지에 대해서.

이 소설의 주인공인 '나'는 일본인 엄마와 한국인 아빠 사이의 다문화 가정 청년입니다. '나'는 아빠의 죽음 이후 한국으로 도피하며 대학 생활을 하고. 소설 초기에는 만성 우울증을 겪고 있었으나, 아빠의 죽음을 인정하며 그것을 극복하게 됩니다. 그래서 제목의 의미를 역설적으로 정했습니다. 죽음의 슬픔에 사로잡힌 시간을 '겨울'이라고 생각하고, 그것을 인정한 시기를 '봄'이라고 정했습니다. 그래서 주인공에게는 '봄눈'이 내렸다고 생각했습니다. 상대적으로 늦게 죽음을 인정했기에, 늦게 극복했기에. 하지만 늦게 내린 눈이 주인공을 위로하는 듯 따뜻한 온기를 주는 사실에서 저는 긍정적인 마지막을 그리고 싶었습니다. 언제든 극복하고 다시 삶을 살아가는 것이 사람의 인간적인 면모인 것 같습니다. 사실 '눈'이 내리는 시기는 중요하지 않습니다. '눈'의 온도는 계절이 조절해 줄 것이기 때문입니다.

과연 죽음은 잊을 수 있는 것인지에 대해 의문점이 듭니다. 저는 사실 좀 부정적인 입장입니다. 언젠가는 망각하는 죽음이 아니라, 죽음 그 사실만을 인정하고 살아갈 때 가장 의미 있는 삶이 탄생하는 것 같습니다. 그래서 죽음에 얽매이지 않고, 그 사람을 늘 기억하며 살아가는 것이 더 바람직한 우리의 태도일지도 모르겠습니다.

이 장의 소제목, 주제와 같이 이 소설의 원래 주제는 다문화였습니다. 하지만 저는 그것을 소재로 활용하려는 새로운 시도를 했습니다. 다문화 가정이든 아니든 모두 느끼는 인간적인 감정은 똑같기 때문에, 제가 하고 싶은 소설을 쓰면 된다는 생각이었기 때문입니다. 다문화라는 점을 크게 부각하는 것보다, 자연스러운 일상의 소재로 녹여낼 때, 우리가 그들과 공존하며 화합하는 교점에 도달하는 것이 아닐까 싶습니다.

-글을 맺으며

책을 낸다는 것이 평생 제가 다시 할 수 있을 경험일지는 모르겠습니다. 저는 기회가 된다면 내년에도 꼭 다시 하고 싶습니다. 글쓰기를 하는 것이, 가끔은 제 의지가 아니었다고 해도 글을 쓰는 그 순간만큼은 열정적이고 행복한 시간을 보냈습니다.

마지막으로 제 글을 실은 이 책이 출판되기까지 열심히 조언해 주시고 노력해 주신 선생님과 제 인생 첫 번째 소설의 독자들에게 감사를 보냅니다. 감사합니다.

| 나의 일기 |

분분히 핀 우리의 다문화

김우현

열여섯이다. 세상에 어느 정도 녹아든 나이. 저마다 자신의 '고고함'을 지키려 했던 것 같다. 자신이 어떤 표정을 지은 지도 모른 채 두 손으로 가면을 움켜쥔다. 상처받지 않는 법을 몰라 무시당하지 않으려고 발버둥 친다. 무시당하면 상처받으니까. 진짜 약점은 등 뒤로 숨기고 가짜를 내세운다, 그게 진짜인 것처럼. 그리고 애써 안도한다. 가짜는 모두 웃어넘길 정도이다. 이를테면 자잘한 실수들, 우스꽝스러운 것들, 오히려 가끔은 진실을 숨기는 데 이용한다. 이 정도면 적당히 무시당하겠지, 잠깐 웃고 말 것이라 생각한다. 순간을 모면하면서 만든 허위의 '나'가 다른 이들이 생각하는 '나'가 아닌 듯싶다. 그러다가 당황한다. 진짜 '나'와 다른 사람들이 느끼는 '나'가 너무 다르다. 가면을 만지며 그 이질감을 느끼면서도 벗지 못한다. 진짜 '나'를 보여주는 순간 내 이미지가 추락한다고 생각한다. 허겁지겁 남이 보는 것을 찾아보고, 힐끗힐끗 남이 하는 것들을 보며 흉내 낸다. 그것도 잠시뿐이다. 역시, 눈에 띄지 않기 위한 임시방편이다.

어렸을 땐 분명 좋아하는 것을 자랑스럽게 말할 수 있었는데, 눈치 보는 일이 많아진다. 조심스럽게 말을 꺼낼 때도 머뭇거린다. 이게 내가 내세우는 '나'에 맞는 것일까 고민하고, 혹 다른 사람들이 이상하게 보진 않을까 걱정한다. 시간이 지날수록 누가 진짜 '나'인지 헷갈리기 시작한다. 이렇듯 안개에 가려진 듯 희미해지는 자신을 찾다가 문득 생각이 들었다. 진짜로 누가 '나'일까? 여러 '나'가 섞여 있는 청소년의 마음이 '다문화'와 같다고 생각했다. 다문화, 한 사회 안에 여러 민족이나 국가의 문화가 혼재하는 것, 우리가 그러하지 않을까. 태어날 때부터 함께해온 자아, 타인과 관계를 맺으며 자라온 정체성, 스스로를 평가하고, 자책하는 마음, 모두가 가슴 속에 혼재해 있다. 모두 부정할 수 없는 존재이다. 우리가 각 문화들에 이름을 붙이고 나누듯이 마음속 문화, 우리의 정체성은 세 분류로 나뉜다. 하나는 섞이지 않은 것, 고유한 것들이다. 이를테면 우리의 본성이 그러하다고 할 수 있다. 다른 것은 변하는 것들, 사회적 관계들이다. 알게 모르게 마음속에서 엉켜져 있는데, 다른 사람들을 만나면 수면으로 떠오른다. 마지막은 우리의 자아이다.

나는 사람의 본질은 바뀌지 않는다고 생각한다. 하지만 우리가 어떻게 사느냐에 따라 본질을 둘러싸는 성격 같은, 마음을 구성하는 일부가 변한다고 생각한다. 우리가 따뜻한 사람들을 만나고 마음의 온도를 나누다 보면 성격은 더 쉽게 변한다. 물론 본질과 성격은 다르다. 바위와 흙이 다른 것처럼, 바위를 부수면 흙이 되지만, 흙이 뭉쳐서 바위가 되지는 않는다. 성격이 변한다고 해서 본질이 변한다는 것이 아니라는 것이다. 아무튼 이렇게 나뉘는 우리의 마음은 문화들이 여러 나라의 문화가 뭉쳐 문화권이 되는 것처럼 뭉쳐 '나'라는 문화권을 형성한다. 그리고 문화권들이 모여 사회를 이루는 것이다. 시장에서 정확한 크기와 무게로 물건의 값을 매기는 것과는 다르게 각 문화들은 존중받을 만한 권리와 책임과 의무가 있다. 왜냐하면 우리는 모두 다른 삶을 살았으니까, 저울이 다르고, 마음에서 어느 정도를 차지하는지 그 부피를 알 수 없다.

만약 우리가 남을 평가한다면 사실은 그 사람 속내가 가지고 있는 것들과 비교하며 평가하고 있는 것일지도 모른다. 잘 웃는 사람이 좋다면 내가 잘 웃지 않는 사람일 수도 있다. 잘 웃는 사람은 자신이 잘 웃는지 모른다, 본질이 그러하다면. 그런 면에서 나는 어른스러운 사람이 좋다. 나에게 어른스러움이란 힘든 것들을 그저 견디는 것뿐만 아니라 느긋한 여유와는 조금 다른, 즐기는 여유가 있는 것이다. 따라서 남을 평가한다는 것은 존재하지 않는다. 그저 남이라는 '거울'에 비친 '나'를 보고 있는 것이니까. 이는 다문화라는 말에 걸맞게 우리가 남을 재단 재듯이 평가할 수 없고, 서로를 존중해야 한다는 것이다.

'다문화'라는 글자를 지긋이 쳐다보다 문득 한 가지 한자 조합이 떠오른다. 다문화(多文花), 글을 새긴 여러 꽃이다. 다른 뜻인 것을 알고 있지만 이 단어들이 퍽 마음에 든다. 각자의 마음속에 심어둔 꽃 한 송이, 살아오면서 각자의 삶과 행복, 사랑하는 사람들과 좋아하는 것들, 그러한 것들이 꽃잎 하나하나에 새겨져 있다. 꽃의 종류가 다르고 잎이 다르고, 색이 다르다고 향기가 다르더라도 모두 예쁜 꽃이다. 꽃을 감상할 때 꽃말은 보지 않는 편이다. 꽃말은 그 꽃의 아름다움을 충분히 설명하지 않기에. 꽃말은 아마 처음 그것을 선물로써 사용한 사람에 의해서 만들어졌을 것이다. 그렇다면 꽃이 원하는 자신의 꽃말은 무엇일까. 꽃의 꽃말은 향기일지도 모른다.

우리가 과연 꽃의 모습만을 보고 그것을 구별할 수 있을지 싶다. 그렇지만 꽃의 향기는 시큼하기도, 부드럽기도, 달콤하기도 하다. 각자가 자신의 향기를 뽐내고 있었지만 우리는 멀찍이서 꽃의 모습만을 보고 있었기 때문에 그것을 맡을 수 없었던 것이다. 꽃향기를 뿌리고 다니면서 진짜 꽃의 향은 맡지 못한 아이러니가 일어나는 것이다. 사람을 볼 때도 가장 중요한 것은 분위기라고 생각한다. 꽃도, 사람도 그것을 마주할 때면 가까이 다가가 분위기를, 향기를 맡아야 한다. 그렇다고 마음대로 만져선 안 된다. 가시를 날카롭게 세운 장미는 다가오지 말라고 경고한다. 이런 장미에도 향이 있다. 다른 꽃에서는 나지 않는 독특한 향기. 아직 성숙하지 않은 우리는 다 자라지 않은 꽃처럼 향기가 연하다. 하지만 작은 잎새에도 풋내가 있듯이 분명 자신만의 것이 있을 것이다.

말이 어느새 조금 다른 길로 흘렀던 것 같지만, 청소년인 우리에게 주어진 것들은 여전하다. 서로의 가시에 긁혔어도 서로를 안아주어야 한다. 가시가 있는 부분이 아니라 보드라운 꽃을 맞대야 하는 것이다. 꽃다발 속에 있는 흔한 꽃 한 송이로 남아 안도하지 않고, 땅에 뿌리를 분명히 박고 향기를 퍼뜨려야 한다. 언젠간 꽃을 감싸는 꽃잎이 떨어지고 가시만 남게 될지도 모른다. 그러면 맞대는 꽃을 내리고 준비를 한다. 온 힘을 향해 뿌리를 깊게, 깊게 내린다. 그리고 몸집을 천천히 키운다. 연약한 줄기는 기둥이 되고, 떨어진 잎을 대신해 커다란 새잎이 난다. 나무가 되는 것, 어른이 되는 과정이다. 어른이 된다는 것은 강한 바람에도 견디는 뿌리를 박는 것이다. 그렇게 꽃이었던 우리가 어른이 된다. 꽃잎이 떨어지는 아픔보다 뿌리를 내리는 아픔이 더 크다. 그것을 견디지 못한 사람은 잡초로 전락하게 된다. 세상에는 이름 모를 잡초가 우리가 아는 꽃, 나무보다 많다. 나무는 꽃처럼 시들지 않는다. 생명을 다하더라도 고개를 떨구지 않고 자세를 유지한다. 나는 그런 나무가, 어른이 좋다.

겨울엔 상실의 계절에 걸맞게 겨울바람은 단신이다. 봄바람에는 꽃향기가 베어 있다. 여름 바람에는 축축한 습기가 있고 가을바람엔 낙엽이 함께한다. 겨울엔 꽃잎들이 떨어져 모든 꽃들이 움츠러든다. 뿌리를 내린다. 우린 지금 겨울을 살고 있고, 분명 준비를 하고 있다. 어른이 되기 위한 준비. 갖가지 꽃들이 피는 봄에는 나무에도 꽃이 핀다. 그리고 그 꽃에는 성숙하면서도 설레는 향기가 난다. 높이 위치한 꽃은 서로 떨어져 있어 말 그대로 고고(孤高)한 것 같다. 아무것도 없는 가을바람에 꽃향기가 실리기 시작하면 비로소 우리의 봄이 올 것이다. 우리의 봄에는 온갖 향기가 어우러진 그 '내음새'가 온 세상에 퍼질 것이다.

에필로그

김우현

안녕하세요. 글 '푸른 상처'와 '분분히 핀 우리의 다문화'를 쓴 김우현입니다. 먼저 부족한 제 글을 읽어주셔서 감사합니다. 이번 글쓰기 주제는 '최애'와 '다문화'였습니다. 글에는 제 이야기가 너무 많이 들어가 있어 주제가 잘 드러나지 않아 조금 아쉽기도 합니다. 하지만 각자에게 가장 중요한 것이 자신 자신의 이야기이듯 저의 평소의 생각들이나 느낌들이 글에 잘 스며들었다고 생각합니다.

저는 바다를 가장 좋아합니다. 그곳에 들어가는 것보다는 그저 멀리서 바라보는 편입니다. 바다는 하늘과 마찬가지로 눈에 가득 담을 수 있는 몇몇 안 되는 것들입니다. 그저 푸른색으로만 칠해진 도화지를 보면, 삶에 부족한 여유들이 저를 채웁니다. 그러한 이유로 '푸른 상처'를 쓰게 되었습니다.

누구나 처음이 힘들겠지만, 저의 첫 글쓰기는 유독 어려웠습니다. 전하고 싶은 것들은 머릿속에서 맴도는데 그것을 집으려 하면 마치 먼지처럼 다시 흩어져 버립니다. 그래도, 발단-전개-위기-절정-결말의 형식을 조금은, 아주 조금 정도는 맞춘 것 같습니다.

소설의 배경이 되는 '서암마을'에 대한 묘사가 유독 길었는데, 독자 여러분이 저의 이야기에 좀 더 몰입하도록 하기 위해서 자세히 묘사하려고 했습니다. '서암마을'은 실제로 존재하는 마을로 소설에 설명되어 있듯이 부산에 있습니다.

처음에 바다로 주제를 선정하였을 때 사실적으로 묘사하기 위해 바다 주위의 마을을 조사하였고, 가장 인상 깊었던 곳이 이곳이었기에 배경으로 하였습니다. 사실 글의 주제도 조금은 애매해졌습니다. 언뜻 보면 환경 오염에 관한 글일지 모르지만 확실하게 글의 의미는 '상처를 입었어도 아름다운 바다'입니다. 여기서 상처는 환경 오염뿐만 아니라 글 속의 '나'의 말들을 의미하기도 합니다. '나'가 푸르고 고요한 바다만이 아름답다고 말한 듯 각자의 의미에 따라 바다를 나누는 제한에도 불구하고 바다는 여전히 아름답다고 전하고 싶었습니다.

다음으로 '분분히 핀 우리의 다문화'는 균형을 잃고 물에 빠진 서퍼처럼 대중이라는 큰 흐름에 휩쓸리는 우리를 비판하고, 자신의 문화를 만들어내도록 다독였습니다. 이 글은 어찌 보면 다문화와 전혀 연관이 없어 보이기도 하지만, 각자의 정체성을 문화에 빗대어 '모든 문화가 존중 받아야 하는 것처럼 모두를 존중하자'라고 말하고 싶었습니다.

이 글을 쓰면서 특히 자신을 더 되돌아보게 되었습니다. 글에 나오는 비판들은 저 자신에 대한 책망이기도 합니다. 어렸을 때 저는 눈치를 보는 일도 많았고, 몸에 맞지 않는 옷을 억지로 입듯이 힘겹고 다른 사람들이 하는 것을 따라 했습니다.

하지만 자기만의 삶을 사는 사람들을 만나면서, 저 자신에게 집중하기 시작하면서 조금 나아진 것 같습니다. 이때 자기만의 삶을 사는 사람은 자신의 삶을 주체적으로 산다는 것이지, 이기적으로 산다는 뜻이 아닙니다.

제가 살면서 느낀 것들을 나름대로 진실하게 썼습니다. 글의 전반부에 힘을 좀 더 실었고, 여러분도 제 글을 읽고 자신을 한 번쯤은 돌아보셨으면 좋겠습니다. 처음 글을 쓰기 시작할 때 글이 완성될 순 있을까 막막하긴 했지만, 칭찬을 아끼지 않으셨던 성진희 선생님 덕분에 여기까지 올 수 있었던 것 같습니다.

세상에는 완전한 정답도 오답도 없습니다. 매우 부족하지만, 순간순간마다 마음에 새겨진 문장들이 저에게는 정답이라고 생각합니다.

마지막으로 저의 일기와도 같은 글을 읽어주셔서 여러분께 감사드립니다.

바나나 우유

정예찬

오늘은 한국에서의 첫 등교일이다.

"자~ 베트남에서 전학 왔다. 이름은 '밍투안'이고 외국에서 왔으니까 어려움이 많을 거야. 잘 도와줘야 한다."

'내 자리는 어디지?'

그러던 순간이었다.

"도 누!"

"킥킥킥"

"이걸 진짜 하네. 킥킥킥"

누군가가 스마트 폰으로 번역기를 사용하고 있었다.

도 누(Đo ngu)는 베트남에서 욕이다. 그러나 나는 아무것도 할 수 없었다. 왜냐하면, 첫날부터 화를 내면 친구가 없을 수도 있다는 생각 때문이었다.

하지만 점점 반 아이들의 장난은 심해졌다. 어떤 날은,

"야, 소중국! 킥킥킥"

또는

"너네는 공산주의자냐?"

라고 묻기도 한다.

솔직히 심한 장난은 아니다. 하지만 은근히 기분 나쁜? 그런 말장난이었다.

어느새 학교에 온 지 한 달. 나는 여전히 친구가 없다. 누군가가 그런다. 모두가 바나나 우유면 모두 그러려니 하지만, 새하얀 우유에 바나나 우유

가 하나 있으면 엄청 눈에 띈다고.

그렇다, 나는 그저 눈에 띈 것뿐이다. 외모 하나 때문에. 나는 바나나 우유 같은 존재다.

이제 이런 조롱은 익숙하다. 하지만 점점 반 아이들의 조롱은 심해진다.

'베트남인이랑 결혼한 너희 엄마가 불쌍하다!'든지. 조롱은 점점 심해졌다. 그러다가 일이 터지고 말았다.

"야, 너희 아버지 불법 체류자라며? 이거 신고하면 어떻게 되냐? 킥킥킥"

그 말을 듣자마자 뭐가 끊긴 듯이 이성을 잃고 그대로 주먹부터 날아갔다.

"이 개자식아!"

"쌤! 얘네 싸워요! 빨리 와요!"

하지만 그마저도 내가 싸움에서 밀려서 지고 있는 상황에서 선생님이 오셔서 말리러 오셨다.

다행히 서로 화해하는 조건으로 마무리되었지만, 진짜 분한 건 그 주먹마저도 내가 졌다는 사실이고, 또 하나는 나 또한 사과해야 했다는 사실이다.

그나마 다행인 건 이제 그 애는 나를 더 이상 건들지 않는다는 것이다. 다른 반 아이들도 마찬가지였다. 하지만 그 친구들은 이제 나를 사람 취급도 하지 않는다. 이젠 말도 걸어주지 않는다.

하지만 이게 훨씬 평화롭고 좋다. 그렇지만 세상과 단절된 이 기분은 무엇인지 전혀 알 수가 없었다. 그러고는 나를 원망했다. 내가 베트남인으로 태어나지 않았다면, 좀 더 좋은 환경에서 태어났다면 등등.

그렇게 하루하루를 살아갔다.

그러던 중 또 다른 전학생이 왔다.

"다들 인사하고, 이번에도 베트남에서 왔어, 이름은 '끼우 또이'라고 해. 다들 친하게 지내."

하지만 다들 수군거리는 것을 나는 바로 알 수 있었다.

"아, 또 베트남인이야."

"우리 반 무슨 외노자 교육센터임?"

끼우 또이는 내 옆자리에 앉았다. 그러고는 인사를 했다.

"안녕? 너도 베트남인 같네, 서로 잘 지내보자!"

나는 얼떨결에 인사를 받아줬다. 처음에는 이 아이도 나처럼 같은 꼴을 당할 줄 알았다.

하지만 이 아이가 들어오고 나서부터는 반에 많은 변화가 일어났다. 당연히 처음에는 나처럼 같은 꼴을 당했다. 하지만 그 친구는 아이들의 장난이나 조롱에 대한 반응이 달랐다.

"너희 가족도 공산주의자냐?"

"아닌데, 킥킥 우리 가족은 사회주의자야."

이런 끼우 또이의 반응에 아이들은 당황했다.

물론 그런데도 심한 장난을 치는 아이들도 있었다.

하지만 그럴 때는 강하게 정색을 하거나, 하지 말라는 표현을 확실하게 했다. 그래서 그 친구를 무시하는 일은 없었다. 게다가 이 친구는 굉장히 외향적인 친구였고, 할 줄 아는 것도 많아 인기가 많아졌다.

그러던 중 나도 반 무리에 넣은 것이다.

"야, 밍투안도 끼워줘."

"어? 그래."

그러곤 나는 깨달았다. 어쩌면 내 잘못이 아닌 그저 몇 명의 선동 때문에 그런 것일 수도 있다고.

나중에 알게 된 사실이지만. 실제로도 나를 싫어하고 괴롭힌 아이는 한두 명밖에 없었다. 나머지 아이들은 그저 선동당한 그것뿐이었다. 어쨌거나 나는 그 이후에 친구들과 이제야 친하게 지낼 수 있었다.

그렇게 가을은 지나가고 있었다.

나는 이제는 누군가에게 차별받지 않고 살아갈 수 있게 되었다.

"야, 빨리 와."

"어!"

누군가와 함께 등교도 할 수 있고, 같이 뛰어놀 수 있다. 정말 꿈만 같았던 하루하루를 살 수 있게 된 것이다. 누군가가 그랬다. 흰 우유 사이에 바나나 우유가 있으면 이상하다고. 하지만 바나나 우유든 흰 우유든 어떻겠냐, 둘 다 같은 우유인데. 그저 맛만 다른 그런 우유.

차별의 시작은 이 우유가 서로 다르다고 생각하는 것에서 시작한다고 생각한다. 또 차별의 끝은 이 두 우유가 서로 섞여 있는 상태에서 시작한다고 생각한다. 그렇게 우리 반 아이들은 나, 그리고 끼우 또이와 유대라는 우유를 섞고 있었다.

P.S.

나 말고도 이 글을 읽는 다문화 가정이 있다면, 혹은 다문화 가정에 대해 좋지 않은 시선을 가지고 있다면, 이 글을 읽어보길 바란다. 우린 모두 우유다. 맛 말고는 다 같은 우유다.

그 사실을 기억하며 살아간다면, 다문화 가정에 대한 편견이나 좋지 않은 시선이 사라지지 않을까 한다. 나는 이제 다시 일상 속으로 가야 하니 이 이야기를 마치겠다. 이 이야기를 혹여나 고통받고 있는 한국의 모든 다문화 가정 친구들에게 바친다.

에필로그

정예찬

안녕하세요. '바나돌이', '바나나 우유'를 쓴 정예찬입니다.

'바나돌이'와 '바나나 우유' 모두 소설이죠.

왜 둘 다 바나라는 단어가 들어갔는지는 저도 참 신기하고요

아무튼! '바나돌이'부터 설명해 보자면 '바나돌이'는 제가 어릴 적에 장난감을 가지고 놀면서 조금씩 만들어진 스토리입니다.

물론 어릴 때는 유치하게 가지고 놀았기 때문에 표현이나 설정이 많이 유치할 것 같다고 예상이 되었는데요. 그래서 그나마 덜 유치하게 설정도 몇 개 바꾸고 표현 방식도 최대한 덜 유치하게 바꾸려고 노력했습니다. 그 결과 여러분이 보고 계시는 '바나돌이'가 탄생한 것입니다.

이렇게 소설을 쓰면서 저의 추억에 다시금 빠져보았는데요.

어릴 때 이렇게 많은 상상의 나래를 펼쳤다는 것이 정말 신기했습니다.

여러분이 보신 건 5화까지의 내용인데요. 사실 이미 결말과 과정까지 다 생각해놓고 쓴 글입니다.

과연 바나돌이는 씨컨1위를 잡고 우주를 정복할 수 있을까요? 또 이렇게 우주인들이 서로 싸우는 이유는 무엇일까요?

만약 제가 소설 쓰는 일을 취미로라도 쓰게 된다면 '바나돌이'라는 소설을 제대로 써서 결말까지 내고 싶은 마음입니다.

다음으로는 '바나나 우유'인데요,

이 소설은 다문화 가정인 주인공 밍투안의 시점으로 이야기를 전개했는데요, 일단 최대한 현재의 한국 고등학교 교실의 모습을 살리기 위해 노력했습니다.

왜냐하면, 다문화 가정 차별 관련 영상을 보면 오래됐기도 했고 지금은

또 그렇게 괴롭히는 방식도 사라졌기 때문이죠. 그래서 현재 한국 고등학교 교실의 분위기를 살리기 위해 노력했습니다.

또 '끼우 또이'라는 친구가 나오죠, 일단 이름에 신경을 썼는데요. 이름의 뜻이 '구해 줄 사람'입니다. 밍투안을 구해 줄 사람이라는 뜻으로 이름을 의미 있게 지었습니다.

또 제목이 '바나나 우유'인 이유는 글을 읽어보면 알 수 있는데요. 사실 바나나 우유와 흰 우유의 비유는 어릴 적 텔레비전으로 만화를 보다가 들은 건데, 소설의 내용을 고민하다가 우연히 생각나서 바로 제목으로 넣었습니다.

사실 원래 다문화 가정은 수필로 써 보려고 했습니다만, 점점 글이 논술처럼 쓰여서 급하게 소설로 새로 쓴 글입니다. 부디 좋게 읽어 주셨으면 좋겠네요.

마지막으로 '바나돌이'는 저의 어릴 적 상상력을 다시 한번 일깨워 준 소설이었고요. '바나나 우유'는 관심 밖이었던 다문화 가정에 대해서 좀 더 공감할 수 있게 해준 소설이었습니다.

감사합니다!

| 다른 색깔 |

서로 다른 하늘 아래

김도경

1. 시작은 한 조각의 시간

대구, 2024년 봄.

하늘은 언제나 그랬듯 맑고 푸르렀지만, 도시의 거리는 복잡하고 정신없었다. 분주하게 사람들은 걸음을 옮기고, 사람들 속에 섞여 그저 한 점이 되어 있던 도경이는 오늘도 그 자리를 지키고 있었다. 그의 일상은 뚜렷하지 않았다. 한국의 문화 속에서 자라난 도경이는 그저 외로움 속에서 살아가고 있었다. 부모님은 그에게 늘 '열심히 해야 한다'고만 했다. 왜냐고 물어보면, 그저 '그래야 한다'는 답만 돌아왔다. 그런 도경이에게 다문화라는 말은 익숙하지 않았다. 그러나 그에게 익숙하지 않던 것들이, 그리 멀지 않은 곳에서부터 시작되고 있었다.

도경이의 동네는 최근 몇 년간 급격히 변해 갔다. 한때 서울에서 가장 조용하고 전통적인 동네였던 곳이었지만, 이제는 거리마다 외국인이 늘어났다. 인도, 베트남, 필리핀, 중국, 아프리카에서 온 사람들의 얼굴을 종종 볼 수 있었다. 그들이 가게를 열고, 길거리에 앉아 작은 물건들을 팔고, 아이들이 한국어를 배우고 있었다. 도경이는 그들을 그냥 지나쳤지만, 어느 날 그가 자주 가던 찻집에서 만난 한 여인에게서 의외의 변화를 느끼게 된다.

2. 첫 만남, 아말리아

아말리아는 필리핀에서 온 이민자였다. 그녀는 도경이와 같은 동네에 살지 않았지만, 그가 자주 가는 찻집에서 일하고 있었다. 처음 만났을 때, 도경이는 그녀가 필리핀에서 왔다는 사실을 전혀 눈치채지 못했다. 아말리아는 언제나 밝은 미소를 지으며 도경이에게 차를 준비해 주었고, 도경이는 차와 함께 그녀의 눈빛에서 무언가 특별한 것을 느꼈다. 그 특유의 따뜻한 기운은 그가 만난 누구와도 달랐다.

"오늘 하루는 어땠어요?"

아말리아가 물었다.

"그냥… 평범했어요. 뭐, 별일 없었죠."

도경이는 대답하며 눈을 떴다. 하지만 그의 마음 속 깊은 곳에는 어떤 텅 빈 공간이 있었다. 그가 느끼는 외로움은 설명할 수 없을 만큼 커져만 갔다.

아말리아는 도경이가 그렇게 말할 때마다, 마치 그의 마음을 읽는 듯한 느낌을 주었다. 그렇게 대화를 나누며 점점 그들 사이의 거리는 좁혀졌다. 아말리아는 도경이에게 말해 주었다.

"나는 필리핀에서 자랐어요. 우리 집은 작은 마을에 있었죠. 여긴 많이 달라요. 여기는 사람들이 서로를 잘 몰라도 그냥 지나치는 곳 같아요."

"응… 나도 그런 느낌을 받았어. 사람들이 그냥 지나쳐. 뭔가 서로서로 이어지지 않는 느낌?"

아말리아는 그 말을 듣고 미소를 지었다.

"그런데, 언젠가는 그 모든 것이 연결될 거예요. 이곳에 온 모든 사람들이, 자신만의 이야기를 가지고 있잖아요? 그 이야기가 하나로 묶일 때, 우리는 결국 하나가 될 거예요."

도경이는 아말리아의 말에 귀기울였다. 처음엔 그저 그저 외국에서 온 사람이 하는 감상일 뿐이라고 생각했지만, 그 말이 도경이의 마음 속 깊은 곳에 서서히 퍼져나가기 시작했다.

3. 다문화 속의 갈등

시간이 흐르면서 도경이는 아말리아와 자주 대화를 나누게 되었다. 하지만 그가 느끼는 불편함도 점차 커져 갔다. 도경이가 학교에 가면, 다문화적인 배경을 가진 친구들이 점점 늘어나고 있었지만, 여전히 그들은 '이방인'처럼 느껴졌다. 학교 안에서 벌어지는 작은 갈등들이 하나둘씩 도경이의 눈에 띄기 시작했다.

"왜 저 친구들은 늘 한국어를 못 하는 거야?"

"얘네들이 왜 이렇게 행동하는 거지? 우리랑 달라서 그래."

그런 말들이 주변에서 자주 들려왔다. 도경이는 그 말들을 듣고 마음이 편치 않았다. 자신도 다문화적인 배경을 가진 사람들이라는 것을 알면서도, 그들은 자신과는 다른 문화에서 온 사람들이라는 이유로 소외되고 있었다. 특히 아말리아가 말한 것처럼 '연결'이 될 거라는 믿음이 점점 더 먼 이야기처럼 느껴졌다.

하루는, 도경이가 아말리아에게 이렇게 말했다.

"아말리아, 나도 그 말에 동의하는데… 사실 좀 불편해. 사람들이 우리를 그렇게 보고 있어. 그게 힘들어."

아말리아는 잠시 생각하더니 이렇게 말했다.

"도경이, 그게 바로 우리가 풀어야 할 문제예요. 우리는 지금 이곳에서 함께 살아가고 있지만, 모두가 다르다는 걸 인정하는 게 첫 번째예요. 다문화란 그저 다른 것이 아니라, 우리 모두의 존재가 서로 엮여 있는 것이라는 걸 이해하는 거죠."

도경이는 아말리아의 말을 들으며 그 의미를 조금씩 깨달아갔다. 이제는 그가 어떻게 해야 할지, 어떻게 이 문제를 풀어야 할지에 대해 고민하기 시작했다.

4. 차별과 이해의 벽

도경이는 점점 더 다문화 사회에서의 갈등을 직접 목격하게 되었다. 한

번은 학교에서, 베트남에서 온 친구인 하이와 함께 프로젝트를 하게 되었다. 그런데 하이는 한국어가 서툴러서, 프로젝트에서 어려움을 겪고 있었다. 도경이는 그를 돕고 싶었지만, 다른 친구들은 그를 비웃기만 했다.

"어떻게 저렇게 한국어를 못 하냐? 너도 이제 그만 도와줘."

다른 학생들이 말했다.

그 말을 들은 도경이는 괴로웠다. 하이가 왜 그들에게 그렇게 비웃음을 당해야 하는지, 도경이는 이해할 수 없었다. 하지만 그가 아무리 하이를 도와줘도, 그의 노력만으로는 다문화적인 갈등을 풀 수 없다는 생각에 마음이 무겁기만 했다.

5. 변화의 시작

도경이는 결국 결심했다. 이 문제를 해결하기 위해선, 그냥 지나칠 수는 없다는 것을 깨달았다. 그는 아말리아와 함께 프로젝트를 시작했다. 그들은 학교에서 다문화 인식을 높이는 캠페인을 시작하기로 했다. 캠페인에서는 다양한 문화와 전통을 존중하며, 서로 다른 사람들이 어떻게 협력하고 살아가는지에 대한 이야기를 나누는 시간을 가질 계획이었다.

"우리 함께 시작해 봐요, 도경이. 다문화가 뭔지 제대로 알게 해줄 거예요."

아말리아가 말했다.

그들은 함께 캠페인을 준비하며, 점점 더 많은 친구들과 이야기하고, 서로의 문화를 나누었다. 도경이는 자신이 바라는 변화가 바로 이 순간부터 시작될 수 있다는 희망을 느꼈다. 그리고 다문화 사회에서 그들이 함께 살아가는 방법을 찾는 것은, 단지 외국인들을 이해하는 것이 아니라, 모든 사람이 서로 다르다는 것을 인정하고 존중하는 것임을 깨닫게 되었다.

6. 연결된 하늘

캠페인이 끝난 후, 도경이는 학교에서 만난 사람들의 얼굴이 달라졌음을 느꼈다. 다문화는 더 이상 불편한 존재가 아니라, 서로를 이해하고 존중하는 기회가 되었다. 그날, 도경이는 아말리아와 다시 찻집에서 만나 이야기했다.

"우리가 해낸 거죠, 아말리아. 사람들이 이제 서로를 좀 더 이해하게 되었어요."

"맞아요. 그리고 우리가 그 길을 계속 가야죠. 다문화 사회는 단순히 외국인을 받아들이는 것이 아니라, 우리의 마음을 넓히는 거니까요."

그렇게, 도경이는 자신이 그동안 놓치고 있던 중요한 것을 깨달았다. 다문화 사회는 단지 여러 문화가 함께 살아가는 것이 아니라, 그것들이 서로 얽히고 연결되어 하나의 더 넓은 세계를 만든다는 것이었다.

에필로그

김도경

안녕하세요. '파도 속의 꿈', '서로 다른 하늘 아래'를 쓴 김도경입니다. 이 소설을 쓴 이유로는, 먼저 '자신의 최애'라는 주제로 설명해 드릴 수 있을 것 같은데요. '파도 속의 꿈'은 저의 최애를 담은 글입니다. 저는 수영을 좋아하는 사람으로서 '자신의 최애'라는 주제가 주어졌을 때, 이 내용으로 글을 한번 써 보면 어떨까라는 생각이 저의 머릿속을 지배했습니다. 그러나 저의 주변 친구들, 선배들이 부상으로 인해 수영을 그만두는 것을 보았을 때, 큰 공감이 되었고, 마음 속에 한으로 남았습니다. 주로 선수를 그만두게 되는 원인 첫 번째가 부상이라고 합니다. 좋은 재능을 가지고 있어도, 그 누구보다 노력해서 높은 자리까지 올라갔어도 부상 한 번이면 선수 생활을 끝내기엔 충분합니다. 저는 그 사실이 너무나 안타까웠습니다. 그 안타까움을 여러 사람들에게 알리고자 이 글을 쓰게 되었습니다.

두 번째로 쓰게 된 글은 '다문화'와 관련한 주제였습니다. 솔직히 이 주제가 주어졌을 때는 어떤 글을 작성해야 할지 떠오르지 않았습니다. 그러나 최근 다문화 사회가 찾아오면서 다문화 차별 또한 함께 따라온다는 것을 알게되었습니다. 그 누구에게도 차별이 생겨서는 안 됩니다. 인종차별, 성차별과 같은 차별들이 너무나 많이 생겨나고 있습니다. 저는 이런 차별을 없애는데 조금이라도 보태고자 이 글을 작성하게 되었습니다. 큰 역할을 하진 못할 것이라고 생각합니다. 그러나 저와 같은 사람이 뭉치고 또 뭉치면 언젠가는 큰 힘이 되어 차별을 없애는데 기여할 수 있을 거라고 믿습니다. 모두 함께 차별을 없애봅시다!

사실 저는 책을 읽는 것을 굉장히 좋아합니다. 책을 읽으면 지식이 풍부해질 뿐만 아니라, 독해 능력, 또 삶의 능률이 함께 성장하는 것을 느낍니다. 그리고 문학을 접하면서 삶을 대하는 태도와 마음가짐이 달라지는 것 같습니다. 책을 계속 읽으면서 '내가 이 글을 쓰면 어떨까?'라는 의문을 가지기 시작했습니다. 책을 써 보는 게 꿈일 만큼 저의 마음 속에 큰 자리를 차지하고 있었던 것이었습니다.

그러다가 고등학교에 진학한 후 '그린비'라는 동아리를 보게 되었습니다. 처음에는 책을 읽고 나누는 동아리인 줄 알았지만, 책을 쓰고 생각을 공유하는 동아리라는 것을 알게 되었습니다. 저는 신기하기도 하였지만 기대되었습니다. 한번쯤은 써 보고 싶었던 글을 써볼 수 있는 기회를 준다는 게 너무나 마음에 와닿았던 것 같습니다.

물론 글을 처음 써 보는 거라서 부족한 게 대부분입니다. 소설을 쓰는 법도 몰랐고 맞춤법도 맞추지 못하는 엉터리 그 자체였습니다. 시간에 쫓겨 어찌저찌 글을 써 내려가긴 하지만 아쉬운 부분이 너무 많습니다. 하지만 이런 경험들이 저의 앞으로의 여정과 살아가는 데에 큰 역할로 자리매김 할 것 같습니다. 아직 17세인 고등학교 1학년일 뿐인 사람이 벌써부터 글을 써 보고 또 독자들을 만나는 게 저에게 있어서는 너무나도 큰 경험이라고 생각합니다. 그리고 이 글을 끝까지 읽어주신 독자 여러분들께 너무나 감사드립니다.

저는 글을 쓰면서 삶에 대해 많이 고민하게 되었습니다. 저는 용기가 부족해서 이루지 못하고 있던 것들이 굉장히 많았습니다. 만약 여러분이 용기가 부족해서 앞으로 나아가지 못하고 정체되어 있는 상황이라면 책을 많이 읽어보시는 걸 추천드립니다. 책을 읽고 또 읽을수록 자신의 정체성이 확고해지고, 자신의 진로에 대해 고민하며 찾아가는 단계를 맞이할 수 있고, 가장 중요한 자신의 진로를 실현시키기 위해 도전해 볼 수 있는 용기가 생길 것입니다. 모두들 함께 용기를 가지고 한 걸음 앞으로 갈 수 있는 사회 구성원이 되는 것은 어떨까요? 그런 삶을 위해 모두가 노력할 것이라고 생각합니다.

마지막으로 제가 글을 쓰는데 가장 큰 도움을 주신 성진희 선생님과 읽어주신 저의 첫 독자 여러분, 그리고 저의 꿈을 응원해 주시는 부모님께 감사드립니다.

경계를 넘는 골

김시원

서울 외곽의 한적한 마을. 그곳에선 매년 열리는 '마을 대항 축구 대회'가 있었다. 이 작은 축구 대회는 다양한 국적의 사람들이 섞여 사는 지역 사회에서 점점 중요한 행사로 자리 잡았다.

올해 결승전은 특별했다. 하나는 마을의 전통 팀 '서울 FC', 그리고 다른 하나는 처음으로 대회에 참가하는 다국적 팀 '우분트 FC'였다. '서울 FC'는 마을의 자랑이었다. 한국인 고등학생들로 이루어진 이 팀은 지역 내에서는 이미 '무적'으로 통했다. 그들의 주장 승원은 특히 주목받는 선수였다. 그는 어렸을 때부터 축구 천재라 불렸고, 프로 선수의 꿈을 키우고 있었다. 그의 팀원들은 그를 중심으로 움직였고, 결승전에서도 역시 그가 팀을 이끌 것이었다.

반면 '우분트 FC'는 이주민들로 구성된 팀이었다. 딩요는 나이지리아 출신으로, 2년 전 난민 자격으로 한국에 정착했다. 그가 이끄는 팀은 베트남, 몽골, 중국, 그리고 시리아에서 온 선수들로 구성되어 있었다. 그들은 언어도 다르고 축구 경험도 제각각이었다. 하지만 이들은 함께 축구를 통해 조금씩 하나가 되어가고 있었다.

딩요에게 축구는 단순한 스포츠가 아니었다. 그것은 고향을 떠나오면서 잃어버린 정체성을 다시 찾을 수 있는 유일한 수단이었다. 그는 이 경기를 통해 자신이 속할 곳을 찾고 싶었다. 그러나 팀 내부에서도 언어의 장벽과 문화적 차이로 인해 종종 갈등이 있었다. 팀원 중 몇몇은 훈련에 자주 빠졌고, 다른 몇 명은 서로의 전략을 이해하지 못해 불만을 품었다. 결승전을 앞두고 두 팀은 서로 다른 방식으로 준비했다. '서울 FC'는 군더더기 없는

조직적인 훈련을 통해 완벽한 전술을 세우고 있었다. 승원은
"우리는 그들을 압도해야 한다."
라며 팀원들에게 투지를 불어넣었다. 그는 딩요와 그가 이끄는 팀이 자신에게 큰 위협이 되지 않을 것이라 확신했다. 승원에게 이 경기는 단지 또 하나의 승리일 뿐이었다. 반면, '우분트 FC'는 조금 혼란스러웠다. 그들은 의사소통의 어려움 속에서도 서로의 플레이 스타일을 파악하기 위해 노력했다. 딩요는 팀원들에게
"우리는 각기 다른 나라에서 왔지만, 축구는 같은 언어다. 공을 차는 순간 우리는 하나가 될 수 있다."
라고 말했다.

하지만 몇몇 선수들은 아직도 불안해 보였다. 훈련 중 작은 실수로 인해 팀원들 간의 불만이 터져 나오기도 했다. 경기 당일, 경기장은 작은 동네 축구장치곤 많은 사람들로 붐볐다. 주변 상점 주인들, 가족들, 그리고 그들을 지켜보는 이주민 공동체의 사람들까지 모두가 긴장된 눈으로 결승전을 기다리고 있었다.

경기가 시작되자마자, '서울 FC'는 전반적인 경기 주도권을 잡았다. 승원은 빠른 드리블로 상대 팀 수비를 허물며 공격을 주도했다. 첫 번째 골은 승원의 패스를 받은 '서울 FC'의 스트라이커가 깔끔하게 마무리 지었다. 1:0. '서울 FC'의 응원단은 환호했지만, '우분트 FC'는 실망하지 않았다. 딩요는 팀원들을 모아
"이제 시작이야. 서로 믿고 공을 돌리자. 우리가 가진 기술을 보여줘야 해."
라며 그들을 독려했다.
'우분트 FC'는 다양한 선수들로 이루어진 팀답게 개인기와 창의적인 플레이가 강점이었다. 특히 베트남 출신의 윙어, 날두의 빠른 발놀림은 상대 수비진을 흔들었다. 날두가 딩요에게 준 패스를 받은 딩요는 지체 없이 슛을 날렸다. 골키퍼는 이를 막지 못하고, 경기는 1:1로 동점이 되었다. 그러나 시간이 지나면서 다국적 팀 사이에서 미묘한 갈등이 다시 표면화되었다. 경기 도중 중국 출신의 수비수 핑과 시리아 출신의 미드필더 배컴 사이에 의사소통 문제가 발생했다. 핑이 공을 받지 못해 기회를 놓쳤고, 배컴은 그

에게 화를 냈다.

"왜 말을 듣지 않아?"

배컴이 소리쳤지만, 핑은 그의 말을 이해하지 못했다. 그들은 잠시 신경전을 벌였고, 그 순간을 틈타 '서울 FC'가 재차 공격해 두 번째 골을 넣었다. 다시 2:1로 밀리게 된 '우분트 FC'는 분위기가 가라앉았다. 그때 딩요가 다가와 팀원들을 모았다.

"우리는 서로의 언어를 완벽히 이해할 필요는 없어. 우리의 공통된 언어는 공이야. 공이 움직이는 방향에 집중하자. 서로 눈을 보고, 서로 믿어야 해."

딩요의 말에 팀원들은 다시 힘을 얻었다. 그들은 더 이상 실수를 탓하지 않고, 서로의 장점을 믿기 시작했다. 몽골 출신의 수비수 카르는 높이 솟구쳐 상대의 공격을 막아냈고, 시리아 출신의 배컴은 중원에서 상대 팀을 압박하며 경기를 풀어나갔다. 그들은 점점 더 하나로 뭉쳐졌다.

후반전 10분, '우분트 FC'가 코너킥 기회를 얻었다. 이번이 마지막 기회일지도 몰랐다. 배컴이 코너킥을 올렸고, 딩요는 이를 향해 뛰어올랐다. 그 순간, 모든 소리가 멈춘 듯했다. 딩요는 자신의 전 인생을 이 한순간에 쏟아부었다. 고향에서 친구들과 뛰어놀던 축구장, 한국에 처음 도착했을 때의 외로움, 그리고 지금 여기까지 온 모든 시간들이 그의 머릿속을 스쳐 갔다.

딩요의 머리에 맞은 공은 아름답게 골망을 흔들었다. 2:2. 관중석은 환호로 가득 찼고, 양 팀은 막판까지 혼신의 힘을 다해 경기를 펼쳤다. 결국 경기는 무승부로 끝났지만, 이 경기는 누구에게도 패배가 아니었다. '우분트 FC'는 비록 우승을 차지하지 못했지만, 그들 스스로를 증명했다. 서로 다른 사람들이 하나의 팀이 되어 만들어낸 이 경기는 단순한 스포츠 이상의 의미를 남겼다. 승원은 딩요에게 다가가 손을 내밀었다.

"정말 대단한 경기였어."

딩요는 미소를 지으며 손을 맞잡았다. 그리고 팀을 향해 말했다.

"축구는 언어를 초월해. 우리 모두 같은 팀이었어. 우리는 서로를 위해 경기를 뛰었고, 결국 우리는 행복을 얻었지? "

모두가 대답했다.

"응!"

에필로그

김시원

안녕하세요. 저는 '제2의 손흥민', '경계를 넘는 골'을 쓴 김시원입니다. 제가 쓴 글이 책으로 나온다니 이런 일이 살아가면서 다시는 없을 일일 것 같습니다.

제가 쓴 소설은 제가 좋아하는 것, 나에게 흥미로운 주제를 가지고 쓴 것입니다. '제2의 손흥민'은 축구화에 관심을 가지던 시기에 쓴 소설입니다. 축구화를 찾아보며 축구를 잘하게 되는 축구화는 없을까?'라는 궁금증을 가지게 되었고, 말은 안 될 거라 생각했던 저는 소설에 한 번 써 보자고 생각하여 한번 써봤습니다.

'제2의 손흥민'은 자신에게 없던 재능을 우연히 얻은 축구화와 열정을 통해 꿈을 이루는 내용입니다. 주인공 승원이의 여정은 포기하지 않는 노력과 열정의 결과를 알려 주며, 꿈을 향한 끈질긴 도전이 사람을 어떻게 변화시키는지를 보여줍니다. 또한, 승원이가 스스로를 극복하며 '제2의 손흥민'이라는 별명을 얻게 되는 과정을 통해 꿈을 이루기 위해 재능이 모든 것이 아닌 노력이 중요하다는 것을 말해줍니다.

다음으로 '경계를 넘는 골'은 다문화를 주제로 만든 글입니다. 이 글도 제가 좋아하는 축구의 내용을 포함시켜 만들었습니다. '경계를 넘는 골'은 잘 갖추어진 팀과 다국적 팀이 서로 붙게 되는데 다국적 팀은 언어가 제각각인 만큼 훈련 과정에서 많은 갈등을 겪지만, 주인공의 리더십 아래 서서히 하나의 팀으로 뭉치게 됩니다.

경기 중 의사소통 문제로 갈등이 발생하기도 하지만, 주인공은 팀원들을 다독이며 경기는 동점으로 끝이 납니다. 이 글은 다문화로 인한 어려움을 축구로 알려 주며 그럼에도 다문화로 인해 기쁨을 느낄 수 있다는 것을 알려 줍니다.

이 두 글은 오직 저의 즐거움과 흥미로움을 담아 쓴 글입니다. 아이디어가 생각이 나지 않을 때는 어려움이 있었는데 성진희 선생님께 피드백을 받으면서 글을 잘 쓸 수 있었습니다. 소설을 쓰는 게 처음이라 부족한 부분이 많을 거라고 생각합니다. 그럼에도 제 글을 읽어 주셔서 감사드립니다.

| 다양성 |

다문화란

김유빈

다문화는 오늘날 현대 사회에서 점점 더 중요해지고 있는 주제입니다. 세계화와 더불어 국가 간 교류가 활발해지면서 다양한 문화가 한 공간에서 만나는 일이 일상이 되고 있습니다. 이러한 다문화 사회는 우리가 서로 다른 문화와 가치관을 존중하고 받아들이는 법을 배울 수 있는 좋은 기회를 제공합니다. 그러나 다문화 사회로의 전환에는 많은 도전과 과제가 따르며, 이에 대한 깊은 이해와 공감이 필요합니다. 이 수필에서는 다문화 사회의 의미와 그것이 가져오는 장점, 그리고 그에 따른 과제들을 살펴보겠습니다.

다문화란 문자 그대로 '다양한 문화'를 의미하며, 다른 민족과 인종, 언어, 종교, 생활방식이 한 사회 내에서 공존하는 상태를 말합니다. 예전에는 주로 단일 민족, 단일 문화 사회를 유지하려는 성향이 강했지만, 현대 사회에서는 여러 민족과 문화가 어우러져 공존하는 다문화 사회로 변화하고 있습니다. 이는 세계화로 인해 사람들이 서로 다른 나라와 문화에 대한 관심이 높아졌기 때문이며, 이를 통해 새로운 관점과 경험을 공유할 수 있게 되었습니다. 다문화 사회는 이제 단순한 현상이 아니라, 우리가 살아가는 세계의 본질적인 특징이 되었습니다.

다문화 사회는 경제적으로나 문화적으로나 다양한 장점을 제공합니다. 예를 들어, 다문화 사회에서는 각국의 다양한 음식, 예술, 언어 등을 접할 수 있어 문화적 풍요로움이 증가합니다. 이러한 다양성은 또한 창의성과 혁신을 촉진합니다. 다양한 배경의 사람들이 모여 살아감으로써 그들의 경험과 지식이 결합되어 새로운 아이디어가 탄생할 수 있는 환경이 조성되는 것입니다. 이는 경제적인 발전에도 긍정적인 영향을 미치며, 다양한 문화

권에서 온 사람들의 서로 다른 시각이 문제 해결에 있어서 더 나은 결과를 낳을 수 있습니다. 따라서 다문화 사회는 단순한 문화적 혼합이 아니라, 상호작용을 통해 새로운 가치를 창출하는 중요한 플랫폼이 됩니다.

경제적 측면에서도 다문화 사회의 장점은 뚜렷합니다. 다양한 문화적 배경을 가진 인재들이 모여 일하는 환경에서는 글로벌 시장에서의 경쟁력이 높아집니다. 다양한 언어를 구사하고 여러 문화에 대한 이해가 깊은 인재들은 기업의 국제화에 큰 기여를 할 수 있습니다. 이는 기업이 다양한 문화적 배경의 소비자들에게 접근할 수 있는 기회를 제공하며, 새로운 시장을 창출하는 데 도움이 됩니다. 따라서 기업들은 다문화 인력을 활용하여 글로벌 시장에서의 입지를 넓히고, 다양한 고객의 요구에 맞춘 서비스를 제공할 수 있습니다.

그러나 다문화 사회가 가져오는 긍정적인 면만 있는 것은 아닙니다. 서로 다른 문화가 한 사회 내에서 공존하게 되면서 자연스럽게 갈등도 발생합니다. 예를 들어, 언어와 생활 방식의 차이로 인한 오해, 혹은 종교와 전통의 차이로 인한 충돌 등이 빈번하게 일어날 수 있습니다. 이러한 갈등은 종종 사람들이 특정 집단에 대한 편견과 차별로 이어지기도 하며, 특히 이민자와 기존 주민들 사이에 발생하는 갈등은 다문화 사회의 큰 문제 중 하나로 자리잡고 있습니다. 이러한 갈등을 해결하기 위해서는 무엇보다 상호 존중과 이해가 필요합니다. 단순히 겉으로 드러나는 차이를 수용하는 것을 넘어서, 서로의 문화적 배경을 진심으로 이해하려는 노력이 중요합니다.

예를 들어 서로의 문화에 대한 지식을 높이고, 다른 문화의 관습이나 종교를 존중하는 태도를 기르는 것이 필요합니다. 또한 언어 장벽을 줄이기 위한 교육 프로그램이나 문화 교류 활동을 통해 서로 다른 문화에 대한 이해를 높일 수 있습니다. 이러한 교육적 접근은 다문화 사회로 나아가기 위한 필수적인 요소입니다. 정부와 교육 기관, 그리고 개개인의 노력이 중요합니다. 정부는 다문화 가정을 위한 지원 정책을 마련하고, 교육 기관은 학생들에게 다양한 문화적 배경을 소개하며 편견 없는 시각을 길러줄 필요가 있습니다. 이를 통해 차별을 줄이고, 다양한 문화가 조화를 이루는 사회를 만들어갈 수 있습니다.

또한 일반 시민들도 일상생활에서 다문화를 긍정적으로 받아들이는 태도를 가져야 합니다. 예를 들어, 다양한 국적의 사람들과 소통하려는 노력을 하고 서로의 차이를 인정하며 존중하는 문화를 형성해야 합니다. 특히 교육의 역할이 중요합니다. 어린 시절부터 다문화에 대해 배우고 서로 다른 문화에 대한 이해와 존중을 자연스럽게 체득하는 것은 성인이 되어 다문화 사회에 잘 적응하는 데 큰 도움이 됩니다. 학교에서는 다양한 문화권의 역사를 배우고, 다른 나라의 언어를 경험할 수 있는 프로그램을 마련하여 학생들이 다른 문화를 열린 마음으로 받아들일 수 있도록 지원해야 합니다. 이러한 교육적 접근은 학생들이 다문화 사회의 일원으로서 긍정적인 태도를 가질 수 있도록 할 것입니다.

또한 지역 사회에서도 다문화 프로그램을 운영하여 다양한 문화 교류의 장을 마련하는 것이 필요합니다. 예를 들어 다문화 축제나 문화 체험 프로그램을 통해 서로의 문화를 직접 경험하고 이해할 수 있는 기회를 제공할 수 있습니다. 이러한 활동은 커뮤니티의 유대감을 강화하고 서로에 대한 신뢰를 쌓는 데 기여합니다. 다문화 사회는 우리가 미래에 준비해야 할 중요한 과제입니다. 서로 다른 문화가 한 공간에서 공존하면서 생겨나는 갈등과 도전은 피할 수 없지만, 이를 해결하려는 노력과 이해, 존중이 있다면 다문화 사회는 우리가 함께 성장할 수 있는 기회를 제공합니다. 다문화 사회는 우리에게 새로운 시각과 경험을 선사하며, 더 나은 사회로 발전할 수 있는 가능성을 열어줍니다.

따라서 우리는 다문화를 단순히 다양한 문화가 모여 있는 상태로 보지 않고 서로의 차이를 인정하고 존중하는 사회로 나아가는 과정으로 바라봐야 합니다. 다문화 사회는 우리에게 보다 넓은 세상과 다양한 경험을 선사해 줄 것입니다. 이를 위해 우리는 서로의 문화를 존중하고 받아들이는 노력을 지속적으로 해야 할 것입니다.

결론적으로 다문화 사회는 현대 사회의 필수 불가결한 부분입니다. 이러한 사회에서 우리는 서로 다른 배경을 가진 사람들과 함께 살아가며 그들로부터 학습하고 성장할 수 있는 기회를 가져야 합니다. 다문화 사회의 긍정적인 측면을 극대화하고 부정적인 측면을 최소화하기 위해서는 개인의 노력뿐만 아니라 정부와 사회의 전반적인 변화가 필요합니다. 이러한 노력이 모여 다문화 사회가 더욱 발전할 수 있도록 기여할 것입니다.

우리가 지향해야 할 다문화 사회는 단순한 문화적 융합을 넘어 서로 다른 문화가 진정으로 존중받고 가치 있는 존재로 인정받는 사회입니다. 이는 단지 문화적 다양성을 수용하는 것을 넘어 각 문화가 가진 고유한 가치와 전통을 존중하고, 이를 통해 공동체의 정체성을 확장하는 방향으로 나아가야 함을 의미합니다.

마지막으로 다문화 사회의 미래는 우리 각자의 손에 달려 있습니다. 모든 시민이 다문화의 중요성을 인식하고 이를 위한 노력에 동참할 때, 우리는 더욱 풍요롭고 조화로운 사회를 만들어 나갈 수 있을 것입니다. 다문화 사회는 우리의 삶을 더욱 다양하고 의미 있게 만들어 줄 것입니다. 따라서 우리는 이 과제를 소중히 여기고 다문화 사회의 가치를 실현하기 위해 끊임없이 노력해야 할 것입니다.

이와 같은 다문화 사회의 의미와 필요성을 이해하고, 그것을 실현하기 위한 다양한 방안을 모색하는 것은 우리 모두의 책임입니다. 다문화 사회는 단순한 이론이 아니라, 우리가 살아가는 현실이며 우리의 미래를 결정짓는 중요한 요소입니다. 따라서 우리는 이 과정에서 소외되지 않도록 서로를 배려하고, 이해하며, 존중하는 태도를 가져야 합니다. 이러한 노력은 결국 더 나은 사회를 만들어가는 초석이 될 것이며, 우리가 지향하는 다문화 사회는 모든 개인이 존중받고, 서로의 다름을 인정하며 함께 성장할 수 있는 공간이 될 것입니다.

이러한 다문화 사회의 필요성과 중요성을 인식하고, 그 실현을 위해 지속적으로 노력하는 것은 우리 각자의 몫입니다. 결국, 다문화 사회는 우리에게 새로운 기회를 제공하며, 우리는 이를 통해 더 넓은 세상과 다양한 경험을 누릴 수 있는 가능성을 지니고 있습니다. 이를 위해 우리는 다문화 사회의 가치를 이해하고 존중하며, 이를 실현하기 위한 행동을 지속적으로 이어가야 할 것입니다. 다문화 사회의 미래는 우리 손에 달려 있으며, 우리가 함께 만들어가는 과정에서 더 나은 내일을 기대할 수 있을 것입니다.

- ChatGPT를 활용한 글입니다 -

에필로그

김유빈

이번에 작성한 두 글 소설 '미래 탐험'과 '다문화란' 수필은 각각 다른 주제를 다루고 있지만 다문화 수필은 물론이고 소설도 현대 사회의 문제를 담고 있습니다. 소설은 개인의 성장과 인간다움의 중요성을 강조하는 이야기이고, 다문화 수필은 현대 사회에서 다문화의 의미와 그에 따른 도전과 기회를 탐구하고 있습니다.

이 두 글을 작성하면서 느낀 점과 배운 점을 정리해 보고자 합니다. 먼저 소설 '미래 탐험'은 미래 사회에 대한 호기심과 그에 따른 두려움을 다루고 있습니다. 동현이라는 캐릭터를 통해 독자는 기술 발전이 가져온 긍적적인 면과 부정적인 면을 동시에 경험할 수 있습니다. 이 글을 통해 인간다움의 중요성과 함께 기술 발전과 인간성 사이의 균형을 찾는 것이 얼마나 중요한지를 깨달을 수 있었습니다.

동현이와 현동이의 우정은 서로 다른 배경을 가진 두 인물이 어떻게 협력하여 문제를 해결할 수 있는지를 보여줍니다. 이 점에서 이 소설은 단순한 미래 탐험 이야기를 넘어 우리가 현재 직면한 사회문제에 대한 성찰을 할 수 있게 합니다.

다음으로 다문화 수필은 현대 사회에서 다문화의 중요성과 그에 따른 도전 과제를 다루고 있습니다. 세계화로 인해 다양한 문화가 얽히고설킨 현대 사회에서 우리는 서로 다른 문화적인 배경을 가진 사람들과 함께 살아가게 되었습니다. 이 글을 작성하면서 다문화 사회가 가져오는 경제적 문화적 장점뿐만 아니라 갈등과 편견의 문제도 고민하게 되었습니다. 특히 다문화 사회로의 전환 과정에서 상호 존중과 이해가 얼마나 중요한지를 깨달았습니다. 서로의 차이를 인정하고 존중하는 태도를 기르는 것이 다문화 사회의 정착을 위해 필요하다는 것을 깨달았습니다.

두 글을 작성하면서 글쓰기의 과정이 단순한 표현을 넘어 내가 생각하고 느끼는 점을 정리하는 것이라는 것을 느꼈습니다. 특히 소설은 창의성을 발휘하는 동시에 독자가 공감할 수 있는 메시지를 전달해야 하기 때문에 더욱 고민을 많이 했습니다. 다문화 수필은 사회적인 이슈를 다루는 만큼 설득력있는 내용을 담는 것이 중요했습니다.

마지막으로 두 글 모두에서 얻은 점은 소통의 중요성입니다. 소설 속 동현이와 현동이의 대화는 서로의 감정을 이해하고 미래 사회의 문제를 함께 해결하려는 노력입니다. 다문화 수필에서도 상호 존중과 이해가 갈등을 해결하는 열쇠라는 점을 강조했습니다. 이러한 소통의 중요성은 우리가 어떤 사회에 살고 있든지 간에 깊게 생각해 보고 이를 통해 세상을 바라보는 시각을 넓히는 계기가 되었습니다.

앞으로도 이러한 경험을 바탕으로 더 나은 글을 많이 써 보고 싶어졌습니다.

| 다름 인정 |

다문화가 주는 새로운 시선

김동현

어느 날, 지하철에서 여러 나라의 언어가 오가는 소리를 들으며 문득 이런 생각이 들었다. 우리가 같은 공간에 있지만, 저마다 서로 다른 배경과 이야기를 지니고 있다는 점이 참 놀랍다고. 서로 다른 문화와 언어를 가진 사람들이 한 도시, 한 지하철 안에 있다는 것. 그것이 불과 몇 세대 전만 해도 상상하기 힘들었던 일이라는 생각에 신기했다.

다문화 사회는 더 이상 먼 나라의 이야기가 아니다. 여러 문화가 서로 어우러져 살아가는 사회 속에서 우리는 매일 다양한 사람들과 마주하고 있다. 그들은 우리와 다른 음식을 먹고, 다른 언어를 쓰며, 다른 삶의 방식을 지닌다. 그러나 그 차이 덕분에 우리는 삶의 폭을 더 넓힐 수 있는 기회를 얻는다. 다문화 사회에서의 만남은 각기 다른 시선을 배우고, 그 속에서 우리의 생각을 한 번 더 돌아보게 만드는 계기가 된다.

다문화는 단순히 차이를 인정하는 것에서 그치지 않는다. 더 나아가 그 차이가 모여 조화를 이루는 힘을 만들어내기도 한다. 예를 들어 한국에서 볼 수 있는 다양한 음식 문화는 그 대표적인 예다. 예전에는 낯설게만 느껴졌던 베트남 쌀국수나 인도 커리가 이제는 익숙하고 사랑받는 음식이 되었다. 사람들은 이러한 음식을 맛보며 그 나라의 문화와 정서를 간접적으로 경험하게 되고, 낯선 것에 대한 두려움도 조금씩 줄어든다. 서로의 문화를 이해하고 존중하는 마음이, 일상의 식탁에서부터 피어나는 것이다.

하지만 다문화 사회로 나아가는 길이 늘 순탄하지만은 않다. 때로는 서로 다른 문화와 배경 때문에 오해와 갈등이 생기기도 한다. 다름을 인정하고 존중하는 마음은 말처럼 쉬운 일이 아니다. 그렇기 때문에 다문화 사회에서 우리에게 요구되는 자세는, 열린 마음과 적극적인 이해의 태도다. 서로 다른 문화를 가진 사람들을 '우리와 다르다'라고 단순히 선을 긋기보다는, 그들이 가진 이야기에 귀 기울여보는 것이 필요하다.

나도 한때는 '우리와 다른' 사람들에 대해 막연한 거리감을 느꼈던 적이 있다. 그러나 그런 이질감을 떨쳐낸 것은 작은 대화에서 시작되었다. 다른 나라 출신의 한 친구와 서로의 명절에 대해 이야기 나누던 순간이었다. 그는 한국의 추석을 흥미롭게 여기며, 자신이 자란 나라의 명절에 대해서도 열심히 설명해 주었다. 그때 나는 각기 다른 문화 속에도 공통된 정서와 가치가 있다는 것을 깨달았다. 서로를 이해하기 위해서는 우리가 알고 있던 방식에서 조금만 벗어나 보면 된다는 것도 알게 되었다.

다문화 사회에서 살아간다는 것은 우리에게 큰 선물이다. 각기 다른 사람들이 함께 살아가며 다름을 경험하고, 그 속에서 더 넓은 세상을 이해하는 기회를 얻는다. 다문화는 불편함과 도전이기도 하지만, 동시에 서로를 더 잘 이해할 수 있는 기회이기도 하다. 이 과정에서 우리는 한층 더 넓은 마음을 가질 수 있게 되고, 진정한 의미에서의 다양성을 배우게 된다.

다문화 사회는 우리에게 각기 다른 이야기를 가지고 있는 사람들과 함께 성장할 수 있는 기회를 준다. 이 작은 지구 위에서 서로 다른 문화와 함께 살아간다는 것은 어쩌면 우리의 삶을 더 다채롭고 깊이 있는 경험으로 만드는 과정일지도 모른다.

- ChatGPT를 활용한 글입니다 -

에필로그

김동현

서투른 제 글을 읽어 주셔서 감사합니다. 이 글은 다문화 사회에서의 경험과 여행을 통해 제가 느끼고 깨달은 바를 담은 에세이입니다. 이 글을 쓰며 다문화 속에서 살아가는 경험이 우리의 시야를 넓히고, 다양한 관점을 받아들이는 법을 가르쳐 준다는 점을 독자들과 함께 나누고 싶었습니다. 익숙하지 않은 문화와 사람들 속에서 생기는 호기심과 도전이 오히려 저를 더 깊게 성장시키고 있다는 것을 전하고자 하는 마음으로 한 글자 한 글자 적어나갔습니다.

첫 번째 글은 우리 주변에서 흔히 접할 수 있는 다문화적 상황에 대해 다뤄 보았습니다. 우리는 지하철이나 거리에서 다양한 언어와 문화를 마주하게 되고, 서로 다른 배경과 이야기를 가진 사람들과 같은 공간을 공유하고 있습니다. 이런 일상이 주는 감동과 흥미로움이 제게는 다문화 사회의 아름다움으로 다가왔습니다. 글에서는 일상 속에서 문득 떠오르는 생각이나 작은 감정을 통해, 낯선 것에 대한 호기심과 두려움, 그 속에서 생겨나는 이해와 존중의 감정을 솔직하게 전하고자 노력했습니다.

두 번째 글에서는 저의 개인적인 경험이자 자전적인 이야기인 여행기를 담았습니다. 여행은 저에게 단순히 새로운 곳을 탐방하는 것 이상이었습니다. 각기 다른 환경에서 만나는 사람들과의 대화를 통해 나 자신을 더 깊이 돌아보게 하는 여정이었고, 매 순간이 새로운 시각을 깨우치는 계기가 되었습니다. 특히 여행 중 만난 사람들과의 대화와 관계가 저에게는 큰 의미로 다가왔습니다. 글을 쓰며 떠올렸던 여행의 순간들이, 독자들에게도 자기 성찰과 타인과의 소중한 만남에 대해 생각할 기회를 줄 수 있기를 바랍니다.

무엇보다 이 글을 통해 전달하고 싶었던 메시지는 '다름'이 우리 삶에 가져올 수 있는 큰 변화입니다. 다문화 사회 속에서 다양한 문화와 이야기를 가진 사람들과 만나고, 그들과 소통하며 쌓아가는 이해와 존중이야말로 우리를 성장시키는 중요한 힘이라고 생각합니다. 또 여행에서 만난 사람들과의 이야기를 통해 우리는 서로 다른 배경과 문화를 이해하고, 그 다름을 통해 스스로가 더욱 새로워질 수 있습니다.

저는 이 글이 독자 여러분께도 새로운 시선으로 세상을 바라보는 작은 계기가 되었으면 합니다. 다문화와 여행을 통해 제가 느끼고 배운 깨달음이 독자들 마음속에도 조금이나마 전해지기를 간절히 바랍니다.

끝으로 이 글을 쓰면서 제 자신에게도 또 한 번 깊은 성찰과 깨달음을 주었다고 느낍니다. 서로 다른 문화와 관점이 만나는 순간이 얼마나 소중한지를 되새기는 기회를 가졌습니다.

| 환경 |

우분투를 알아보다

김은호

우리는 길을 걷다 보면 다양한 생각을 해요.

가을이 되면서 다양한 단풍나무와 은행나무들이 어우러져 많은 색깔들을 만들어 내기도 하죠. 이번에 다녀온 중국을 통해 많은 것을 알게 되었어요. 맞아요, 오늘 알아볼 것은 다양한 색깔과 의미를 담고 있는 중국 다문화를 알아볼까 해요.

일단 다문화 사회란 다양한 문화적 배경을 가진 사람들이 한곳에 모여 살아가며 서로의 차이를 존중하고 함께 발전해 나가는 사회를 뜻해요. 중국도 같아요. 중국은 많은 사회가 뭉쳐 있고 소수민족들이 모여 만든 것이 오늘날 중국이죠. 오늘날 중국 이동의 증가로 인해 각국의 인종, 민족, 언어, 종교가 어우러지는 다문화 사회가 점차 보편화되고 있어요. 중국 다문화 사회는 다양한 문화를 공유하고 교류하는 기회를 제공하며, 새로운 시각을 경험할 수 있다는 점에서 긍정적인 영향을 미쳐요.

하지만 중국이 다 좋은 건 아니에요. 동시에 서로 다른 가치관과 생활방식에서 오는 갈등과 오해의 문제도 존재하기도 하고, 중국의 공산주의라는 큰 문화 때문에 세계의 문화를 이해하거나 수용하는 것에 많은 제약이 있어요. 그래서 중국의 다문화를 이해하고 조화롭게 공존하기 위한 노력이 필요해요. 중국의 문화를 이해하는 것도 우리가 해야 할 일인 거죠. 그렇다고 안 좋은 것만 있는 건 아니에요.

중국의 다문화 사회의 가장 큰 장점은 중국의 크기에 있어요. 서로 다른 문화를 통해 다양한 경험을 접하고, 새로운 사고방식을 배울 수 있다는 점이에요. 예를 들어, 중국에서 온 사람들이 함께 일하는 직장에서는 14억명의 사람들이 창의적인 아이디어와 문제 해결 방식을 더 폭넓게 탐구할 수 있어요. 또한, 공동체 현장에서는 여러 문화를 배우고 경험하며, 폭넓은 시야를 가지게 돼요. 예술과 음식, 전통 등 다양한 문화를 접하면서 다른 사람들의 문화적 배경과 가치관을 이해하는 힘도 기르게 되죠.

하지만 다문화 사회라는 의미가 긍정적인 측면만을 가진 것은 아니에요. 다양한 문화가 공존하다 보니 오해와 갈등이 발생할 수 있어요. 예를 들어, 중국의 언어와 생활방식의 차이로 인해 의사소통이 어려워지거나 문화적 차이에서 오는 편견과 차별이 나타날 수 있어요.

특히 중국은 56개의 민족과 33개의 행정구역으로 인해 다툼이 너무 많아 안타까운 일이 생길 수도 있지요. 이런 문제를 해결하기 위해서는 다문화 이해 교육과 더불어, 서로의 문화를 존중하는 태도를 기르는 것이 중요해요. 교육 프로그램, 지역 교류 행사 등을 통해 다양한 문화를 체험할 기회를 제공하는 것은 이러한 문제 해결에 중요한 역할을 해요.

중국 여행을 하면서 많은 걸 느꼈지만, 이번 글로 더욱더 알게 되었어요. 결국 다문화 사회는 단순히 여러 문화가 공존하는 것을 넘어서, 서로의 차이를 이해하고 존중하며 조화를 이루는 사회로 나아가는 것을 목표로 해요. 중국 다문화 사회 또한 각자의 문화를 지키면서도 타인의 문화를 배우고 받아들임으로써 더 넓고 깊이 있는 공동체를 형성하게 되는 계기가 될 수 있지요.

앞으로 더욱 다양한 문화를 가진 사람들이 함께 어우러져 살아가는 사회가 될수록, 서로의 문화를 존중하고 이해하는 노력이 더욱 필요할 거예요. 다문화를 이해하고 존중하는 태도를 갖춘다면, 우리는 더욱 풍요롭고 조화로운 사회를 만들어갈 수 있을 거예요. 언젠가는 좋은 문화로 중국의 다문화와 전 세계가 행복하게 살 수 있길 바랄게요.

에필로그

김은호

안녕하십니까? 그린비 책을 쓴 김은호입니다. 제 부족한 글을 읽어 주셔서 너무나 감사드립니다. 제가 비록 책을 처음 쓰는 거지만 이렇게 조금으로써 이해와 성찰 능력을 기를 수 있었습니다.

처음 쓰는 과정부터 저한테는 너무나 어려웠습니다. 주제 선택부터 이해, 그다음에 글쓰기까지의 시간이 너무나 오래 걸려 힘들었지만, 그런 점들을 극복하고 말끔한 글을 써서 완성하게 되었습니다.

우선 첫 번째로 '우분투를 알아보다'는 제가 중국 갔던 이야기를 적으면서 쓴 글입니다. 중국은 엄청나게 큰 땅덩어리를 가지고 있어서 많은 문화와 언어가 공존을 하게 됩니다. 많은 문화와 언어가 조화를 이루어 낸 장점을 설명하여 중국 문화의 좋은 점을 알려 드리고 큰 문화에서 오는 단점들을 소개해 드려서 이해하기 쉽게 만들었습니다.

'ChatGPT에게 궁금증을 묻다'와 '환경의 동현'은 제가 ChatGPT를 활용하여 썼습니다. ChatGPT는 제가 말한 내용을 1분 안에 정리해서 정확한 상태를 보여줬습니다. 사람이 했으면 몇 날 며칠 걸렸을 것을 AI가 1분도 안 돼서 해주니 정말 신기할 따름이었습니다. 점점 발달하는 AI 기술을 활용해 정보 전달을 하는 것은 매우 신기했습니다. 환경을 복구하는 방법을 제시했을 때, 7가지 방법으로 매우 체계적으로 알려 줬습니다. 그리고 최애라는 것을 알려 줬을 때는 AI가 생각하는 현재 우리가 사는 환경을 어떻게 이해하는지 저에게 알려 줬습니다.

이 세 개의 글을 적으면서 많은 느낌과 생각이 들었습니다. AI의 발전 그리고 환경 보존 이런 것들을 통해 이 글을 적을 때 많이 도움을 받았습니다. 여러분들도 꿈과 희망이 생각나지 않을 때는 우리 주변에 있는 많은 것들을 보고 생각을 하면 좋을 것 같습니다.

마지막으로 이 글을 만드는 데, 도와주시고 같이 한 성광고등학교 성진희 선생님께 감사하다는 인사를 드리고 마칩니다. 감사합니다.

문화의 벽을 넘어선 마음의 연결

이승원

박수혁 경위는 CCTV 화면 속에 담긴 사건의 단서를 잡았지만, 마음 한 구석이 무거웠다. 이태원에서 벌어진 사건은 단순한 싸움 이상의 무언가가 있었다. 다양한 문화와 언어의 차이, 그리고 그로 인한 오해들이 어떻게 범죄로까지 번질 수 있는지를 그는 처음으로 실감하고 있었다. 이는 단순한 폭력 사건이 아니었다. 사건의 이면에는 복잡한 인간관계와 다문화 사회의 문제가 얽혀 있었고, 그가 맞닥뜨린 현실은 한 개인의 삶 속 깊은 곳에 자리 잡은 외로움과 소외감이었다.

그날 저녁, 수혁은 사건 현장에서 만났던 필리핀 출신의 리타와 다시 만났다. 사건 이후로도 그는 그녀에게서 많은 이야기를 듣고 싶었다. 리타는 다소 겁에 질린 표정으로 당시의 상황을 떠올리며 말했다.

"사실, 그날 밤 싸움이 일어나기 전, 저와 알렉시가 그 남자와 대화를 시도했어요. 그가 굉장히 화가 나 있더라고요."

"왜 그렇게 화가 났던 거죠?"

수혁이 신중하게 물었다.

리타는 잠시 망설이다가 조용히 입을 열었다.

"그 남자는 한국에서 일을 찾기 어려워서 좌절감을 느끼고 있었어요. 친구도 별로 없고, 언어 장벽 때문에 사람들과 소통이 힘들다고 했어요. 그저 이야기를 들어줄 사람이 필요했던 것 같은데… 그걸 어떻게 도와줘야 할지 몰랐어요."

그녀의 눈에 슬픔이 묻어났다. 한국에 온 외국인들이 겪는 어려움이 그녀의 말 한마디 한마디에 고스란히 묻어나고 있었다.

수혁은 그 순간 그 남성의 상황이 조금 이해되는 듯했다. 그는 경찰로서 수많은 사람들을 만나왔지만, 외국인들이 한국에서 겪는 외로움과 좌절감을 이토록 가까이 느껴본 적은 없었다. 이 사건은 단순한 폭력 사건이 아니라, 그들의 삶 속에 깊이 박힌 외로움과 소외감에서 비롯된 것이었다. 낯선 나라에서의 삶은 기대했던 것 이상으로 어려웠고, 그런 어려움 속에서 사람들은 때때로 절망하고 폭발하기도 했다.

며칠 뒤, 수혁은 다시 이태원을 찾았다. 이번에는 사건 해결을 위해서가 아니라, 그 남성에게 직접 다가가고 싶었다. 그는 수소문 끝에 사건에 연루된 외국인 남성인 알렉시를 찾아낼 수 있었다. 알렉시는 처음엔 수혁을 피하려 했지만, 그의 진심 어린 말에 조금씩 마음을 열기 시작했다.

"나도 이 나라에 온 외국인 친구들이 많아요. 그들도 당신처럼 어려움을 겪었죠."

수혁이 진지한 눈빛으로 말했다.

"하지만 중요한 건 서로를 돕는 겁니다. 혼자서 모든 걸 감당하려 하지 말고, 당신을 도와줄 사람들에게 손을 내밀어 보세요."

알렉시는 처음엔 망설였다. 그간 자신을 도와줄 사람은 없다고 생각했기 때문이다. 그는 혼자서 모든 걸 감당하려 애썼지만, 한국에서의 생활은 녹록지 않았다. 결국 수혁의 말이 그의 마음을 흔들었다.

"정말 내가 도움을 받을 수 있을까요?"

알렉시가 불안한 표정으로 물었다.

"물론이죠."

수혁은 미소 지으며 힘주어 대답했다.

"이태원에는 당신과 같은 고민을 나누는 사람들이 많습니다. 그들과 함께하면 지금보다 훨씬 나아질 거예요. 그리고 그곳에서 진정한 친구를 만날 수 있을 겁니다."

그날 이후, 수혁은 이태원에 있는 다문화 커뮤니티와 연결해 알렉시를 도왔다. 이 커뮤니티는 한국에서 생활하는 다양한 외국인들이 서로의 어려움을 나누고, 정보를 공유하며 도움을 주고받는 공간이었다. 수혁은 그곳에서 필리핀 출신 리타와 다시 마주쳤고, 그녀 역시 커뮤니티의 중요한 일원으로 활동하고 있었다. 그녀는 같은 경험을 가진 사람들에게 조언을 아끼지 않았고, 다른 사람들에게도 용기를 주는 존재였다. 커뮤니티는 외국인들이 한국 사회에 조금 더 쉽게 적응할 수 있도록 도와주는 소중한 공간이었다.

커뮤니티에 참여하면서 알렉시는 점차 자신감을 회복하기 시작했다. 그동안은 혼자라는 생각에 사로잡혀 있었지만, 이제는 자신의 곁에 많은 이들이 있다는 것을 느끼게 되었다. 알렉시는 그곳에서 다양한 나라에서 온 사람들과 교류하며 조금씩 마음의 문을 열어갔다. 새로운 친구들을 사귀며 그는 이태원에서의 삶이 더 이상 외롭지 않다는 것을 깨달았다.

얼마 지나지 않아, 수혁은 이태원을 다시 방문했다. 그는 알렉시를 포함한 외국인 친구들과 함께한 시간이 자신에게도 큰 의미로 다가온다는 것을 느꼈다. 단순히 경찰로서 사건을 해결하는 것에서 그치는 것이 아니라, 그들의 삶에 실질적인 변화를 가져다줄 수 있다는 것이 그의 마음을 뜨겁게 만들었다.

어느 날, 알렉시는 수혁에게 작은 손 편지와 함께 음식을 건넸다. 손 편지에는 조심스러운 글씨로 감사의 마음이 적혀 있었다.

"당신 덕분에, 내가 이곳에서 다시 시작할 용기를 얻었어요. 고마워요."

수혁은 그 편지를 읽으며 마음이 따뜻해졌다. 경찰로서 해결한 사건들이 많았지만, 이렇게 누군가의 삶에 직접적인 변화를 만들어냈다는 생각에 기분이 묘해졌다. 그는 비록 언어와 문화는 다르지만, 서로를 이해하고 돕는 과정에서 진정한 행복이 찾아왔음을 깨달았다.

몇 달 후, 이태원 거리는 여느 때처럼 활기차고 다채로웠다. 이태원은 다양한 문화와 사람들이 뒤섞여 살아가는 공간이었다. 박수혁은 이번에는 사건 때문이 아니라, 그동안 사귄 친구들을 만나기 위해 이태원을 찾았다. 리타와 알렉시, 그리고 그 외 다양한 나라에서 온 친구들이 그를 반겼다. 그들은 함께 웃고 이야기하며, 서로의 고민을 나누고 도우며 만들어낸 새로운 공동체의 일원이 되어가고 있었다.

이제 이태원은 단순히 다양한 사람들이 모여 있는 공간이 아닌, 서로를 진심으로 이해하고 돕는 따뜻한 공동체로 변모해 있었다. 그들은 서로의 다름을 존중하고 함께 나아가며, 어려움을 이겨내고 있었다. 수혁은 그들과 함께 시간을 보내며 다시 한번 느꼈다.

"행복은 생각보다 가까이에 있었네요."

그는 조용히 미소 지으며 속으로 되뇌었다. 서로의 다름을 존중하고 함께 나아가는 그 과정이, 결국 두 배의 행복을 가져다준다는 것을 그는 깨달았다.

이제 수혁에게 이태원은 단순한 근무지가 아니라, 마음을 나누는 친구들이 있는 소중한 공간이 되었다. 그는 이곳에서 배운 것을 바탕으로 앞으로도 더욱 많은 사람들을 이해하고 돕는 경찰이 되기로 다짐했다. 다문화 사회 속에서 서로를 이해하고 존중하는 그 과정은, 그 자체로 진정한 행복을 만들어냈고, 그곳에서 서로 다른 사람들과 나누는 우정은 그를 더 강하게 만들었다.

에필로그

이승원

안녕하세요 '문화의 벽을 넘어선 마음의 연결'과 '마지막 패스'를 작성한 이승원입니다. 먼저 제 글을 읽어주셔서 감사합니다. 이번에 다문화를 담은 글과 제가 가장 좋아하는 것에 관해 글을 쓰며 많은 것을 배웠습니다. '문화의 벽을 넘어선 마음의 연결'이라는 글은 단순한 범죄 사건을 넘어서, 낯선 문화 속에서 살아가는 외국인들의 어려움과 그들을 이해하려는 경찰의 따뜻한 마음을 다룬 작품입니다.

글을 편집하면서 다양한 배경을 가진 인물들이 얽혀 만들어내는 이야기에 더욱 깊이 공감할 수 있었습니다. 특히 주인공 박수혁 경위가 사건을 통해 외국인들이 한국에서 겪는 외로움과 좌절감을 이해하게 되는 과정이 인상적이었으며, 이를 계기로 다문화 커뮤니티의 의미와 중요성을 깨닫게 되는 모습이 감동적이었습니다. 글 속에서 이태원이라는 공간은 다름을 뛰어넘어 서로를 이해하고 도우며 살아가는 사람들의 따뜻한 공동체로 묘사됩니다. 다양한 인물들의 고민과 갈등을 담담히 풀어내면서도, 그들이 서로에게 조금씩 마음을 열고 함께 성장해 가는 모습이 인상 깊었습니다.

'마지막 패스'는 저에게 특별한 의미가 있는 작품입니다. 축구라는 스포츠를 배경으로 삼았지만, 그 안에 담고자 한 것은 인생의 선택과 성장, 그리고 팀과 개인의 갈등 속에서 진정한 자신을 찾아가는 과정이었습니다. 이 이야기를 통해 독자들이 주인공 민수의 성장과 결단을 함께 느끼고 공감할 수 있기를 바랐습니다.

처음 글을 구상했을 때는 민수가 단순히 자신의 꿈을 향해 나아가는 이야기를 그리고자 하였지만 이야기를 쓰면서, 꿈을 이루는 과정에서 그가 겪는 내적 갈등과 팀원들과의 관계, 그리고 자신의 한계를 깨닫는 순간들이 더욱 중요함을 깨달았습니다. 축구라는 경기 안에서 팀을 위해 자신을 희생해야 하는 순간과 개인의 목표를 이루기 위해 결단을 내려야 하는 순간들이 주는 감정이 이 글의 핵심입니다.

초고를 작성하는 동안 민수의 심리를 표현하는 데에 많은 공을 들였습니다. 그가 경기장에서 결정적인 순간에 팀원을 선택할지, 아니면 자신을 위해 공을 잡을지 고민하는 장면은 이 글의 핵심이자 클라이맥스라고 할 수 있습니다.

독자가 그 순간의 긴장감과 그의 선택에 담긴 무게를 느낄 수 있도록 여러 번 문장을 수정하고 다듬었습니다. 또한, 글을 다듬는 과정에서는 축구 경기의 현실감을 살리기 위해 다양한 자료를 참고하고, 실제 경기를 떠올리며 장면을 구체적으로 묘사하려 노력했습니다. 축구에 익숙하지 않은 독자들도 쉽게 이해할 수 있도록 표현에 신경을 썼고, 동시에 축구 팬들이 공감할 수 있는 디테일을 살리기 위해 고민했습니다.

마지막으로 민수가 축구라는 길을 접고 새로운 길을 향해 나아가는 결말 부분에서 독자들이 인생의 전환점을 생각해 볼 수 있는 여운을 남기고 싶었습니다. 누구나 자신의 길을 결정하는 순간이 있고, 그 선택이 다음 장을 열어준다는 메시지를 전하고자 했습니다.

이 글이 독자 여러분에게 울림과 영감을 주기를 바라며, 앞으로도 더 나은 글을 쓸 수 있도록 노력하겠습니다.

| 미로 |

보이지 않는 벽

신동훈

경환은 일터에서 돌아오는 길에 동네 슈퍼에 들렀다. 평소처럼 익숙하게 문을 열었지만, 그 순간 주인의 미묘한 시선이 느껴졌다. 그의 아내인 안젤라는 필리핀에서 온 이주 여성이다. 결혼한 지 5년이 넘었지만, 그들이 사는 작은 동네에서는 묘한 시선이 여전히 그들 사이를 가로막고 있었다. 말없이 계산대를 지나가면서도 어색함은 사라지지 않았다. 집에 돌아온 경환은 문을 열고 들어섰다. 안젤라는 부엌에서 저녁을 준비하고 있었지만, 표정이 어딘가 어두웠다.

"무슨 일 있어?"

경환이 물었다. 안젤라는 잠시 대답을 망설였다가 힘겹게 입을 열었다.

"오늘 시장에서 할머니 한 분이 나한테 소리쳤어. '너 같은 사람들 때문에 우리나라가 더럽혀지고 있어!'라고…."

경환의 얼굴이 굳어졌다. 그는 무슨 말을 해야 할지 몰랐다. 이미 여러 번 경험한 일이었지만, 그런 순간들은 매번 그를 무력하게 만들었다.

"말도 안 되는 소리야. 신경 쓰지 마."

하지만 안젤라는 미소를 지으려 애썼지만, 눈동자에는 슬픔이 가득했다.

"경환, 나는 왜 항상 '다른 사람'인 걸까? 한국 사람인데도 말이야. 어디를 가도 나를 외국인처럼 대하고, 우리 딸도 점점 이상하게 느끼고 있는 것 같아."

그들의 딸 소영은 초등학교 1학년이었다. 경환은 얼마 전 학교에서 돌아온 딸의 말을 떠올렸다.

"아빠, 친구들이 내가 왜 다른 나라 엄마를 뒀냐고 물어봤어. 그래서 엄마는 필리핀 사람이지만, 한국에서도 사는 거라고 했는데…. 친구들이 다들 웃었어."

그 말에 경환의 가슴이 철렁 내려앉았다. 딸까지도 이미 이 벽을 마주하고 있는 것이다. 차별이라는 무형의 벽은 세대를 넘어서서 그들을 계속해서 가두고 있었다. 사회는 그들에게 적응하기를 요구하면서도, 그들이 정말로 이 사회의 일원이라고 느끼게 해주지는 않았다.

그날 밤, 경환은 침대에 누워 생각에 잠겼다. 그는 자신이 이 벽을 넘으려면 무엇을 해야 할지 고민했다. 수없이 들었던 무시와 멸시의 말들이 떠올랐다. 하지만 아무리 노력해도 바뀌지 않는 현실 앞에서 무력함을 느낄 수밖에 없었다. 사랑하는 사람을 지키고자 했지만, 그조차도 사회의 편견 앞에서는 한없이 작아졌다.

잠을 이루지 못한 채로 뒤척이던 경환은 다음 날 아침, 다시 일터로 향했다. 거리 곳곳에 보이는 사람들은 모두 각자의 삶을 살아가고 있었다. 하지만 경환은 그들의 시선 속에서 여전히 자신과 안젤라, 그리고 소영을 향한 미묘한 경계를 느꼈다. 그들이 경험하는 차별은 직접적인 폭력이 아니라, 일상 속에서 스며드는 보이지 않는 벽이었다. 그리고 그 벽은 결코 쉽게 무너지지 않을 것 같았다. 직장에서도 경환은 가끔 동료들의 농담 속에서 불편함을 느꼈다.

"아내분, 한국 생활 적응 잘 돼?"

라는 말 속에 깃든 의심이나 '다문화가정이라니, 대단해'라는 말 속에 숨은 선 긋기를 피할 수 없었다. 그들에게 경환은 늘 남다른 존재였고, 안젤라는 그저 '외국인'일 뿐이었다. 경환은 어둠이 짙게 내려앉은 집으로 돌아오며 결심했다. 그는 이 벽을 무너뜨리기 위해 무엇을 해야 할지 아직 명확하게 알지 못했다. 하지만 그가 포기하지 않고 싸워나가야 할 이유는 분명했다. 소영이 자라날 세상은 지금의 벽이 조금이라도 낮아져야만 했다.

경환은 집에 돌아와 문을 닫자 깊은 한숨을 내쉬었다. 안젤라는 소영을 재우고 있는 듯했지만, 작은 방에서 들려오는 딸의 울음소리가 그의 가슴을 아프게 찔렀다. 잠시 망설이던 그는 문틈으로 방 안을 엿보았다. 소영은 엄마의 품에 안겨 있었다. 안젤라는 소영의 머리를 다정하게 쓰다듬으며 부드러운 목소리로 이야기하고 있었다.

"소영아, 우리 딸은 정말 멋진 아이야. 친구들이 뭐라고 해도 엄마는 너를 항상 사랑하고, 자랑스러워한단다."

소영은 흐느낌을 멈추려 애쓰며 고개를 끄덕였다. 경환은 그 광경에 마음이 아려 왔다. 소영이 느끼는 혼란과 상처는 결코 단순한 어린아이의 고민이 아니었다. 그는 자신의 아이가 왜 이런 경험을 해야 하는지, 이 벽을 어떻게든 허물어야겠다는 결심이 다시금 굳어졌다.잠시 후 안젤라가 방을 나왔다. 그녀는 지친 표정이었지만, 경환을 보며 애써 미소를 지었다.

"소영이 많이 울었어?"

경환이 조심스럽게 물었다.

안젤라는 고개를 끄덕이며 작게 한숨을 내쉬었다.

"친구들이 놀렸다고 하더라고. 엄마가 외국인이라 이상하대."

경환은 입술을 깨물었다. 매번 같은 이유로 상처받는 가족을 보며 그는 분노와 무력감이 뒤섞인 감정을 느꼈다. 한참을 침묵하던 그는 입을 열었다.

"우리 이렇게 계속 살아가면 안 될 것 같아. 무언가 바뀌야 해. 이 벽이 우리를 가두지 못하게 말이야."

안젤라는 경환을 뚫어지게 바라보았다.

"어떻게?"

경환은 곰곰이 생각하다가 말했다.

"소영이 학교에서 더 안전하고 당당하게 자라도록, 우리부터 목소리를 내야 할 것 같아. 지역의 다문화 가정들이 함께 모여 목소리를 낸다거나, 소영의 학교에 문화 다양성을 존중하는 교육을 요청할 수도 있을 거야."

안젤라는 놀란 듯한 표정을 지었지만, 이내 작게 미소 지었다.

"쉽지 않겠지만, 우리 함께 해보자. 서로를 지키기 위해서라도."

그날 밤, 경환과 안젤라는 그동안 쌓아두기만 했던 이야기를 나눴다. 자신들의 아픔뿐만 아니라, 다문화 가정이 겪는 어려움에 대해 이야기하며 마음을 다잡았다. 벽을 무너뜨리기 위한 방법이 쉽지 않을 거란 걸 알고 있었지만, 그들은 포기하지 않기로 결심했다.

며칠 후, 경환은 지역 사회의 다문화 지원 센터를 찾았다. 그리고 다른 다문화 가정의 부모들과 함께 모임을 갖기로 했다. 서로의 이야기를 듣고, 필요한 변화에 대해 논의하며 작은 움직임을 시작했다. 그것이 거대한 벽을 완전히 무너뜨릴 수는 없겠지만, 최소한 조금씩 금이 가게 만들 수 있기를 바라면서. 소영의 웃음소리가 다시 집 안에 울려 퍼지는 그날을 꿈꾸며, 경환은 앞으로의 길을 걸어갈 힘을 얻었다.

에필로그

신동훈

안녕하세요. 신동훈입니다. 이번에 쓴 두 소설, '심리의 미로'와 '보이지 않는 벽', 모두 제가 고등학교 1학년이라는 나이에 겪고 있는 다양한 생각과 감정을 녹여내기 위해 최선을 다한 작품들입니다. 아직 세상을 완전히 이해하기엔 부족하지만, 소설을 통해 제가 마주한 세상의 복잡함과 아픔을 이야기하고 싶었습니다. 두 작품을 쓰면서 저는 우리 사회에 존재하는 여러 형태의 두려움과 편견을 나름의 방식으로 풀어내려 노력했습니다.

먼저, '심리의 미로'는 인간 심리의 깊고 복잡한 세계를 탐구하는 데 초점을 맞춘 미스터리 소설입니다. 배경은 서울의 비 내리는 밤, 고층 빌딩과 빗속의 어둠이 만들어내는 불안한 분위기를 통해 현대 사회에서 우리가 느끼는 무의식적인 두려움과 압박감을 표현하고자 했습니다. 주인공 김민준과 기자 이지훈이 유명 인물들의 연이은 죽음을 조사하는 과정에서 마주하는 심리적 긴장은 단순히 사건의 진실을 밝히는 데 그치지 않습니다.

오히려 이 소설은 인간이 스스로도 완전히 이해할 수 없는 내면의 어두운 면과, 그것을 조종하려는 욕망이 어떻게 비극을 초래할 수 있는지를 보여줍니다. 한재욱이라는 심리 치료사가 심리 실험이라는 목적으로 인간의 마음을 조종하고자 한 이유는, 우리 사회에서 인간 심리의 복잡성을 과소평가하거나 심리를 쉽게 통제하려는 태도가 얼마나 위험할 수 있는지를 상징적으로 표현한 것입니다. 소설 속에서 드러나는 긴장감과 불확실성은 현대 사회에서 느끼는 막연한 불안, 그리고 그 불안이 현실이 될 때 우리가 느끼는 무력감을 반영합니다.

독자들이 이 작품을 읽으며 인간 심리의 연약함과 그로 인해 발생하는 예측할 수 없는 결과들에 대해 한 번쯤 생각해 보기를 바랐습니다.

'보이지 않는 벽'은 보다 현실적이고 감정적인 소설입니다. 이 작품은 차별과 편견이라는 문제를 다문화 가정의 시선에서 다루고 있습니다. 주인공 경환과 그의 아내 안젤라, 그리고 딸 소영이 매일 마주하는 '보이지 않는 벽'은 겉으로는 드러나지 않지만 그들의 삶을 압박하는 장벽입니다. 경환이 일터에서나 동네 슈퍼에서 느끼는 미묘한 시선, 그리고 안젤라가 겪는 직설적인 혐오 발언은 단순히 개인의 문제가 아니라 우리 사회 전반에 뿌리내린 편견과 남을 거부하는 태도를 보여줍니다. 안젤라가 한국에 5년 이상 살면서도 여전히 외국인으로만 취급받고, 그들의 딸 소영조차 친구들 사이에서 자신의 정체성을 둘러싼 혼란을 겪는 장면들은 단순한 에피소드가 아닙니다. 그 장면들은 차별이 세대를 넘어 지속되며, 어른들뿐 아니라 어린아이들마저 그 영향을 받게 된다는 현실을 강조합니다. 경환이 이런 상황에서 느끼는 분노와 무력감은 우리 사회에서 소외당하는 사람들의 마음을 대변합니다.

이 소설을 통해 저는 차별이 단순한 불편함이 아니라, 그 속에서 살아가는 사람들에게 깊은 상처와 혼란을 남긴다는 점을 전하고 싶었습니다. 그러나 '보이지 않는 벽'은 단순히 슬픔과 분노로 끝나는 이야기가 아닙니다. 경환이 결심하고 안젤라와 함께 작은 움직임을 시작하는 장면은 희망의 가능성을 보여줍니다. 그가 지역의 다문화 가정들과 연대하고, 자녀들이 더 안전하고 당당하게 자랄 수 있는 세상을 위해 노력하려는 모습은 작은 변화라도 그 벽에 금을 낼 수 있다는 메시지를 담고 있습니다. 차별을 없애는 일이 쉽지는 않겠지만, 포기하지 않고 계속 싸워나가겠다는 의지를 통해 독자들에게 용기와 희망을 주고 싶었습니다.

이 두 작품을 쓰면서 저 자신도 많은 것을 배웠습니다. 심리적 미스터리와 현실적인 사회 문제를 다루는 소설을 완성하는 과정은 쉽지 않았지만, 세상을 다양한 시각으로 바라볼 수 있게 해준 소중한 경험이었습니다. 아직 작가로서 부족한 점이 많지만, 계속해서 고민하고 더 깊이 있는 이야기를 쓰기 위해 노력할 것입니다.

제 나이에 비해 무거운 주제를 다뤘다는 생각이 들 수도 있겠지만, 고등학생으로서 느끼는 복잡한 감정을 솔직하게 표현한 결과라고 생각합니다.

제 이야기가 독자들에게 조금이나마 생각할 거리를 던져주고, 사회를 다시 한번 돌아볼 계기가 되길 바랍니다.

모두 같은 빛

김유상

나는 사람의 빛을 볼 수 있다. 아마 태어날 때부터 그랬을 거다. 가장 오래된 기억에서도 나는 빛을 보았다. 어머니의 부드러우며 눈부시지 않게 적당히 빛나는 노란 빛이 나를 감쌀 때는 기분이 몹시 좋았다.

아버지의 빛은 차분했다, 푸른빛이 아빠의 무뚝뚝한 얼굴과 어우러져 조금 차갑게 느껴지기도 하지만 나를 볼 때 은은한 푸른빛에 가려진 부드러운 분홍색이 존재감을 내세우는 걸 보면 아버지의 사랑을 느낄 수 있었다.

사람들의 빛이 어울려지는 모습을 보는 것이 좋았다. 학교에 가면 여러 개성을 가진 친구들이 모여 있다. 친구들끼리 서로 얘기를 하며 각각의 색들이 조화롭게 어우러지는 게 아름다웠다. 오늘도 나는 학교를 향하는 길이었다.

내 단짝인 선아가 내게 말을 걸었다. 선아는 품성이 순하고 착한, 선한 아이며 새하얀 빛을 내는 아이었다. 선아의 빛을 보면 내 마음까지 정화되는 기분이 들곤 했다.

"보라야, 그거 들었어?"
"뭐가?"
"오늘 전학생 온다는데?"
"오~ 남자야?"
"아니, 그냥 온다는 것만 알고 있어."
"남자면 좋겠네."
"요즘… 외롭니?"

"아니! 그런 게 아니라 그래도 여자보단 남자가 좋잖아."
"그래, 그냥 빨리 가자."

학교에 도착하니 시끌벅적하게 아이들이 떠드는 소리가 들려왔다. 다양한 친구들의 색이 이상하게 섞이지 않고 조화롭게 어우러져 오로라와 같은 색이 나타났다. 나는 선아와 함께 자리에 앉으니 앞자리에 두 친구가 우릴 맞이해 줬다.

"선아, 보라. 하이."
"하이, 하이."
"예지랑, 지원이도 안녕~, 너희도 전학생 얘기 들었어?"
갑자기 눈을 반짝이는 예지가 신이 난 것을 표현하듯 예지의 빛이 불꽃처럼 흔들렸다.
"나 그거 들었어! 남자라는데 잘생겼대!"
"어우 남미새, 그건 어디서 들었는데?"
"그냥 애들이 그렇다는데?"
"어차피 몇 십분 뒤에 볼 수 있을 텐데, 그냥 기다려."
그렇게 친구들과 잡담을 떨고 있으니 선생님께서 들어오셨다.
"자~ 조용, 너희가 기대하던 전학생 왔다. 자, 미국에서 온 브라이언이라고 한다. 자기소개 하렴."
"아… 안녕하세여, 저는 브라이언입니다…."
예지의 말대로 남자이긴 했다. 하지만 흑인인 것은 예상하지 못했다. 브라이언의 인상은 듬직한 외관을 가진 덩치 큰 남성이었고, 상남자라는 말이 잘 어울리는 사람이었다. 브라이언의 빛은 활발하게 타오르는 붉은 빛이지만 빛의 흔들림이 초조함을 나타내듯 안절부절못하는 것처럼 흔들렸다. 살짝 말을 더듬긴 했지만 한국어를 꽤 잘 하는 것 같았다.
"자, 브라이언은 저기 빈 자리에 앉고, 다들 수업 준비해라. 선생님은 가본다."
선생님이 나가자마자 애들이 전학생의 자리로 우르르 몰려왔다.

"미국에서 왔으면 영어 잘해?"
"한국에 온 지 얼마나 됐어?"
아이들이 각자 궁금한 바를 쏟아냈다. 반장인 재환이가 애들을 말렸다.
"애들아, 브라이언이 당황해하잖아. 수업 종 울렸으니 각자 수업 준비하러 가자."
애들이 투덜거리며 각자 자기의 자리로 돌아갔다.

–드르륵

오늘도 어김없이 지각한, 학폭 빼고 다하는 불량학생인 재민이가 왔다.
"어~ 다들 반갑고."
재민이의 절친인 한율이 대답했다.
"어이 잼민, 오늘도 지각이야?"
아직 철이 덜 들었고 이름과 발음도 비슷한 탓에 별명이 잼민이라고 불렸다. 당연히 재민이는 극혐을 했지만, 몇 달 넘게 듣다 보니 이제는 익숙해진 듯했다. 재민이는 반을 쓱 훑어보곤 물었다.
"얘 누구야?"
"아, 전학생."
"뭐고, 깜둥이네."
재민이는 사회적으로 매장될 만한 말을 아무렇지 않게 내뱉었다.
"잼민, 깜둥이가 뭐야, 너 그거 위험해."
"내가 뭐 괴롭혔냐? 까맣긴 하잖아."
그때 지원이가 성난 목소리로 말했다.
"야! 이재민. 그거 인종 차별 발언이야. 사과해!"
"어우 오자마자 지랄하네. 아, 알았어! 그 너, 이름이…."
"ㄴ… 난 브라이언…."
"그래, 친구 미안. 됐지?"
재민이는 투덜거리며 자리에 돌아갔다. 내 눈에는 보였다. 재민이의 빛이, 언행이 좋진 않았지만 악의는 없었다. 그렇기에 순순히 사과하고 끝낸 것이지만.

그렇게 한바탕 소동이 끝난 뒤 나와, 선아는 수업 후 쉬는 시간에 다가가 말을 걸었다.

"브라이언, 안녕?"

"안녕…."

"오늘 피곤하지? 쉬는 시간마다 애들이 몰려와서."

"아니, 다들 좋게 봐주는 거 같아서 다행이야."

"그나저나 한국말 잘하던데 언제 한국에 온 거야?"

"7살 때 왔어. 그래서 영어도 그닥 잘하진 않아."

"아, 그래? 영어 잘하냐는 질문 많이 받을 텐데 곤란하겠네."

-♬♪♬♩♬♪

수업 종이 울렸다.

"아, 미안. 나만 질문하다가 끝났네, 필요한 일 있으면 말 걸어~"

"잘 가."

그렇게 수업이 전부 끝나고 나는 선아와 같이 하교했다.

"선아야, 전학생 어땠어?"

"좋은 애 같던데? 생긴 거에 비해 순한 거 같아."

"그러게. 싸움 잘하게 생겼는데 말해 보니 얌전하고 착한 애 같아."

"역시 생긴 걸로 판단하면 안 돼, 그치?"

"그러게. 그것보단 재민이가 문제야. 악의는 없는 거 같지만 한번 일낼 것 같단 말이지."

나는 재민이가 했던 말이 생각났다.

'내가 뭐 괴롭혔냐? 까맣긴 하잖아'

뚱뚱한 친구보고 돼지라고 할 땐 그렇게 반응하진 않지만, 흑인보고 깜둥이라 할 땐 차별이라고 뭐라 하는 모습이 약간의 의구심이 들었다.

"선아야, 너는 차별이 뭐라고 생각해?"
"응? 음… 그러게 마땅한 이유 없이 못하게 하면 차별 아닐까?"
"응? 그게 무슨 말이야?"
"그게… 여자란 이유로 선생님을 못하게 한다면 차별이지만, 여자라고 남자화장실 청소를 못하게 하면 그건 합당하잖아."
"그런가?"
"그건 왜? 오늘 일 때문에?"
"그것도 있고 그냥 외국에서 왔다고 하니 생각나서."
"그런 생각은 좋다고 생각해. 보라야, 잘 가."
선아와 얘기를 나누다 보니 벌써 집 앞에 도착해 있었다.
"어, 바이."

나는 집에 들어가 폰으로 유튜브를 보았다. 오늘 무슨 날인가? 유튜브 광고에는 다문화 가정의 아이들을 인터뷰하는 내용의 광고가 나왔다. 내용은 대충 피부색만 그렇지 한국에서 태어나 먹고 자라 김치 이런 것도 다 잘 먹고 한국말도 잘 하는데, 김치는 먹을 만하냐 말은 알아듣겠냐 하는 질문이 부담스럽다고 하는 내용이었다.
'뭐가 차별이야?'
나는 의문이 들었다. 배려해도 차별이고, 무관심해도 차별이고 다문화 가정이 주변에 있던 적은 처음이었기에 너무 복잡했다. 나는 적당히 폰을 본 뒤 잠에 들었다.

다음날 학교에 오니 재민이와 브라이언이 나란히 앉아서 게임을 하고 있었다.
"야, 깜둥아. 저 새끼 조져!"
"아! 재민이 완전 못 해."
"아, 이거 진짜 억까야."

호칭은 그대로였지만, 둘이 사이좋게 게임을 하는 모습을 보니 다행이라 생각했다.

“브라이언, 저렇게 불러도 괜찮아?”

“나 무시하려고 한 게 아니니까 괜찮아. 싸워도 내가 이겨.”

우리 반은 그렇게 다시 평화를 되찾았다. 다시 여러 색깔의 빛들이 어울려져 조화를 이루고 있었다. 애들마다 다 외모, 피부색 그런 것들은 다 달랐지만, 내 눈에는 그저 뭐하나 다를 거 없는 빛들이었다.

에필로그

김유상

안녕하십니까? 저는 '허공을 걷다'와 '모두 같은 빛'을 쓴 유쾌상쾌 김유상이라고 합니다. 처음으로 이런 글을 써 보게 되었는데 제 부족한 작품들을 읽어주셔서 감사합니다.

이번 그린비의 글쓰기 주제는 '좋아하는 것'과 '다문화'였는데요, 먼저 좋아하는 것, 즉 '허공을 걷다'에 대해 얘기해 보자면, 저는 중학교 때 좋아하는 것에 대해 물어보면 게임 말고 적을 수 있는 게 없었습니다. 주변 친구들은 운동도 하고 프로그래밍 같은 걸 했는데 저 혼자 게임하며 사는 것 같아 살짝 쭈글쭈글 했었는데요. 심지어 당시 코로나가 유행하던 시기라 집에만 박혀 있어 더욱 부정적인 생각이 들었던 것 같습니다. 그리고 선생님께서 좋아하는 것에 대해 쓰라고 할 때, 대부분 '좋아하는 거 뭘 적어야 하지?' 이런 반응인 것을 보고 좋아하는 것에 대해 고민하는 글을 써 보고 싶어 중학교 때의 기억이 많이 과장된 버전인 글 '허공을 걷다'가 탄생하게 되었습니다.

사실 좋아하는 것에 대해 고민하며 계속 버리고 다시쓰기를 반복해 관련 글만 4개 정도가 있는데요. 결국 돌고 돌아 맨 처음의 소설을 다듬어 쓰게 되어 살짝 허무했던 기억도 있었습니다.

이 글의 주인공인 유민은, 저와 많이 닮아 있는 인물인데요, 유민이 고민하는 문제는 실제로 제가 고민했던 것을 살짝 오그라들 정도로 과장해 만든 것인데요. 이름도 제 이름의 유 자와 고민의 민 자를 조합해 만든 이름입니다.

저는 항상 자기 전에 제가 읽었던 소설이나 영화의 내용을 '만약 이랬으면 어땠을까?' 하며 if의 상황을 상상하고, 저만의 이야기를 상상하며 잠이 든 적이 많은데요. 이 경험을 살려 유민이가 자신의 비어 있는 부분을 고민하게 하는 매개체를 꿈으로 정했고, 글을 쓰는 것을 인물의 길을 찾는다고 표현했는데, 제 이야기는 거의 자기 전에 만들어지기 때문에 유민의 글속 세상이 꿈속에 나타나는 것입니다.

제가 저를 본 따 글을 썼듯, 유민이도 자기가 주인공인 소설을 쓰며 길을 찾게 되는 것입니다. 좋아하는 것에 고민하는 글을 쓰다 보니 저도 다시 한 번 제가 좋아하는 것에 고민하게 되었는데요, 지금 생각해 보면 게임이나 책 읽기 등도 괜찮은 거 같은데, 왜 그렇게 고민했나 생각이 드네요. 주변에 자기가 뭘 좋아하는지 모르겠다는 사람에게 너무 부담스럽게 생각하지 말라는 말을 전하고 싶네요.

다음으로는 '모두 같은 빛'에 관한 이야기입니다. 제가 처음 주제를 받았을 때 정말 곤란했는데요. 제가 여태껏 주제를 받으면 바로 아이디어가 떠올라 그 아이디어를 쭉 밀고 가는 스타일인데요, 다문화라는 주제를 듣고는 다음날이 되도록 떠오르는 게 없던 기억이 있습니다.

사람이라면 아무리 의식한다 해도 어쩔 수 없이 첫 만남에는 선입견이 생겨 여러 생각을 가질 수 있는데요. 겉보다는 내면을 보는 주인공이 흑인 브라이언이 전학을 왔지만 친구들과 별일 없이 잘 어울리는 이야기로 다문화 가정도 특별함 없이 일상이 되어 평화롭게 어울려 살아가자는 뜻을 전하고 싶었습니다.

이렇게 제대로 된 글을 써 보며 많은 추억과 경험을 쌓고. 훗날 제 글을 읽고 손발이 오그라들지도 모르지만, 그래도 후회없는 글을 쓴 것 같습니다.

다시 한번 제 글을 읽어주셔서 감사합니다.

유쾌상쾌 김유상이었습니다.

| 인생 연주 |

하늘

안훈석

혼란스러운 지상에 비해, 하늘은 놀라울 정도로 고요했다. 나는 항상 아침의 하늘을 보며 이런 생각을 하곤 한다. 하늘의 분위기는 뉴스와 너무나도 다르다.

이런 생각을 하곤 한다. 나는 허구한 날 기타나 치고 있는, 음악의 길에 들어서려 아버지와 담을 쌓은, 미야자키현에 살고 있는, 어디서나 볼 수 있는, 평범한 무명 작곡가이다. 규동가게에서 아르바이트해 번 돈으로 입에 풀칠하며 살아가고 있다.

어느 날, 시간이 남아돌아 기타도 치기 싫은 날, 나는 남은 돈으로 커피나 홀짝이러 카페에 갔다. 라떼를 시키고 가만히 앉아 지금까지의 인생을 돌아본다. 전선으로 뜨개질 되어 있는 것 같은 도시의 하늘, 내 한국에서의 하늘 풍경은 그것이 전부였다.

정확한 기억은 아니지만, 그때 아버지의 기타를 받아 음악을 처음 시작했던 것 같다. 일본인 아버지와 한국인 어머니에게서 태어난지라 중학교 때까지 한국에서 살았다. 한국의 초등학교 생활은 마냥 행복하지는 않았다. 뚱뚱하고 살찐 학생 하나와 그 무리들이 날 일본인이라며 무시하며 괴롭혔다. 항상 그랬다.

그럴 때마다 난 집구석에 틀어박혀 아버지에게 받은 기타를 연습하곤 했다. 펜더 기타라고 하던가. 82년에 만들어졌다고 하던데 그때까지만 해도 왜 이렇게 오래된 기타를 쓰는지 몰랐다. 기타를 칠 때면, 기타에 몰입할 때면, 그때만큼은 모든 걸 잊어버릴 수 있었다.

초등학교를 졸업하고 중학교에 들어선 날 다행히도 그 뚱뚱한 친구는 없었지만, 그 무리들 중 하나가 인수인계를 받은 것마냥 괴롭힘을 이어나갔다. 다문화라는 이유만으로 항상 무시당하였다. 하지만 여전히 기억한다. 하늘이 기분 나쁘게 우중충한 어느 날, 괴롭힘당하고 있는 나를 손가락이 거미같이 긴 한 친구가 막아주었다.

"고마워."

어색하고 작은 목소리로 감사를 표한다.

"신경 쓰지 마."

거미손 친구가 답했다. 뭐에 신경 쓰지 말라는 건가. 이해가 제대로 가지 않았지만 아마 고마움을 표하지 말라는 것이리라. 다음 날에도, 그다음 날에도 그 친구는 날 지켜주었다. 나와 그 친구는 서로 친해지고 싶은 눈치였지만, 대화를 할 타이밍을 잡지 못해 야속하게도 계속 시간만 흘러갔다.

중학교 축제 날, 밴드 공연을 봤었다. 다른 공연은 관심 없지만 기타를 치는 입장이기에 밴드부의 공연만큼은 선정 곡은 무슨 곡인지, 기타는 무슨 브랜드인지 보고 싶은 마음이 앞섰을 것이다. 앞서 공연한 친구가 나가고, MC가 무대 위로 오른다.

"다음 공연은, 학교에서 가장 오래된 그룹이죠! 역사 깊은 '스카이'입니다!"

밴드부 네이밍 센스 한번 끔찍하다. 역사가 깊은 밴드이니만큼 이름도 오래됐을 것이다. 실력은 둘째치고 이름부터 고쳐야겠다고 혼자 생각했다. MC의 말이 끝나자마자 사람들의 박수 소리와 함께 거대한 마셜 앰프를 배경으로 한 무대가 어두컴컴해지며 사람 형상이 하나둘 올라온다. 관중석에 앉아 있는데도 공기가 무겁다. 밴드부들도 분명 느끼고 있을 것이다. 첫 곡이 시작되었다. 처음 곡은 '호텔 캘리포니아'이다. 꽤 난이도가 있는 곡으로 기억한다. 기타 솔로가 무려 2분이나 되는 곡이라 기타의 부담감이 더욱 심할 것이다. 이 곡에 대해 덧붙여 설명하자면,

그다음 곡은 마마무의 데칼코마니가 나왔다. 이 곡을 듣던 도중, 나는 생각했다.

'아, 이건 노래 선택 과정에서 저기 여자 보컬이 이겼구나.'

하지만 관중들의 호응으로 봤을 때 전혀 나쁘지 않은 선택이었다. 아니,

탁월한 선택이었다.

기타를 자세히 보니 아이바네즈이다. 일본 '호시노 악기사'의 주 수입을 담당하는 효자 브랜드이다. 도대체 누가 저렇게 악기 선택의 학문적 그릇이 넓은가 하며 자세히 무대를 살펴보니, 나를 항상 챙겨줬던 그 친구다. 그 친구는 무대에 올랐을 때만큼은 그 어느 것보다 빛나 보였다. 그때부터였다. 나도 한번 해 보고 싶었다. 밴드부를. 나도 느껴보고 싶었다. 저 무거운 압박감을 몸소 느껴보고 싶었다. 밴드부의 공연이 끝난 이후, 화장실을 가던 도중 그 친구의 모습이 보였다. 오늘이야말로 말을 걸어 대화를 나누어 볼 것이다.

"안녕."

내가 말을 걸었다.

"안녕."

친구가 말을 되받아쳤다.

'…….'

의사소통이 왜 이렇게 엿가락처럼 딱딱 끊기는지 곰곰이 분석해 보았지만, 역시나 둘 다 극심한 내향인인 것이 문제다.

아마 이때를 놓치면 대화할 기회가 그리 많이 없을지도 모른다. 내가 말을 이어나가기로 했다.

"… 너 기타 쳐?"

"응."

순간 그 친구의 눈이 반짝거렸다. 관심사가 나오면 대화를 적극적으로 하는 성격인 것 같다.

"기타 잘 치더라."

친구의 기분을 한층 띄워 준 후에, 관심사 대화를 시작해 본다.

"기타 어디서 샀어?"

"그냥 온라인 악기점에서 산 거야."

"그거 아이바네즈지? 좋은 기타야."

"너도 기타 쳐?"

"응, 아버지께 받은 기타로 어릴 때부터 연습하고 있어."

몇 번의 시시콜콜한 대화가 끝난 후 밴드부에 들어가기 위해 본론으로 들어간다.

"혹시 밴드부 기타에 자리 남아?"

"몇 자리 남긴 해. 들어오려고?"

"응, 옛날부터 밴드에 많은 관심이 있어서…."

압박 면접과 같은 느낌을 받은 탓에 나도 모르게 말끝을 흐렸다.

"기타 옛날부터 친다고 했지? 칠 수 있는 곡 있어?"

"꽤 있어. 네가 곡 정해 주면 연습해 올게."

"곡은 자신 있는 거로 연습해서 오면 되고, 7일 금요일에 점심시간에 음악실에서 만나자. 기타는 너 걸 직접 들고 와도 좋고, 들고 오기 귀찮으면 음악실에 있는 기타로 쳐도 괜찮아."

"알겠어."

내 경험에 따라 잡담을 좀 해보자면, 음악실에 있는 악기들은 대개 상태가 좋지 않다. 그래서 자기 기타를 들고 와 곡 연주를 하는 것이 좋다.

'밴드부의 부원들이 실망하지 않도록 연습을 철저히 해야겠다'

생각해 보니, 나는 사람들 앞에서 제대로 연주해 본 적이 없다. 그건 확실히 단점이다.

"어?"

연주에 정신이 팔린 나머지, 밴딩하는 도중 줄이 끊어져 버렸다.

"큰일났네."

급한 마음으로 찬장을 뒤져보니, 남은 기타줄이 없다. 어쩔 수 없이 악기점까지 가야 한다. 마치 학원에 가는 아이처럼. 인터넷에서 리뷰가 좋은 악기점을 찾아보았다.

"안녕하세요."

"후… 안녕하세요."

직원이 불청객이라도 찾아온 듯 퉁명스럽게 답했다.

"여기 엘릭서 브랜드 줄 파나요?"

"네, 저쪽 가보시면 있어요."

"이거… 여러 종류가 있는데 이 둘 중에 뭐가 좋은가요?"

직원의 귀찮은 말투와 한숨을 감수하고 질문을 했다.

"여기 폴리웹은 엘릭서 줄 중에 코팅이 가장 잘 되어 있어 잘 미끄러지고, 나노웹은 폴리웹보다 코팅이 좀 덜 되어 있어요. 특히 이 줄은…."

직원이 웬만한 제품의 설명서보다 상세하게 설명해 주고 있다. 나는 잠깐 혼란스러웠다. 손님 응대가 만사 귀찮은 듯한 그 기분 나쁜 말투는 도대체 무엇이었나.

"아, 그럼 폴리웹으로 주세요."

"넵."

얼마 걸리지 않아 직원이 내 기타를 들고 한번 스트로크를 한다.

"일단 줄은 다 갈았고요. 32,000원 결제 도와드리겠습니다. 서비스로 지판 청소와 바디 청소까지 했습니다."

그쪽 점원은 꽤 불친절했다. 하지만 서비스는 매우 훌륭했다. 퉁명스러운 말투는 사투리가 심했던 걸로 믿어 주기로 했다. 그렇게 하루가 지나 드디어 밴드부 입단 시험 날이 다가왔다. 너무 긴장되어 점심은 먹지 않기로 했다. 곧바로 내 기타 가방을 메고 음악실로 들어간다. 문이 열리는 시끄러운 소리가 들리자, 부원들이 일제히 나를 바라보았다.

"그… 밴드부 면접…."

"아, 어서 와. 기타 들고 왔네? 준비되는 대로 엠프 연결하고 연주하면 돼. 혹시 반주 필요하면 말하고."

케이블로 엠프와 기타를 연결한다. 전원 버튼을 켜자, 엠프에서 나오는 미세한 잡음이 나를 더 긴장하게 만들었다.

"시작할게."

잔잔한 드럼 반주를 핸드폰으로 켰다. 이번에 내가 칠 곡은 존 메이어의 'Everyday I have the blues'이다. 예전에 입시생이 이 곡을 입시용 곡으로 정해 연주하는 동영상이 생각났다. 블루스에 어울려 블루스 연주자들이 애용하는 내 펜더 기타로 잘 치기만 한다면 부원들에게 꽤 인상에 남을 것이다. 잠깐 실수를 하긴 했지만 별로 유명한 곡도 아니고 나의 표정 변화도 거의 없어 알아차리지 못했을 것이다. 연주가 끝나고, 부원들의 박수 소리와 대화를 나누는 소리가 들렸다. 그 친구가 앞으로 다가와 나에게 말을 걸었다.

"잘하네. 잘못하면 내 자리 빼앗길 수도 있겠는데?"

내 긴장을 풀어주고자 가벼운 농담과 합격 소식을 함께 전해 준다. 나는 더할 나위 없이 행복했다. 남은 학기 동안 우리는 함께 합주했다. 우리는 함께 웃고 떠들었다. 나는 내가 살아 있음을 느꼈다. 이때부터였다. 밴드부를 하며 음악가라는 꿈이 피어나게 되었던 것이. 솔직히 말하자면, 이때까지 나는 이렇다 할 진로가 정해지지 않았다. 부모님은 나에게 의사가 되라고 하지만, 그건 절대로 내 꿈이라고 할 수 없지. 눈 깜짝할 사이에 시간이 빠르게 흘러 중 3이 되어 있었다. 교복 맞춘 게 진짜 엊그제 같은데.

"오늘도 연습 열심히 해야지?"

나와 그 친구는 한층 더 친해져 있었고, 항상 같이 붙어 다녔다. 매일매일. 여러 달이 지나고, 어느덧 축제 날이 다가왔다. 내가 그 녀석을 제대로 볼 수 있었던 그날, 그 무대에서 밴드부로 공연을 하게 된다. 몇 개월 전까지만 해도 나도 수많은 관중 중 하나로 내 중학교 생활을 마칠 것만 같았다.

"우리 곡부터 정해야 해."

"무슨 곡?"

"우리 축제 날 공연할 거 있잖아."

"아."

"두 곡 해야 하는데 '한 페이지가 될 수 있게'는 어때? 난이도도 적당하고 밴드부들이 많이 하는 곡이야."

"좋네. 다른 한 곡은?"

"낭만고양이?"

썩 내키지는 않았지만, 해외 밴드를 추천했다간 반응이 좋지 못할 것 같아 해외 밴드로 하자는 의견을 간신히 참았다. 생각해 보니 작년에 연주했던 호텔 캘리포니아도 관중들 반응이 썩 좋진 못했지.

"이제부터 점심시간에 연습할 거니깐 음악실로 와."

밴드부 부장이 된 친구의 말을 끝으로 회의는 종료되었다.

"너네들 내일이 축제 날인 거 알지? 컨디션 관리 잘하고."

밴드부를 담당하는 선생님이 말한다.

"내일이 벌써 공연이었나? 별로 합을 맞춰보지도 못한 거 같은데."

축제 공연의 흐름은 예전과 다를 바가 없었다. 앞서 공연한 친구가 나가고, MC가 무대 위로 오른다.

"다음 공연은… 학교에서 가장 오래된 그룹이죠! 역사 깊은 '스카이'입니다!"

다시 들어도 끔찍한 네이밍 센스가 돋보인다.

"내년에 일본으로 넘어간다며?"

그 친구의 말을 듣고 아버지의 말이 희미하게 떠올랐다. 아버지가 내년에 일본으로 다시 돌아가 살 거라고 했었지. 그러곤 친구에게 그 사실을 한탄했었다.

"맞아."

"그럼, 고등학교에선 못 보겠네."

"연락하면 되잖아."

"맞긴 해."

"아, 맞다. 이거 받아."

무언가를 휙 던져준다.

"너 기타리스트 스티브 바이 좋아한다고 했었지? 그 사람 시그니쳐 피크 몇 개 구했어."

"고마워. 다음번엔 시그니쳐 기타로 부탁할게."

나는 곧 떠난다는 아쉬움을 달래고자 친구에게 농담 아닌 농담을 던졌다. 그날은 정말로 하늘이 맑았다.

내 중학교 이야기는 이렇게 끝이 났다. 잔잔한 음악이 들리는 카페에서 라떼나 홀짝이며 옛 생각을 잠깐 해본다.

에필로그

안훈석

안녕하세요 '나의 인생사', '하늘'을 쓴 안훈석입니다. 먼저 부족한 저의 글을 읽어주신 독자분들께 감사의 말씀을 전하고 싶습니다. 24년 글쓰기의 주제는 '내가 최애하는 것'과 '다문화'에 관한 글을 쓰는 것이었습니다. 주제가 정해지고 나서부터 최애하는 것을 먼저 썼었는데, 주제를 있는 그대로 이해해 버려 저 자신이 좋아하는 것을 내용으로 한 수필로 만들어버렸습니다. 좋아하는 장르의 소설을 써도 된다는 것을 알아차리고 후회하기도 했지만, 이 수필을 쓰며 진정한 내가 무엇인지, 반대로 내가 싫어하는 것은 무엇인지에 대해 곰곰이 생각해 보며 나 자신과 오랜 시간 동안 대화해 자신을 성찰해 볼 수 있었던 좋은 기회가 된 것 같습니다. 또한 이 글을 적음으로써 동아리는 중요하지 않게 생각했던 제가 책임감을 가지고 그린비에 있다는 것을 새삼 느낄 수 있게 되었습니다.

학기 초, 자유소설을 작성할 때 5줄 정도 쓰다가 막혔던 글이 있었습니다. 이 뼈대만 잡은 소설의 내용 속에 도대체 무슨 교훈을 넣어야 할지, 무슨 의도로 글을 작성해야 할지 도저히 떠오르지 않았기 때문입니다. 시간이 지나 나중에 다문화 주제가 정해졌을 때, 아이디어가 떠올라 학기 초 썼던 소설의 주인공의 설정을 다문화 학생으로 바꿔 작품을 내보자는 생각을 했습니다. 그리고 이참에 앞서 소설로 쓰지 못한 '내가 최애하는 것'을 다문화 소설 내용에 같이 넣어 이왕 적는 거 내가 적고 싶은 것을 후회 없이 작성하자고 다짐했습니다. 그래서 다문화 주제 덕분에 글의 전체 내용과 글에 담긴 의도를 생각해 낼 수 있었습니다.

소설 '하늘'은 제가 좋아하는 요소인 밴드, 일렉트릭 기타와 다문화를 결합해 소설을 만들어 냈습니다. 독자분들 중에 밴드와 기타에 관심이 있는 분들이라면 제가 쓴 요소들을 보고 생각하며 글을 한층 더 재미있게 읽으실 수 있을 것 같습니다. 소설 '하늘'에서 주인공은 일본인 아버지와 한국인 어머니의 혼혈로 태어났습니다. 주인공은 어릴 때 아버지에게 받은 일렉기타로 외모의 다름과 철없는 아이들의 놀림으로 인한 서러움을 달랩니다. 사람이 무언가에 열중하면, 고통스러운 것을 자신도 모르게 잊어버리기도 합니다. 그러던 도중에 어느 날 나타난 친구의 도움으로 이야기가 전개됩니다. 주인공은 자신을 도와준 친구가 평소 관심있던 학교 밴드의 부원이었던 것을 알아차리고, 친구로서의 우정을 쌓아나갑니다. 뻔한 전개이지만, 제가 이런 전개를 고른 이유는 우리가 콜라를 먹는 이유와 같습니다. 맛이 어느 정도 예상되지만 구하기 쉽고, 안정성 있으며, 맛있기 때문입니다.

작년에 가끔씩 내가 직접 소설을 써 보면 어떨까? 라는 생각을 하곤 했었습니다. 이 동아리에 들어오고 나서 생각으로만 끝날 줄 알았던 저의 작은 생각이 현실로 이어져 더할나위없이 흥미롭고 기쁩니다. 이 글을 보고 계신 여러분들도 자기가 하고 싶은 재미있는 생각이 갑자기 떠오른다면 지금 바로 실행에 옮겨 보는 것도 나쁘지 않을 것 같습니다. 나비 효과처럼 여러분의 인생을 긍정적인 방향으로 송두리째 바꿀 수 있을지도 모르며, 무엇보다 그 나이대에만 할 수 있는 귀중한 경험을 바로 해볼 수 있어 후회 없는 삶을 살 수 있을지도 모르기 때문입니다.

마지막으로 글을 마치며 저를 이 길로 걸을 수 있게 만들어주신 동아리 선생님께 감사의 말씀을 전하며, 계속 나아갈 수 있게 만들어준 2024년 그린비 친구들에게 감사의 인사를 전합니다.

조지 스티니

최현석

1

“아빠, 오늘만 친구들이랑 놀면 안 될까요?”

“안 돼, 스티니. 원래 농사를 돕던 토마스 씨가 감기가 심하게 들어버렸어. 다른 사람들도 각자 할 일이 많아 도움을 청하기도 힘들다. 그러니 토마스 씨가 감기가 다 나을 때까지만 아빠를 도와주렴. 다 우리 가족이 잘되자고 하는 일이잖냐.”

“하지만 캐서린은 일을 돕기는커녕 놀기만 하잖아요!”

“캐서린은 아직 어리잖니. 스티니, 14살이나 됐으면 이제 투정도 그만부릴 줄 알렴. 그만 떼쓰고 빨리 끝내고 가자. 너도 일을 오래 하는 건 싫잖아?”

사우스캐롤라이나주의 작은 마을 알콜루, 태양이 막 떠오르기 시작할 무렵 한 부자는 농사일 때문에 오두막에서 옆 논밭으로 나왔다. 곧 옥수수 종자를 뿌려 농사를 시작할 시기여서 김매기를 해야 했다. 조지네는 옥수수 농사를 하고 농작물들을 팔아 생계를 유지하는 대대적인 농부 집안이었고 가족 모두 농사일을 도왔다.

“오빠, 오늘도 흙먼지 먹으며 열심히 일해야겠네? 그러다 피부가 더 까매지는 거 아니야?”

스티니의 동생 캐서린이 오두막에 있는 그네를 타며 얄밉게 굴었다.

“옆 백인 동네에서 네 피부색이 석탄보다 까맣다고 소문이 자자하니까 입 다물어, 캐서린.”

스티니가 되받아쳤다. 당시 미국 알콜루 마을은 백인과 흑인 동네가 철로로 나뉘어져 있었다.

"스티니, 거기서 놀지 말고 빨리 와! 할 일이 많다. 아빠가 밭에 있는 나머지 잡초들을 뽑을 테니까 너는 오두막 왼쪽 편 창고에 세워둔 쇠스랑을 들고 잡초를 뽑는 곳을 따라서 밭을 갈아. 잘할 수 있지?"

"네, 알겠어요…."

스티니가 힘없이 중얼거린다.

"이 녀석아, 이왕 할 거 고개 들고 어깨 좀 펴고 그래라. 꼴이 그게 뭐니?"

"농사일을 도와봤자 힘들기만 힘들지 좋을 게 뭐가 있어요? 좋을 게 있어야 고개를 들든 어깨를 피든 해서 힘을 낼 거 아니에요!"

평소보다 더 투정을 부리는 스티니의 모습에 그의 아빠는 당황했다. 생각해 보니 꽤나 일리 있는 말이었다. 게다가 평소 농사일과 부업 때문에 스스로가 스티니에게 너무 무신경했고 캐서린만 이뻐했던 것 같단 생각이 들었다.

"이 녀석 봐라…. 그럼 이 아빠가 농사일을 제대로 도와서 일을 끝마치면 선물을 주마. 너 평소에 라디오를 갖고 싶어 했지? 옆집 존이 들고 다니는 걸 보고 홀딱 반했댔지. 그 비싼 라디오에 빠지다니 보는 눈은 또 높아. 좋아, 토마스씨가 다 나을 때까지 투정 부리지 않고 아빠를 잘 따른다면 라디오를 하나 사주마!"

"정말요? 감사해요. 아빠!!"

스티니가 기뻐 소리쳤다.

"대신 너도 아빠 말을 잘 안 따른다면 선물은 없는 거다? 약속 지켜!"

"당연하죠. 라디오를 위해서라면 공중제비를 100바퀴도 돌 수 있겠는걸요!"

"농담하지 말고 어서 쇠스랑을 들고 와서 밭을 갈아라. 오늘 할 일이 많단다."

"네!"

스티니가 신나 춤을 추며 쇠스랑을 가지러 간다. 그런 스티니의 모습을 보는 아버지는 흐뭇한 미소를 지으며 잡초를 하나둘씩 뽑아 옆 포대에 담는다.

스티니는 창고에 가는 길에 못 보던 두 백인 소녀가 바구니가 달린 클래식한 자전거를 타고 어디론가 향하고 있는 걸 보았다. 두 소녀는 서로 자매처럼 보였는데, 언니는 자전거 페달을 밟고 있었고 동생은 자전거 안장 뒤에 있는 짐받이에 앉아서 언니의 허리를 팔로 두르고 있었다. 둘은 모두 스티니보다 조금 어려 보였다.

"안녕, 처음 보네. 너희들 어디 가니?"

"안녕, 난 동생이랑 꽃을 찾으러 다니고 있어. 내가 사는 곳에선 볼 수 없는 꽃이 이 근처에 있다고 해서 왔어. 나랑 동생은 꽃에 관심이 많거든."

자매 중 언니가 자전거를 멈춰 세우곤 대답했다.

"그래? 어떤 꽃을 찾는데?"

"재스민이야! 신의 선물이라는 뜻을 가진 페르시아어에서 유래됐다는데 신기하지 않아? 너도 같이 보러 가자!"

소녀의 동생이 신나 보이는 표정으로 대답했다.

"나도 그러고 싶지만 아쉽게도 오늘은 아빠의 농사일을 도와야 해서 안 될 것 같아. 난 신의 선물보다 아빠의 선물이 더 좋거든. 게다가 흑인과 백인이 함께 놀다니, 어른들이 보면 까무러칠걸?"

"그래? 마르그 공원이라서 여기랑 별로 멀지도 않은데 잠깐도 안 돼?"

"응, 안 돼. 나를 위해서라도 꼭 농사일을 도와야 하거든. 그런데 마르그 공원?"

스티니의 표정이 삽시간에 굳어졌다.

"왜 그래?"

"못 들었구나. 최근에 마르그 공원에서 버크라는 백인 남자 때문에 이 주변 지역에 흉흉한 소문이 퍼졌거든. 그 사람이 평소엔 정상적인데 술만 먹으면 개가 된대. 사람들을 때리는 건 기본이고 죽이기까지 했다는 소문도 있어. 거긴 가지 않는 게 좋을 거야. 특히 그 남자가 어린 여자아이를 좋아한다는 소문도 있어."

"에이~ 난 또 뭐라고, 그건 나도 이미 알고 있어. 그런데 설마 이른 아침부터 술을 마시고 있겠어? 게다가 그 사건뿐 아니라 거긴 강도가 많아서 최근부터 경찰들이 계속 순찰을 돈대. 그래서 범죄자들도 많이 줄었고 말이야. 그리고 설마 내가 안 좋은 일을 당하겠어?"

언니가 말했다.

"하지만…."

"걱정하지 마, 금방 다녀갈 거니까. 그럼 우린 갈게. 만약 또 이 근처로 올 일이 있으면 이곳에 들를 테니까 같이 놀자. 어른들이 뭐라 하든 그런 건 신경 쓰지 마! 그럼, 아버지 일 열심히 도우렴. 다음에 보자."

언니가 명랑한 태도로 딱 잘라 말했다.

"피부색이 이상한 오빠, 다음에 보자."

뒤에 앉은 동생이 해맑게 웃는 표정으로 손을 흔들며 스티니에게 작별 인사를 전했다. 스티니로선 그녀들을 막을 근거가 없었다. 그가 들은 건 소문일 뿐 뭐 하나 확실한 건 없었기 때문이다. 하지만 스티니는 얼마 지나지 않아 그녀들을 말리지 못한 그때를 뼈저리게 후회한다.

2

다음 날 아침 마을 전체가 떠들썩했다. 그날 신문 헤드라인에는 이렇게 적혀 있었다. 마르그 공원에서 두 백인 소녀, 외음부가 심하게 손상된 채로 사망. 현재 경찰 조사 중. 그 시각 조지네 가족들은 함께 저녁을 먹고 있었다.

"허 참, 세상이 흉흉하군. 캐서린, 너도 조심해라."

아침 식사를 하며 신문을 읽는 스티니의 아버지가 말했다.

"무슨 일인데요?"

캐서린 옆에서 우물거리며 스티니가 물었다.

"저기 언덕 너머에 있는 큰 배수구 알지? 그곳에서 소녀 둘의 시체가 발견됐다더라. 두개골이 부서져 있었고, 심지어 외음부가 심하게 손상된 걸로 보니 성폭행까지 당한 것으로 경찰이 추정한다더구나. 어린아이들에게 어째서 이런 일이 닥쳤을꼬…."

그 두 소녀가 어제 자신이 본 소녀들임을 직감한 스티니는 그 말을 다 듣기도 전에 심장이 철렁 내려앉았다. 어제까지만 해도 해맑은 미소로 꽃을 찾으러 다니고 자신과 대화한 소녀들이 다음 날 죽다니. 그런 소녀들을 살릴 기회가 나에게 있었음에도 막지 못했다니! 어린 소년에게는 너무나 큰 충격이었다. 스티니는 충격과 죄책감에 몸을 떨었고 숨도 제대로 쉬지 못하며 속으로 신음했다.

"스티니, 왜 그러니?"

아버지가 그런 스티니를 보곤 당황한 것도 잠시, 조지네 오두막의 현관문을 누군가 세게 두드렸다. 쾅쾅쾅! 소리가 그치고 문 너머로 중저음의 목소리가 들려왔다.

"경찰 조사로 왔습니다. 문 좀 열어 주시죠."

스티니의 아버지는 문을 열곤 말했다.

"무슨 일이시죠?"

"혹시 어제 아침 7시경 자전거를 타고 이곳을 지나가는 두 백인 소녀를 보신 적 있으십니까? 7살과 11살쯤 되어 보이는 소녀 말입니다. 두 소녀 모두 금발을 하고 있었습니다."

한 명의 젊은 백인 경찰이 말했다.

"저는 없습니다만, 스티니! 혹시 어제 아침에 이곳을 지나가는 백인 소녀 둘 못 봤니?"

"… 봤어요."

스티니는 눈물을 흘리며 대답했다.

스티니를 제외한 조지네 가족과 경관 모두 놀랐다. 캐서린은 넘기던 빵이 목에 걸려 캑캑거렸다.

"경찰 아저씨, 정말로 그들이 죽었나요?"

그가 훌쩍이며 물었다.

"안타깝지만 그렇지."

경관이 대답했다.

"저도 이 사건 해결을 위해서 도울게요. 사건 조사에 저도 같이 데려가세요."

"안 그래도 그럴 생각이었다. 아버님, 잠시만 아들을 데려가겠습니다."

"예, 그렇게 하시죠. 그런 끔찍한 사건을 저지른 자는 꼭 벌을 받아야 하니까요."

경관은 스티니의 아빠와 악수를 하고 보안상 문제 때문에 스티니와 같이 바깥에 세워진 경찰차에 올라탔다.

"안녕, 스티니. 내 이름은 매튜 제이 스콧이다. 줄여서 그냥 스콧 경관이라고 불러. 그래서 그 소녀들이랑 너랑 무슨 관계고 무슨 일이 있었지?"

스티니는 마치 더러운 것이라도 만진 양 눈살을 찌푸리고 물티슈로 자신의 손을 닦으며 말했다.

"그녀들이랑은 어제 처음 만났어요. 그게 마지막이 될 줄 몰랐지만요. 아빠의 농사일을 돕고 있다가 우연히 꽃을 찾으러 다니는 그녀들을 만났고 잠깐 이야기를 나누었어요. 그녀들은… 크흡"

스티니는 말을 다 잇지 못하고 눈물을 쏟아냈다. 그를 본 경관은 새로운 물티슈를 뽑아 그에게 건네며 천천히 말해도 된다고 타일렀다. 울음을 그치고 스티니는 말을 이었다.

"죄송해요, 스콧 경관님. 재스민을 찾으러 마르그 공원에 간다고 했어요. 아마 마르그 공원에서 재스민이 핀 곳에서 납치되고 불상사를 당했을 거예요. 제가 아는 건 이 정도예요."

"그래, 고맙다. 스티니, 이제 가 봐도 돼."

스티니는 집으로 돌아갔다. 경관은 급하게 창문을 열고 환기를 했다. 흑인과 함께 밀폐된 공간에 있었다는 사실에 소스라쳤다. 그러곤 혀를 차며 중얼거렸다. 혐오스러운 족속들.

3

"아직도 범인을 못 잡았어?"

경찰팀장 행콕이 황색 종이 파일을 스콧의 얼굴에 집어 던지며 소리친다.

"죄송합니다."

"죄송하면 다야? 아니, 그 말만 지금 몇 번째야? 지금 위에서 나한테 얼마나 많은 압박이 들어오는지 알기나 해? 범인을 잡으라고 난리라고!"

검지를 위로 치켜들면서 소리친다. 화를 내니 홀딱 벗겨진 그의 하얀 머리가 점점 빨개진다.

"……."

스콧은 침묵한다.

"범인이 잡히지 않아서 시민들이 경찰과 이 지역 관료들을 탓하고 있어. 한시라도 빨리 범인을 잡아야 해! 만들어서라도! 안 그러면 너나 나나 나가리야!"

"……."

그는 여전히 침묵한다.

"후, 그래서 동네 집 곳곳을 돌아다니면서 얻은 단서가 뭐야?"

행콕은 흥분을 가라앉히곤 자리에 앉아 물었다.

"스콧에 따르면 어떤 한 흑인 소년이 아침에 피해자들이 마르그 공원으로 향하는 걸 목격했답니다."

"정말? 계속해 봐."

"그 소년은 두 소녀가 재스민을 찾으러 마르그 공원에 갔다고 말합니다. 그래서 제가 그 주변 집들을 모두 돌아다녔는데…."

"꽃 재스민?"

"네, 그렇습니다. 범인으로 의심되는 자가 한 명 있었습니다. 그자는 거짓 알리바이를 제공했으며 그 지역에서는 술주정뱅이이자 틈만 나면 범죄를 저지르는 전과자이자 어린애를 좋아하는 특이 취향으로 소문이 자자하답니다. 그 마을 사람들은 이미 그를 범인이라고 생각하는 모양이더군요."

"마르그 공원이라, 이름이 께름칙해서 바꾸자 했건만 결국 그곳에서 사건이 터지는군. 그자의 이름은?"

"버크라고 합니다."

"잠깐만, 범인으로 의심되는 버크가 마르그 공원 주변에 산다고? 혹시 풀네임이 제임스 앨런 버크고?"

"아니, 그걸 어떻게 아셨습니까?"

행콕이 깜짝 놀랐다.

"우라질. 너 제임스 가문 알지?"

"모르는 사람이 있겠습니까. 유명한 이 근방 거물 백인 가문 아닙니까?"

"네가 범인으로 의심하고 있는 사람이 그 가문 우두머리의 직계라서 우린 그를 연행하지 못한다. 일이 이렇게 꼬이다니…."

서장은 양손으로 머리를 짚고 한숨을 푹 내리 쉰다.

"그럼, 저희는 어떻게 해야 합니까? 현장엔 증거도 없고 유일한 용의자조차 연행하지 못하다니…."

스콧은 힘이 빠진 채 서 있었고 행콕은 손으로 머리를 짚고 있는 상황 속에서 마치 시간이 얼어붙은 듯 적막이 흘렀다.

잠시 후 서장이 먼저 적막을 깨고 말했다.

"스콧, 한 가지 방법이 있다. 범인을 못 잡으면 범인을 만들면 되는 거 아니겠어? 아까 피해자를 본 소년이 흑인이라고 했지?"

"네, 그렇습니다만."

"그 녀석을 범인으로 만들자. 다른 사람이라면 모르겠으나 흑인이라면 범인으로 만들기 쉬울 거야. 그 족속들이 범죄를 저지르는 게 하루 이틀이 아니니."

"하지만 알리바이 상으로 그 소년은 피해자들이 지나가는 것을 봤을 뿐 그 이후로 쭉 아버지의 농사일을 도왔습니다."

"자네 내 말을 이해 못 하나? 제임스 가문에 이 소식을 알려서 그들이 우리와 협력한다면 소년을 범인으로 몰아가는 건 식은 죽 먹기다. 알리바이가 좀 어긋나더라도 판사, 배심원, 경찰들까지 모든 것이 그 소년을 범인이라고 지목하는데 자신이 범인이 아니라는 흑인 소년의 말이 얼마나 효력이 있을까? 게다가 그의 이웃들은 돈을 먹여서 조용히 시키면 되는 거 아니겠어? 자네 생각은 어떤가?"

행콕이 조금 화색이 도는 얼굴로 스콧에게 물었다.

"하지만… 그건 경찰 된 도리가 아니지 않습니까? 비록 그 대상이 흑인 소년이더라도 범인이 아닌 자를 범인으로 모는 건 저는 못하겠습니다."

이 말을 들은 행콕이 자리에서 벌떡 일어나서 말한다.

"이런 상황에서도 경찰 된 도리를 따지다니 멍청한 녀석. 가족 생각은 안 하나? 자네 부모가 남겨놓은 빚 때문에 허덕이면서도 열심히 돈을 벌었지만, 쥐꼬리만한 경찰 봉급으로 겨우 이자만 갚고 있지 않나? 만약 자네가 이 기회를 놓친다면 신이 돕지 않는 한 네 자식들도, 그 자식의 자식들도 평생 자네처럼 살 거야. 잘 생각해 봐. 이 상황에선 우리가 갑이고 제임스가는 을이다. 여러 거짓 증거들을 보여주면서 버크가 범인으로 확정 났다고, 만약 금전과 협력을 제공하지 않는다면, 이 사실을 세간에 퍼트리겠다고 협박하면 우리 모두가 행복해질 수 있어. 단지 흑인 소년 한 명의 희생만으로 말이야. 자네는 빚을 청산하고 돈 걱정에 시달리지 않는 평화로운 가정을 꾸릴 수 있고 나는 은퇴 후 아내와 안정된 노후를 지낼 수 있겠지. 유가족에게 또한 당장의 절망적인 상황에서 범인을 검거했고 범인이 죗값을 치렀다는 사실이 조금이나마 위안이 될 수 있어."

서장은 격양된 상태로 말하다가 잠시 숨을 들이마시곤 계속 말을 이어나간다.

"반대로 생각해 봐, 스콧. 말했다시피 자네와 자네 후손들은 계속해서 빚에 허덕이는 생활을 이어나가고 나 또한 여유 자금이 없어서 암 같은 큰 병이라도 찾아오면 병원에도 못 가고 죽을 거야. 유가족에게는 범인이 그런 흉악한 짓을 저질러 놓고도 죗값은커녕 호의호식하며 잘살고 있다는 사실이 하루하루 절망적으로 다가올 거다. 자, 무엇이 옳지? 어쩔 거냐? 스콧?"

행콕은 거칠게 숨을 내쉬다가 다시 자리에 앉아서 스콧을 쳐다본다. 또다시 오랜 적막이 흐른다. 적막 속에서 스콧은 결정을 내렸고 마침내 적막을 깼다.

"저는…."

스콧이 말하려는 낌새에 서장은 침을 꼴깍 삼키곤 그의 대답에 집중한다.

"저는 팀장님을 따르겠습니다."

그것이 스콧이 내린 결정이었다.

다음 날 조지네, 스티니의 아버지는 김매기 할 시간이 되자 스티니를 깨우려고 그의 방 앞으로 갔다. 쾅쾅쾅! 그때 또다시 누군가가 조지네 현관문을 두들겼다.

"예, 나갑니다."

스티니의 아버지가 문을 열었다.

그러나 문 너머에는 전과 달랐다. 스콧과 그의 팀원들을 비롯해서 꽤나 많은 백인들이 있었다. 혐오하는 눈빛으로 조지네를 바라보며 자기들끼리 쑥덕거렸다. 그들은 주변에 사는 백인들이었고 아무래도 이런 소문이 이미 퍼진 듯했다. 그 충격적인 사건의 범인은 흑인 동네의 조지 스티니다. 그가 어린 두 소녀를 성폭행하고 살해했다.

"무슨 일로 오셨습니까?"

아버지가 물었다.

"성폭행, 살인 혐의로 조지 스티니를 체포하러 왔습니다. 아드님을 데려오시지요."

스콧이 대답했다.

"아니, 그게 무슨 말입니까? 저희 아들은 그럴 리가 없습니다. 잠깐, 혹시 얼마 전 배수구에서 발견된 두 소녀 사건 말하시는 겁니까?"

아버지는 당황해하며 말했다.

"그렇습니다. 증거를 바탕으로 봤을 때 당신의 아들이 가장 유력합니다."

스콧이 말했다.

"그렇다면 더 말이 안 됩니다. 두 소녀가 죽은 날 아침 아들과 저는 김매기를 하고 있었습니다. 그 사실을 이웃들이 증언할 수 있습니다. 게다가 저희 아들은 그 사건의 범인을 찾기 위해 도왔는데 어떻게 저희 아들이 범인이라는 겁니까?"

스티니의 아버지는 너무나 황당해하며 말했다.

"그런 건 법정에서 따지시지요. 빨리 연행해."

경찰들은 조지네 집을 헤집으며 스티니를 찾았고 금방 방 안에서 아직 깨지도 않은 스티니를 발견하곤 한 쪽 다리를 잡고 바닥에 끌면서 데려갔다. 스티니의 아버지는 계속해서 스티니가 범인이 아닌 알리바이를 제시하면서 자신의 아들이 범인이 아님을 주장했지만 소용없었다. 그들에겐 논리가 통하지 않았다. 잠에서 깬 아들은 발버둥쳤지만, 아버지는 아들을 데려가지 못하도록 끌어안았지만, 다수의 경찰을 당해내지 못하고 아들을 지켜내지 못했다. 그가 할 수 있는 건 눈물을 흘리며 그의 아들이 경찰차에 연행되어 저 멀리 사라지는 모습은 뚫어져라 바라보는 것밖에 없었다. 아, 세상의 부조리 앞에서 그는, 그들은 정말이지 너무나 무력했다.

4

그로부터 81일 후, 스티니는 피고인 신분으로 재판을 받았다. 조지 스티니, 그 소년은 그동안 어떻게 살았을까. 가족은 절대 만날 수 없었고 굶는 고문을 받으며 자신이 범인임을 자백하도록 협박받았다. 그를 도울 변호사는 없었다. 자신 이외에 백인으로 꽉 찬 법원에서 홀로 스스로를 변호해야 했다. 그의 가족들은 살인자이자 성폭행범의 가족이란 이유로 핍박받으며 마을에서 쫓겨났다.

81일은 스티니를 범인으로 조작하기 충분한 시간이었다. 소녀들이 죽은 곳 근처에서 몇몇 백인들은 목격자로 법정에 들어서선 저 소년이 두 소녀를 죽였다고 증언했다. 법정은 1,000명 가까운 백인들이 차지하고 있었고 그들은 앞다투어 스티니가 범인이라는 여론을 조성했다. 그 당시 흑인들이 배심원이 될 자격이 없었고 피고인이 그렇게 혐오하는 흑인이었으니 오죽했을까. 협박당한 스티니는 결국 자신이 범인임을 자백했다. 그리고 10분도 채 안 되는 심의를 끝으로 재판관들은 스티니에게 전기의자형을 선고했다.

어느 따스한 봄날은 날씨가 너무 좋았다. 하늘은 한 점 구름 없이 푸르고 햇살은 따뜻하다. 많은 사람들이 밖으로 나와 하루를 즐긴다. 그 사람들은 아마 내일도, 모레도 삶을 살아갈 것이다. 스티니의 아버지와 캐서린은 스티니를 만나러 가는 길이었다. 스티니가 사형 집행실로 들어가기 전에 가족을 볼 수 있었기 때문이다. 아버지는 아들을 만나러 가는 길에 스티니와 또래로 보이는 아이들이 해맑게 웃으며 노는 모습을 보고는 흐느낀다. 캐서린은 아버지를 따라 그런 아버지를 쳐다보며 심란한 마음으로 울먹이며 아버지를 따라 걷는다.

사형 집행실에 들어가기 직전 약 3달 만에 스티니는 가족들과 만났다.

"스티니, 왜 이렇게 말랐어? 밥을 잘 못 먹었니?"

아버지가 말했다.

"…….."

스티니는 침묵한다.

"아빠가 미안하단다. 내가 너에게 잘해 줬으면 이런 일은 없었을 텐데. 왜 그때 널 농사일을 돕게 해서 이런 일이…."

"아빠… 정말 끝이에요? 우리 이제 다시는 못 봐요? 죽으면 어떻게 되는 거예요? 제가 왜 죽어야 하는 거예요?"

스티니의 말을 들은 아버지는 눈물을 참지 못하고 고개를 숙였다. 거친 손으로 얼굴을 가리지만 손가락 틈으로 흘러내렸다. 아버지는 흐느끼는 소리를 내지 않으려고 이를 악물었지만, 금세 펑펑 울기 시작했다. 소리를 질렀지만, 울음에 묻혀 제대로 들리지 않았다. 캐서린도 엉엉 울었다. 아버지는 스티니에게 울음을 덜 그친 상태로 말한다.

"스티니, 걱정하지 마. 네가 죽더라도 다음 생에서 우리 가족 모두 모여서 행복하게 살 거니까. 비록 우리가 가족으로 만나지 못할 운명이더라도 하나님이 억울한 너를, 우리를 불쌍히 여겨 우릴 좋은 운명으로 엮어 주실 거야. 아들아… 정말 네가 처음으로 세상 밖에 나왔을 때 얼마나 이뻤던지… 그 순간을 아직까지도 잊을 수 없지. 한순간도 너를 사랑하지 않은 적이 없었어. 비록 널 많이 혼낸 적도 있었고 네 엄마가 돌아가셨을 때처럼 힘든 날들도 있었지만, 수백 번을 다시 태어나도 네 아버지가 되고 싶단다. 사랑한다, 아들아."

캐서린도 흐느끼며 스티니에게 말한다.

"오빠, 내가 너무 못살게 굴어서 미안해. 하지만 그건 진심이 아니었어. 사실 오빠를 사랑하고 좋아하는데 부끄러워서 그랬던 것뿐이야. 매일 하나님께 우리가 다시 만날 수 있도록 빌 테니까 꼭 그러자."

그 말을 들은 스티니도 이때 동안 받은 울분을 토해내며 울기 시작했다.

그러나 그때 한 장교가 스티니를 끌고 간다. 가족들은 그에게 돌아오라고 소리 지르며 팔을 휘젓는다. 스티니 또한 그랬다. 그렇게 그들은 작별했다.

장교는 전기의자에 스티니의 팔다리를 묶었다. 하나님이 아들을, 우리 가족을 가엽게 여긴다는 아버지의 말이 무색하게도 그는 전기의자에 앉기엔 키가 작아 아래에 성경을 받치고 앉았다. 스티니는 전기의자형을 당했고 그렇게 별이 되었다. 그의 가족들은 마을에서 쫓겨나 힘들게 살았고 이따금씩 밀려오는 스티니에 대한 기억 때문에 자주 울었다. 스콧과 행콕은 많은 돈을 벌어 잘 살았다. 그들은 가끔씩 양심의 가책을 느꼈지만, 그마저도 점점 무뎌져서는 얼마 지나지 않아 기억에서 잊혔다. 스콧의 의심대로 진범이었던 버크는 여전히 술을 마시고 난동을 부렸다. 물론 당시 그는 술을 마셨기에 그가 소녀들을 죽였단 사실을 기억하지 못했다. 그리고 스티니의 아버지가 그를 위해서 사놓은 라디오에서는 이런 소리가 들렸다.

"여러분, 드디어 알콜루 마을에서 발생한 끔찍한 살인사건의 범인인 흑인 소년 조지 스티니가 검거되어 얼마 전 전기의자형으로 세상을 떠났습니다."

에필로그

최현석

안녕하십니까, '조지 스티니'와 '불쏘시개'를 쓴 성광고 학생 최현석입니다. 이번 글쓰기는 다문화와 자신의 최애를 주제로 두 가지 글에 각각 녹여내는 것이었습니다. 다문화에 대해서는 인종차별이 심했던 미국의 과거 알콜루 마을에서 일어난 살인사건의 범인으로 조지 스티니라는 이름을 가진 흑인 소년이 억울하게 범인으로 지목되어 죽음에 이르게 되는 실화를 바탕으로 그의 이름을 그대로 따 '조지 스티니'라는 소설을 만들었습니다.

예전에 유튜브 쇼츠를 보다가 우연히 접하게 된 사건인데, 처음 봤을 때 고작 14살 남짓한 소년이 피부색이 거멓다는 이유로 사형에 당한 사건에 제가 다 억울했고 화가 났었습니다. 그래서 다문화란 주제를 봤을 때 이 기억이 떠올랐고 이 사건을 주제로 글을 쓰고자 했습니다.

특히 그에게 닥친 억울한 상황을 잘 표현한다면 서로 다른 사람들에 대한 존중의 필요성과 차별에 대한 분노를 전달할 수 있다고 생각해서 제가 이 사건을 처음 접했을 때 느꼈던 복장 터지는 느낌을 전하기 위해서 애썼습니다.

물론, 너무 이야기가 무거워지면 독자들이 지칠 수도 있단 생각이 들어서 아이스 브레이킹 소재를 중간중간에 끼워 넣었는데 제 의도가 잘 전해졌는지 모르겠네요. 그러길 바랍니다.

다문화에 대해선 무엇을 쓸지에 대해선 소재가 잘 떠올랐지만 최애라는 주제를 봤을 땐 도저히 떠오르지가 않더군요. 제가 스스로에게 너무 무심했던 것 같습니다. 단지 좋아하는 것을 적으려고 해도 쉽사리 손이 가지 않는데 최애라니! 그래서 저는 '가장 좋아하는 것'이 아닌 '가장 인상 깊었던 것'으로 조금 우회로를 밟았습니다. 둘은 꽤 비슷하니까요. (넓은 의미에서 그것도 최애가 아닌가….)

만약 누군가가 마음대로 주제를 왜곡했다고 비난한다면 그땐 이게 제 최애라고 박박 우길 겁니다. 제가 기억력이 좋은 편이 아니라 인상 깊은 기억도 꽤 최근에 있었던 일로 쓰게 됐네요.

'불쏘시개'는 제 손이 가는 대로 쓴 수필이고, 몸도 마음도 추워지는 계절 가을 속에서 유달리 강렬한 빨강을 가진 단풍을 통해서 따뜻함과 억눌려져 있던 욕구를 느낄 수 있었던 제 경험을 바탕으로 행복과도 연관지어 쓴 글입니다.

솔직히 이런 경험은 다른 사람들이 공감하지 못할 거라고 생각합니다. 왜냐하면 저는 시각적 이미지에 민감한 편이라서 때때로 그런 단순한 이미지가 제 내면의 마음을 건드리는 경우도 잦지만 이런 경우가 그리 보편적이라고 생각하지는 않기 때문입니다. 그러다 보니 제가 주운 독특한 단풍에 과한 의미를 부여한다고 느끼실 수도 있습니다.

하지만 저에게는 이 경험이 특별했고 꼭 글로 쓰고 싶었습니다. 저에겐 그 단풍잎은 정말이지 강한 인상을 주는 명화였습니다. '조지 스티니'가 소통을 위한 글이었다면 '불쏘시개'는 일기에 가까운 것 같네요. 그래도 단지 경험에 너무 치중하여 쓰지도 않았고 일반적으로 공감할 만한 요소들도 꽤 있다고 생각하긴 합니다. 어쩌면 이런 지극히 개인적인 경험에 공감해 줄 분들도 계실지도 모르겠습니다.

요즘 날씨가 춥습니다. 다들 몸도 마음도 따뜻하게 잘 챙기시길 바라는 마음에서 에필로그를 여기서 마치도록 하겠습니다. 여기까지 읽어주신 분들에게 진심으로 감사드립니다.

| 추억 |

The unforgettable day in my life

조동현

유치원 때 있었던 다문화 가정 친구와 있었던 일들을 말해 볼까 한다. 이 이야기는 바야흐로 유치원생 시절로 거슬러 올라간다. 내가 다니던 유치원은 기독교 이념으로 세워진 미션스쿨? 암튼 그런 학교이다. 그래서 그런지 종종 외국인 선생님과 외국인 친구들이 자주 보였다. 기억나는 다문화 가정 친구들 중에는 미국에서 온 친구, 필리핀에서 온 친구가 있었다.

특히 미국에서 온 친구는 나만 느끼는지는 모르겠지만 많이 오픈적인 친구였다. 아니 그냥 딴 세상 사람처럼 보였다. 그래서 난 그 친구가 맘에 들지 않았다. 내 성격이 워낙 조용하고 혼자 있는 것을 좋아하는 성격이어서 활발한 친구들을 별로 좋아하지는 않았다.

걔네 입장에선 아마 내가 그냥 지나가는 행인? 드라마 속 지나가는 엑스트라 1? 정도일 것이다. 그냥저냥 유치원 방학이 끝나고 개학했을 때 잠깐 인사한 거 외에는 그다지 접점이라는 것이 있진 않았다. 한 주가 흐르고, 한 달이 흐르고, 3개월이 흘렀을 때쯤 유치원에서 단체로 수영장을 갔다. 그것도 2박 3일로. 장소는 정확하게 기억은 안 나고 어린애들 전용 수영장과 캠프파이어를 할 수 있던 곳이었던 것만 기억난다. 이 소식을 접했을 때 나는 이게 무슨 일인가 했다.

“???… 이게 뭐지?”

당시 내가 느꼈던 감정이다. 그 시절 나는 6년 인생 수영장이라는 것을 단 한 번도 내 의지로 간 적이 없던 수영장 혐오자였다. 그런 어린애를 유치원에서 2박 3일로 수영장에 보낸다? 이것은 편식하는 아이들에게 억지로 음식을 먹이는 것과 같은 것이었다. 물론 나한테만 그런 거일 수도 있다. 6

살짜리가 가기 싫다고 해도 그냥 보내던 시절에 살던 나는 어쩔 수 없이 끌려갔다. 며칠이 흐르고 수영장 가는 날 당일에 유치원에서 단체로 모여서 버스를 타고 출발했다. 한 1~2시간 정도 탔나? 눈 떠보니 수영장에 도착해 있었다. 탈의실에서 수영복으로 갈아입고 나왔을 때 감탄이 절로 나왔다.

'뭐 이렇게 추워?'

'이 날씨에 수영장에 들어가라고?'

그때가 6월 초쯤이었는데 날씨가 너무 추웠다. 이런 추운 날에 수영장에 들어가는 것은 감기 걸리라는 말이랑 다를 바가 없었다. 이 부분은 선생님들도 예상하지 못한 부분이었을 것이다. 그렇지만 그 시절 6살짜리 상남자가 되고 싶었던 꼬마는 속으로 엄청나게 화내고 있었다. 속으로만 그랬으면 괜찮았겠지만, 겉으로는 선생님들에게 엄청 생떼 부리고 있었다. (옹졸한 놈.).

수영장 들어가기 전 준비운동을 다 하고 막상 물에 들어가 보니 생각보다 더 별로였다. 아니 정확하게 말하면 최악이었다. 날씨는 춥지, 물은 사방에서 튀어서 짜증나지, 갑자기 친하지도 않던 미국에서 온 친구가 어깨동무를 하질 않나, 정말 가지가지였다. 억지로 기를 쓰며 즐기는 척을 하며 수영장에서 나가기를 기다렸다.

한 6시쯤에 수영장에서 나오라는 안내가 나와 기분 좋게 탈의실에 가서 수영복을 벗고 옷을 갈아입었다. 옷을 다 갈아입은 후에 저녁을 배식받고 맛있게 먹었다.(사실 반찬 상태가 선을 넘다 못해 찢어버렸지만 너무 힘든 나머지 그것들조차 맛있게 느껴졌다. 주위 애들은 똥 씹은 표정 짓더라? 킥킥.)

저녁을 다 먹고 나온 나는 잠시 쉬는 시간을 가졌다. 10분 정도 쉬니 안내방송으로 체육관으로 오라는 말이 흘러나왔다. 그렇다, 이 안내방송은 학교에서 단체로 캠프 같은 것을 가면 무조건 하는 레크레이션이었다. 아마 학교에 다녀본 사람이라면 다 알 것이다. 팀 활동을 하며 점수를 얻고 가장 점수가 높은 팀은 보상을 받는 구조. 뻔하디뻔한 것이지만 왜인지 할 때마다 그렇게 재미있을 수가 없었다. 아무리 극 내향적인 사람일지라도 단체로 놀면 재미있다고 느낄 수밖에 없을 것이다. 물론 나도 정말 재밌게

즐겼다. 레크리에이션 팀을 짤 때 4인 1조로 짰는데 나는 미국에서 온 친구랑 같은 팀이 되었다. 속으로는

'아… 뭣 됐다'(물론 6살짜리가 그런 생각을 하진 않았겠지.)

그러면서 내 인생을 한탄했다. 그 친구는 옆에서 속 타고 있는 나는 안중에도 없는 듯 엄청 신나게 뛰고 있었다. 암튼 팀이 되었으니 이기기 위해 열심히 게임에 참여했다. 내 기억에는 파트너 줄넘기, 파트너 얼굴 그리기, 파트너 훌라후프로 전부 2명이서 하는 게임이었다. 그럼 이 게임을 하기 위해서는 4인 1조 팀에서 2명을 또 나누어야 한다는 소리인데… 예상이 가듯 나는 미국에서 온 친구랑 파트너가 되어서 게임을 했다.

처음에 한 게임은 파트너 얼굴 그리기였다. 이 게임을 간단하게 소개하자면 서로 파트너의 얼굴을 보고 옆에 있는 사인펜을 가지고 그리는 게임인데, 이 게임의 승리 조건은 파트너랑 가장 닮은 그림을 그리는 것이었다. 참고로 나는 이때 그림을 꽤 잘 그렸다. 그래서 나는 코웃음을 치며 기세등등한 자세로 내 파트너인 미국 친구를 보았다.

"3…. 2…. 1…. 시작!!"

휘슬 소리가 들리자마자 서로 도화지를 챙겨와 사인펜을 들고 서로의 얼굴을 힐끔힐끔 훑어보며 그림을 그리기 시작했다. 그림을 그리면서 느꼈는데 내 파트너 친구가 상당히 이국적으로 예쁘게 생겼다는 것을 알게 되었다. 내 파트너는 갈색 머리카락에 적갈색 눈을 가졌다. 마치 우리가 생각하는 이상적인 어린 외국인 여자애들의 얼굴이었다. 마냥 활발하고 시끄러운 애라고 생각했었는데 이렇게 보니 너무 다르게 보였다. 사람 참 간사하다. 외모를 보고 예쁘거나 잘생기면 기존의 이미지가 완전히 달라진다는 것을. 나도 그런 부류의 속물들과 같은 족속이었다.

'째깍째깍…'

시간이 지나면서 종료 시간이 다 되어갔을 때 간신히 나와 그 친구는 그림 그리기를 완료했다.

레크리에이션 진행자분께서 아이들 하나하나 그림들을 확인해 가며 점수를 매기셨다. 한 명씩 넘어갈 때마다 긴장이 됐다. 앞에 친구들한테는 미안하지만, 솔직히 많이 못 그렸다. 그래서 어느 정도는 마음이 놓였다. 드디

어 우리 팀 차례가 왔다. 진행자분께서 우리 그림을 보시고 되게 좋은 점수를 주셨다. 내 점수는 그렇다 치는데 파트너 점수가 더 높길래 슬쩍 파트너의 그림을 보았다….

"야, 이거 뭐야? 나 그린 거 맞아?"

내가 당황하며 물었다.

그러자 내 파트너가 해맑게 웃으며 말했다.

"응. 너 그린 거 맞는데? 왜? 못 그렸어?"

그 친구가 너무 해맑게 웃으며 대답하자 나는 당황한 기색이 역력하게 드러났다. 내 파트너는 뭐가 그렇게 재밌는지 계속 내 옆에 붙어서 웃었다.

내가 당황한 이유는 그 친구가 내 모습을 자기와 결혼한 미래의 모습으로 그렸기 때문이다. 그림에는 하얀 웨딩드레스를 입은 걔와 검은 턱시도를 입은 내가 웃으며 서 있었다. 나는 소름이 끼친 것과 동시에 은근히 두근거리는 느낌이 들었다. 이는 당연한 사실이다. 어느 누가 그런 낭만적인 그림을 그려서 웃으면서 보여주겠나. 참 웃긴 일이다. 안 그런가?

밤 10시가 되어서 레크리에이션이 끝나게 되었다. 주위를 둘러보니 대부분이 많이 피곤해 보였다. 나는 아직 그 그림 때문에 머릿 속이 복잡했다. 혼자서 멍하게 앉아 있던 중 그 친구가 내게 다가와서 손을 내밀었다. 아마 같이 방으로 가자는 신호였을 것이다.(당연히 방은 남녀 따로따로 배정되었다.) 무엇 때문인지는 몰라도 홀린 듯이 걔를 따라갔다. 방이 3층에 있어 우리는 계단을 오르며 방으로 가고 있었다. 그 친구는 내 손을 꽉 잡고 무슨 강아지 끌고 가듯 나를 데려갔다. 한 층 한 층 오르며 두근거리는 마음을 붙잡고 애써 그 마음을 보이지 않으려고 안간힘을 썼다. 방에 다다랐을 때 그 애가 갑자기 멈춰서더니 뒤돌아 나를 쳐다봤다. 나는 잘 자라는 인사를 하고 들어갈 생각을 하고 있었다. 그래서 나는 머쓱한 행동을 취하며 걔에게 말했다.

"자… 잘 자고 내일 보자."

그러자 그 친구가 내게 실망한 표정을 지으며 물었다.

"야! 나한테 해줄 거 없어?"

'? 뭘 해달라는 거지?'

나는 속으로 궁금해하며 다시 물었다.

"뭐 말하는 건데?"

"흥. 너 되게 바보 같아."

"내가 그렇게 너 좋아하는 거 티냈는데… 그걸 몰라주냐…."

나는 너무 당황해서 말을 얼버무렸다. 그 모습을 본 친구는 내가 답답했는지 내 볼에 입술을 맞대며 행동으로 자기 마음을 다시 표현했다. 그러곤 급하게 자기가 배정받은 방으로 들어갔다. 나는 그 자리에서 사고가 얼어붙은 채 나도 내 방으로 돌아갔다. 그러고 나서는 기억이 나지 않는다.

그다음 날도, 그다음 주도, 그다음 달도.

아마 좋은 사이로 지내지 않았을까 추측해 본다. 여기까지가 내가 유일하게 기억하는 어린 시절 이야기이다. 너무 어렸을 때여서 기억이 가물가물할 수 있지만, 이 일만큼은 잊고 싶지 않았을지도 모르겠다.

에필로그

조동현

안녕하세요. 추억 'The unforgettable day in my life'를 쓴 조동현입니다. 어린 시절의 기억을 되살려 이야기로 각색한 저의 이야기를 읽어주셔서 감사합니다. 저는 언젠가 한 번쯤은 제 과거 일을 소재로 쓴 수필을 써 보고 싶은 마음이 있었습니다. 마침 운이 좋게도 이러한 활동을 할 수 있게 되어서 정말 기뻤습니다.

누군가가 내 이야기를 듣고 공감을 하고 웃으며 자기 자신만의 추억을 떠올리는 모습을 떠올릴 때마다 저는 제가 정말 가치가 있다고 느낍니다. 이 이야기에서 등장하는 외국인 친구와 저는 실제로 유치원 때 친했던 사이였습니다.

처음에는 성격 차이로 드문드문 지내다가 어느 한 계기로 서로의 마음을 확인하고 친해지게 되었는데, 그 과정에서 느낄 수 있는 감정들이 주는 효과는 정말 이루어 말할 수가 없을 것이라고 생각합니다.

간단한 말로 마무리하자면 저의 이야기를 모티브로 한 수필을 통해 전해드리고 싶은 말은 하나입니다.

'지난 과거를 떠올릴 때 나는 행복했는가.'

과거에 행복했던 내가 있다면 지금 내가 불행하다고 생각하더라도 다시 일어날 수 있는 원동력이 될 수 있습니다. 그렇기에 저는 지금 현실이 막막해 보일지라도 언젠가는 빛을 보며 행복할 수 있다는 응원의 생각을 모두에게 알리고 싶습니다.

지금까지 읽어주신 저의 첫 수필의 독자 여러분께 진심으로 감사드립니다.

불편했던 첫 만남, 함께하는 지금의 우리

배동혁

어린 시절, 나는 그냥 한국에 사는 평범한 아이였다. 늘 내 주변에는 나와 같은 한국 아이들이 있었고, 학교도, 집도, 마을도 다 우리만의 세상처럼 느껴졌다. 그런 내가 처음으로 다문화 가정 아이와 마주쳤던 순간은 아주 작은, 그러나 내 마음속에 큰 충격을 남긴 사건을 통해 이루어졌다. 바로 식당 놀이방에서 서로 부딪쳤던 사건이었다. 그때의 당황스러움과 무의식적인 민족적 차별감이 내 안에 깊이 박혀 있었던 사실을 뒤늦게 깨달으며, 나는 그때의 경험을 돌아보며 다문화에 대한 나의 인식이 어떻게 변화했는지에 대해 생각해 보게 되었다.

나는 그날 부모님, 동생과 함께 식사를 하러 갔다. 식당에는 어린이들이 놀 수 있는 작은 놀이방이 있었고, 나도 그곳에서 동생과 재밌게 놀기 위해 들어갔다. 놀이방에 들어서자, 나는 여러 아이들이 이미 그곳에서 신나게 놀고 있는 것을 보았다. 그래서 나도 부모님이 시켜 놓은 음식이 나오기 전까지 방방도 뛰고 미끄럼틀도 타면서 즐겁게 시간을 보내고 있었다. 그러던 중 미끄럼틀을 타고 내려오다가 한 여자아이와 부딪쳤다. 나는 그때 어쩔 줄 몰라 계속 멍하니 서 있었다. 한참을 서 있다 그 아이 얼굴을 보았는데 내가 그 아이와 부딪쳤다는 사실보다 아이의 얼굴이 우리와 다르다는 사실이 나에게 더 큰 당혹감으로 다가왔다. 그 친구는 얼굴도 까무잡잡했고 한국말도 잘 할 줄 몰랐다. 그 아이는 나에게 우리와는 '다른 존재', '다른 사람'이었다. 그렇게 아무것도 못하고 서 있는 내 앞에서 그 아이는 나를 더욱더 뭘 못하게 만들었다. 갑자기 그 아이는 울기 시작했다. 계속 울었다.

잠시 뒤 그 아이 아버지가 오셨다. 우리 어머니, 아버지도 오셨다. 그 아이의 아버지도 피부색이 우리와 달랐고 똑같이 한국말을 할 줄 모르셨다. 그리고 덩치도 크셔서 그때 당시의 나는 너무 무서웠다. 막 화를 내시는데 나를 때릴 것만 같은 기분이 나를 덮쳐 잔뜩 긴장해 있었다. 아버지가 그 아이의 아버지와 다른 나라 언어로 얘기하시기 시작하셨다.(아마 영어일 것이다) 나는 알아듣지는 못하였지만 나 대신 사과하고 계시다는 것은 알아차렸다. 나도 그 아이에게 사과하고 싶었다. 하지만 말도 통하지 않는 사람에게 어떻게 사과해야 하는지 나는 알지 못했다. 그렇게 일이 끝났다. 나는 그 일이 불과 몇 년 전까지만 하더라도 트라우마였다. 그 일이 있고 그날 간 식당이 싫어졌고 무서워졌다. 또한 그 일이 나에게 남긴 것은 단순한 불편함이 아닌, 그 아이와 나 사이의 어떤 경계를 명확히 인식하게 된 계기가 되었다.

그 사건을 겪고 나서, 나는 그 아이와의 만남을 힘들지만 자주 떠올리곤 했다. 그러나 그때는 그 아이가 왜 그렇게 다르게 행동했는지, 그 아이와 나는 왜 그렇게 다른 존재인지를 깊이 고민하지 않았다. 나는 그때 느꼈던 당황스러움과 불편함을 제대로 이해하려 하지 않았고, 그저 '다른 사람'이라는 단어로 그 아이를 치부해 버렸다. 다문화 가정이라는 개념이 무엇인지 제대로 알지 못했던 나는, 그 아이가 '다르다'는 이유만으로 나도 모르게 심리적인 벽을 쌓았고, 그 벽은 무의식 중에 자주 나의 행동에 영향을 미쳤다.

어린 시절의 나는 '다문화'라는 개념을 단순히 외국에서 온 사람들이나 다른 나라 출신의 사람들이 사는 세상으로 이해했다. 그러다 보니 그 아이가 한국어를 잘 하지 못하거나, 내가 속한 문화권과 조금 다른 행동을 보였을 때, 나는 본능적으로 그 아이를 '다른 존재'로 여겼다. 그리고 그 '다른 존재'에 대한 두려움이나 불편함은 그 아이와 나 사이의 무의식적인 거리감을 만들어냈다. 어린 시절의 나는 아직 그런 차이를 받아들일 준비가 되어 있지 않았고, 그로 인해 내가 느꼈던 감정들은 나의 성장 과정에서 큰 영향을 미쳤다.

그러나 시간이 지나면서 나는 점차 다문화 가정에 대한 이해를 넓혀 나갔다. 중학교, 고등학교에 다니고 있는 지금까지 많은 다문화 관련 수업을 통해 다른 나라의 문화나 우리나라에 있는 다문화 가정 사람들의 삶에 대해 알아나갔다. 그런 경험들을 통해 나는 다문화 가정이라는 개념이 단순히 외국에서 온 사람들의 집합체가 아니라, 다양한 문화적 배경을 가진 사람들이 서로 다른 방식으로 세상을 보고, 느끼며 살아가는 현실임을 깨닫게 되었다. 그리고 그 '다름'은 결코 부정적인 것이 아니라, 오히려 새로운 시각과 기회를 제공해 주는 소중한 자원이라는 생각이 들었다.

내가 처음으로 다문화 가정의 아이와 만났을 때, 그 아이와 나의 차이를 불편함과 당황스러움으로만 받아들였던 것과 달리, 이제 나는 그 차이를 존중하고, 그 차이에서 나만의 배움과 성장을 찾을 수 있게 되었다. 다문화에 대한 나의 인식은 점차 '다르다'라는 것에 대한 거부감을 넘어서, 그 차이를 인정하고 받아들이는 과정으로 변화했다. 나의 경험을 통해, 사람들은 모두 다른 환경과 배경을 가지고 있지만, 그럼에도 불구하고 서로 이해하고 소통할 수 있는 방법을 찾을 수 있다는 것을 배웠다.

현재 나는 다문화 사회에서 살아가고 있다. 우리가 살고 있는 사회는 더 이상 단일 민족 사회가 아니며, 다양한 문화적 배경을 가진 사람들이 함께 살아가는 사회가 되었다. 이렇듯 변화하는 사회에서, 나는 더 이상 '다른 사람'이 아니라, 다양한 문화와 배경을 가진 사람들과 함께 살아가는 법을 배우는 과정에 있다. 그리고 그 과정에서 중요한 것은, 서로 다르다는 사실을 인정하고 존중하는 것이다. 내가 어린 시절 느꼈던 불편함이나 당황스러움은 결국 나의 무지에서 비롯된 것이었음을 깨달았다. 그때의 나에게 필요한 것은 다름을 두려워하는 것이 아니라, 그 다름을 이해하고 포용하는 마음이었음을 이제야 알게 되었다.

이제 나는 다문화 가정 아이들과의 만남을 두려워하거나 불편하게 생각하지 않는다. 오히려 그들과 함께 나누는 대화와 경험이 나에게 큰 자산이 된다는 것을 깨닫게 되었다. 그렇다고 너무 배려해 주는 듯한 행동과 말은 다문화 가정 아이들은 '도와줘야 하고 챙겨줘야 하는 사람'이라는 인식이 깔려 있다고 볼 수 있다. 그런 것은 좋지 않다고 생각한다. 진짜 친구한테 하는 것처럼 장난도 치고 친하게 지내는 것이 그 친구들을 배려하는 것일 것이다. '다른 사람'으로 생각해 도와주는 것이 아니라 '같은 사람'으로서 여기는 자세가 중요하다. 다문화 사회는 이제 단순한 개념이 아니라, 우리가 함께 살아가는 현실이며, 우리는 그 안에서 서로의 차이를 인정하고 존중하는 태도를 가질 필요가 있다. 그렇게 함으로써 우리는 더 나은 사회를 만들어 갈 수 있을 것이다.

어릴 적 놀이방에서의 작은 실수는 나에게 큰 교훈을 남겼다. 그 실수는 단순한 충돌 사건이 아니었다. 그것은 나의 무의식적인 차별과 편견을 드러내는 순간이었고, 그 이후 나는 다문화에 대한 이해와 인식의 변화를 겪어왔다. 지금은 더 이상 그때처럼 불편함이나 당황스러움을 느끼지 않는다. 나는 다문화 사회에서 서로 다른 사람들과 함께 살아가는 방법을 배우고 있으며, 그 과정에서 진정한 배움과 성장이 이루어진다고 믿는다.

에필로그

배동혁

안녕하세요. '불편했던 첫 만남, 함께하는 지금의 우리'를 쓴 배동혁입니다. 이번 글쓰기 주제는 다문화, 다양성 관련이었는데 무엇을 쓸지 고민하다가 제가 어릴 적에 겪었던 처음 만난 다문화 아이와의 좋지 않았던 경험에 대해 써 보면 좋을 것 같아 수필로 한 번 써 보았습니다. 저에게는 그 사건이 몇 년 동안 크게 제 기억에 남을 만큼 충격적이고도 무서웠던 일이었습니다. 그런데 그 후 학교에서도 다문화 가정 아이들을 심심찮게 만나고 다문화 교육도 많이 받으면서 새롭게 느낀 점이 있었습니다.

'우리는 무의식적으로 다문화 가정의 아이들을 '다른 존재'로 인식하고 있는 것은 아닐까' 하고 말입니다. 다 같은 사람인데 쓰는 언어나 생김새, 문화가 다르다고 해서 우리와는 다르다고 말해서 되는 것일까요? 그렇게 우리 내면에 자리잡은 그 사람들과 자신 사이의 벽이 점점 커지고 단단해지고 있는 것 같습니다. 그런 우리 사회의 현실을 비판하고 우리 모두 자신의 벽을 허물어갔으면 좋겠다는 심정으로 글을 써 내려갔던 것 같습니다.

이 시대에 모든 사람들이 같은 '지구인'으로서 서로의 정체성을 존중하며 화합하며 살아가길 희망합니다.

끝으로 이 글을 완성하는 데 도움을 많이 주신 동아리 선생님께 감사의 말씀드리고 제 부족한 글을 읽어 주신 독자분들에게도 깊은 감사의 마음을 전합니다.

3부

그린비, ChatGPT를 마주하다

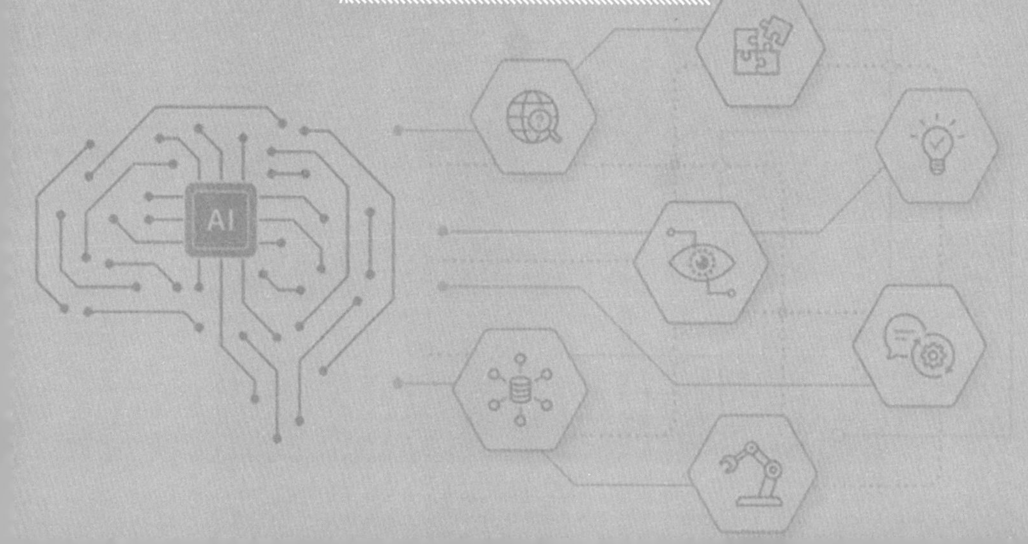

ChatGPT와 동행하려면

안승주

"……."

Q1. 미래 세계에서 가장 중요시될 덕목이 뭐라고 생각해?

ChatGPT1. 미래 세계에서 가장 중요시될 덕목 중 하나는 유연성이라고 생각합니다. 기술의 발전 속도가 워낙 빠르고, 사회적 변화도 매우 급격하게 일어나기 때문에 그에 적응하는 능력이 필수적일 것입니다.

유연성은 단순히 새로운 기술이나 환경에 적응하는 것을 넘어서, 다른 사람들의 의견을 받아들이고 다양한 상황에서 열린 마음으로 대처하는 것을 의미합니다. 특히 여러 분야와의 융합이 중요해질수록 협업 능력과 포용력 또한 필요하겠죠.

또한, 윤리 의식 역시 중요하게 여겨질 가능성이 큽니다. AI와 같은 첨단 기술이 더 깊숙이 우리의 삶에 들어오게 되면서 기술 남용이나 개인정보 보호 등의 문제가 늘어날 수 있는데, 이를 책임감 있게 다룰 수 있는 윤리적 기준과 판단력이 필요할 것입니다.

Q2. ChatGPT가 답하지 못하는 영역의 질문도 있을까?

ChatGPT2. 네, ChatGPT도 한계가 있습니다. 대표적인 예를 들면 다음과 같은 영역에서 충분한 답변을 제공하기 어려울 수 있습니다:

1. 개인적 경험이나 감정: ChatGPT는 실제 경험이나 감정을 느끼지 못하기 때문에, 인간적인 감정이나 경험에 대해 깊이 있는 공감을 표현하거나 진정성 있는 조언을 하는 데 제한이 있습니다. 특히 개인적이거나 미묘한 감정 문제는 사람 간의 직접적인 대화가 더 도움이 될 수 있죠.

2. 최신 정보: 실시간 정보나 최신 뉴스를 다루는 데 어려움이 있습니다. ChatGPT가 실시간 웹 브라우징을 통해 정보를 얻는 경우를 제외하고는, 훈련된 데이터가 업데이트되지 않는 이상 현재 상황에 대한 정보를 알 수 없습니다.

3. 창의적 작업: ChatGPT는 여러 아이디어를 제안하거나 창의적인 접근을 도울 수 있지만, 독창적인 예술적 감각이나 완전히 새로운 개념을 만들어내는 데는 한계가 있습니다. 창작과 관련된 작업은 사람의 고유한 상상력이나 독특한 경험이 필요하기 때문입니다.

4. 도덕적 판단과 복잡한 윤리 문제: 도덕이나 윤리와 관련된 질문에는 사회와 문화, 개인의 가치관에 따라 다양한 의견이 존재하기 때문에, ChatGPT는 하나의 절대적 답을 제시하기 어렵습니다. 특히 특정 문화나 사회적 맥락에서만 이해되는 윤리적 문제는 더더욱 그렇죠.

5. 개인 정보 관련 질문: 특정 개인에 대한 민감한 정보나 사생활 보호와 관련된 질문에 답하는 것은 불가능하고, 윤리적으로도 부적절합니다.

이런 한계들이 있지만, ChatGPT는 정보 제공이나 아이디어 제안, 지식에 대한 안내 등에서 많은 도움을 줄 수 있도록 설계되었습니다.

Q3. 만약 학생들이 과도하게 ChatGPT를 사용하여 과제를 해결한다면 어떻게 될까?

ChatGPT3. 학생들이 ChatGPT를 과도하게 사용해 과제를 해결할 경우,
학습에 다음과 같은 여러 부정적인 영향이 있을 수 있습니다.

1. 자기주도 학습 능력 약화: AI에게 답을 얻는 데 의존하다 보면 학생들이 스스로 문제를 해결하려는 노력이 줄어들고, 자료를 찾아가며 탐구하는 능력도 약해질 수 있습니다. 결국, 자기 주도적으로 학습하는 능력이 떨어져 장기적인 학업 성취에도 영향을 줄 수 있습니다.

2. 비판적 사고 저하: ChatGPT로 빠르게 답을 얻으면 문제를 깊이 이해하기보다는 결과만 얻으려는 태도가 생길 수 있습니다. 비판적 사고는 문제를 분석하고 다양한 접근법을 고민하는 과정에서 발전하는데, AI 의존도가 높아지면 이를 훈련할 기회를 놓치게 됩니다.

3. 창의성 감소: 창의력은 직접 사고하고 해결책을 만들어가는 과정에서 자라납니다. AI가 답을 제공하면 학생들이 스스로 아이디어를 생각해낼 기회를 놓치게 되고, 다양한 접근 방식이나 창의적 사고가 발달하기 어렵게 됩니다.

4. 기초 지식 부족: 기초 학습을 AI에 의존해 빠르게 해결하려 하면, 특히 수학이나 과학같이 점진적인 이해가 필요한 과목에서 학습 공백이 생길 수 있습니다. 이는 심화 학습에서 이해의 어려움을 유발할 가능성이 큽니다.

5. 학습 윤리 문제: ChatGPT가 작성한 답변을 그대로 제출하는 것은 표절이나 부정행위로 간주될 수 있습니다. 학생들이 자신의 학습 책임감을 잃고, 성적을 위해 학습 윤리를 해치는 행위에 익숙해질 위험이 있습니다.

AI는 학습 보조 도구로 유익하게 활용될 수 있지만, 과도한 의존은 학습 효과를 떨어뜨릴 수 있습니다. 이에 따라 교육자들은 AI를 참고 자료로 활용하는 방법을 지도하고, 학생들이 스스로 사고하고 탐구하는 과제와 학습

법을 강조할 필요가 있습니다.

Q4. ChatGPT가 만들어진 목적은 뭐야?

ChatGPT4. ChatGPT는 사람들이 정보를 더 쉽게 얻고 소통할 수 있도록 돕기 위해 만들어졌습니다. 구체적으로는 아래와 같은 목적을 가지고 개발되었습니다:

1. 지식 접근성 확대: 사람들이 궁금한 정보를 빠르게 찾아볼 수 있도록 돕는 것입니다. 복잡한 정보도 쉽게 이해할 수 있도록 설명해 주며, 누구나 필요한 지식을 접근할 수 있는 도구로 활용될 수 있습니다.

2. 생산성 향상: 글 작성, 아이디어 브레인스토밍, 코드 작성 및 수정 등 다양한 작업에서 도움을 줄 수 있어 사람들이 효율적으로 업무를 수행하도록 돕습니다. 특히 반복적이거나 시간이 많이 걸리는 작업을 AI가 빠르게 처리해 줌으로써 시간을 절약할 수 있게 합니다.

3. 교육 및 학습 지원: ChatGPT는 복잡한 개념을 설명하고, 다양한 예시를 제시해 주거나, 학습 과정에서 겪는 어려움을 해결하는 데 도움을 줄 수 있습니다. 학생들이나 자율 학습자들이 다양한 주제를 탐구하고 이해하는 데 큰 도움이 될 수 있도록 설계되었습니다.

4. 언어와 문화 간 소통 촉진: 여러 언어로 질문과 답변이 가능하여, 언어 장벽을 넘어서 정보를 교환하고 소통할 수 있는 수단이 됩니다. 이를 통해 다양한 문화와 사람들이 더 쉽게 교류할 수 있도록 돕습니다.

5. 개인화된 도움 제공: 개별 사용자에게 맞춘 정보와 조언을 제공함으로써, 사람들의 필요에 맞는 답변을 줄 수 있습니다. 이를 통해 고객 지원, 상담, 개인 비서 등의 역할도 수행할 수 있습니다.

결국, ChatGPT는 사람들이 정보와 기술을 더 쉽게 이용하고, 학습과 업무, 소통에서 더 나은 경험을 제공하기 위한 도구로 설계된 것입니다.

Q5. ChatGPT의 학습 속도를 인간이 따라잡는 것이 가능할까?

ChatGPT5. ChatGPT의 학습 속도를 인간이 따라잡는 것은 현실적으로 매우 어렵습니다. 그 이유는 다음과 같습니다.

1. 방대한 데이터 처리 속도: ChatGPT는 인터넷상의 방대한 텍스트 데이터를 수천 대의 강력한 컴퓨터에서 병렬로 학습하는 방식으로 훈련됩니다. 이 과정에서 엄청난 양의 정보가 빠르게 처리되며, 이는 인간이 수년간 읽고 학습해도 따라갈 수 없는 양입니다.

2. 학습 시간과 집중도 차이: 인간은 학습과정에서 휴식이 필요하고, 집중할 수 있는 시간도 한계가 있습니다. 반면, ChatGPT와 같은 AI는 설정된 시간 내에서 연속적이고 빠르게 정보를 처리하고 학습할 수 있습니다. AI가 사용하는 계산 능력과 속도는 인간의 학습 과정과는 비교할 수 없을 정도로 효율적입니다.

3. 학습 방식의 차이: ChatGPT는 데이터 패턴을 분석하고 이를 통합해 답변을 생성하는 반면, 인간은 정보를 습득할 때 감정, 직관, 경험 등을 통해 학습합니다. 이러한 인간의 학습 방식은 AI가 데이터를 빠르게 처리하는 것과 근본적으로 다릅니다. 인간은 깊이 있는 이해와 비판적 사고를 통해 학습하는 반면, AI는 패턴 인식에 기반한 학습을 합니다.

4. 전문 분야 확장성: AI는 다양한 주제와 분야에서 동시에 학습할 수 있습니다. 인간이 단기간에 하나의 분야를 깊이 이해하기도 쉽지 않지만, AI는 동시에 여러 분야를 학습하고 통합된 지식을 바탕으로 답변할 수 있습니다.

하지만 인간의 학습 능력이 AI와 비교해 다른 강점을 가지고 있다는 점도 있습니다. 인간은 창의력과 직관, 그리고 윤리적 판단을 할 수 있어, 특정한 문제 상황에 있어서는 AI보다 더 효과적인 해결책을 제시할 수 있습니다. AI의 학습 속도가 빠르고 방대한 정보를 다룰 수 있더라도, 인간의 경험적 지식과 감정적 이해는 AI가 따라잡기 어려운 영역이죠.

따라서 AI와 인간은 각자의 고유한 학습 강점을 가지고 있으며, AI의 학습 속도를 따라잡는 것이 어렵다고 해도 서로의 장점을 보완하는 방향으로 공존하는 것이 중요합니다.

나의 생각

ChatGPT, 정확히 언제였는지는 기억이 안 난다. 그렇지만 갑자기 등장한 채팅형 AI가 우리의 삶을 완전히 바꿔버린 것은 불과 몇 년 전에 불과한 것은 분명하다. 왜 우리는 고작 하나의 프로그램에 매달려 헤어나지 못할까?

해답은 오늘날 사람들의 생활방식에서 나온다. 많은 사람들이 사소한 일을 귀찮아하고, 다른 사람에게 맡기고 싶어 한다. 그 점을 이용한 것이 채팅형 AI인데, 간단한 질문으로도 원하는 답을 도출하는 것이 ChatGPT만의 특장점이다.

학교에 다니다 보면, 그런 간단한 특징을 악용해 쉽게 과제를 해결하는 친구들을 보기 너무나 쉽다. 어떠한 과제든 간단하게 해결할 수 있기 때문에 굉장히 많은 학생들에게 사랑받는 프로그램이다.

앞으로 ChatGPT와 같은 프로그램들을 경계하고 멀리하는 것은 사회의 흐름에 반대되는 입장을 표명하는 것이나 다름없다. 그러나 적절한 사용이 필요하다는 입장이 변함없다는 사실도 분명하다. 따라서 사람들, 특히 학생들의 올바른 사용이 중요해 보인다. 어쩌면 한순간의 빠른 해결을 위한 선택이 인생을 살아가는 태도를 변화시킬 것이기 때문이다.

ChatGPT로 수학 풀기

김우현

Q: ChatGPT를 이용해 수학 문제를 어떻게 풀 수 있을까?

ChatGPT:

ChatGPT를 이용해 수학 문제를 푸는 방법은 간단하고 직관적입니다. 수학 문제를 제시하면, ChatGPT가 이를 분석하고 풀어주는 방식으로 진행됩니다. 여기서 중요한 점은 명확하고 구체적으로 문제를 제시하는 것입니다. 이렇게 하면 ChatGPT가 문제를 더 잘 이해하고, 정확한 풀이 과정을 제공할 수 있습니다.

1. 문제를 정확하게 제시하기

수학 문제를 제공할 때, 가능한 한 명확하고 구체적으로 질문을 해주세요. 예를 들어, "2x + 3 = 11을 풀어 주세요" 또는 "주어진 함수 $f(x) = 2x^3 - 3x^2 + 4$에서 도함수 $f'(x)$를 구해 주세요"라고 질문하면 됩니다.

2. 문제의 조건을 명확히 하기

문제에 필요한 배경 정보나 조건을 포함시키는 것이 좋습니다. 예를 들어, "이 직각삼각형의 두 변 길이가 각각 3과 4일 때, 빗변의 길이를 구해 주세요"와 같이 구체적인 정보를 주면 ChatGPT가 그에 맞는 공식을 적용하여 답을 도출할 수 있습니다.

3. 후속 질문으로 세부적인 풀이를 요청하기

수학 문제를 푼 후, 풀이 과정에서 잘 이해되지 않는 부분이 있으면 후속 질문을 통해 더 자세히 설명을 요청할 수 있습니다. 예를 들어, “이 과정에서 왜 이 공식을 사용했나요?” 또는 “이 단계에서 무엇을 계산했는지 다시 설명해 주세요”라고 물어볼 수 있습니다.

4. 복잡한 문제는 나누어 묻기

너무 복잡한 문제나 여러 단계가 포함된 문제는 단계별로 나누어서 질문하는 것이 좋습니다. 예를 들어, “이 문제를 풀기 위한 첫 번째 단계는 무엇인가요?” 또는 “이 부분에서 어떤 수식을 사용해야 하나요?”라고 묻는 방식입니다.

Q: 네가 생각하는 수학은 어때해?

ChatGPT:

수학은 단순한 숫자와 기호들의 게임 그 이상입니다. 제 생각에 수학은 세상과 우주를 이해하는 언어라고 할 수 있어요. 수학은 우리가 경험하는 모든 현상을 정확하고 체계적으로 표현할 수 있는 도구를 제공하며, 그 자체로 아름다움과 창의성이 담겨 있는 분야입니다.

1. 논리적이고 체계적인 구조

수학의 큰 특징 중 하나는 논리적이고 체계적이라는 점입니다. 수학에서 한 개념이나 이론이 성립하려면 이전의 개념과 이론들이 일관성 있게 이어져야 하죠. 예를 들어, 산술에서부터 미적분, 기하학, 대수학, 확률론에 이르기까지 각 분야는 그 자체로 깊은 연관성을 가지고 있습니다. 수학은 단순한 규칙을 통해 복잡한 현상을 설명할 수 있는 힘을 지니고 있어요.

2. 추상적 사고와 창의성

수학은 단순히 계산만을 의미하는 것이 아닙니다. 수학에서 중요한 것은 추상적인 사고와 문제 해결 능력입니다. 우리가 직관적으로는 이해하기 어려운 문제를 풀 때, 그 과정에서 창의성이 발휘됩니다. 예를 들어, 복잡한 수학적 문제를 해결하는 방법은 직관적인 접근 외에도 창의적인 방법을 요구할 때가 많아요. 미적분의 개념이 처음 등장했을 때나, 기하학적 증명들이 나왔을 때, 그것들은 모두 그 당시의 창의적 사고와 혁신적인 접근이 있었기 때문에 가능했습니다.

3. 실생활과의 밀접한 연결

수학은 실제 생활에서 매우 중요한 역할을 합니다. 우리가 매일 사용하는 경제 모델, 건축 설계, 의학 연구, 통계 분석 등 많은 분야에서 수학이 뒷받침하고 있죠. 예를 들어, 통계학은 의학 연구에서 치료법의 효과를 분석하는 데, 선형대수학은 컴퓨터 과학에서 이미지 처리나 기계 학습에 필수적입니다. 수학은 이론과 현실이 만나는 접점에서 많은 의미를 찾을 수 있게 해줍니다.

4. 무한과 극한을 다루는 매력

수학에서 무한과 극한을 다루는 개념은 정말 매력적입니다. 예를 들어, 미적분학에서 극한 개념을 사용하여 연속성이나 미분을 정의하는데, 이러한 추상적인 아이디어들이 현실 세계의 문제를 풀기 위해 어떻게 적용될 수 있는지 생각하는 것은 매우 흥미롭습니다. 무한은 단순한 숫자 이상의 개념으로, 수학의 다양한 분야에서 끝없이 발전하고 확장되는 구조를 탐구하는 열쇠가 됩니다.

5. 문제 해결을 통한 만족감

수학의 또 다른 매력은 문제를 풀었을 때 느끼는 성취감입니다. 처음엔 어렵고 복잡한 문제가, 한 단계씩 해결책을 찾아가며 풀리기 시작할 때의 그 만족감은 다른 분야에서는 느낄 수 없는 특별한 경험입니다. 이 과정에서 수학은 단순한 계산을 넘어서 도전적인 사고와 인내를 요구하며, 결국에는 큰 보람을 느끼게 해줍니다.

6. 수학의 아름다움

수학은 그 자체로 아름다움을 가지고 있습니다. 수학적 원리나 공식들이 우아한 간결함을 보여주는 경우가 많아요. 예를 들어, 피타고라스의 정리나, 원주율π와 같은 수학적 상수들은 그 자체로 미적 가치가 있습니다. 수학적 사고의 흐름이나, 문제를 해결하는 방식에서 나오는 단순하지만 강력한 아름다움은 마치 예술을 감상하는 것처럼 느껴지기도 합니다.

요약: 결국, 수학은 단순히 추상적이고 어려운 이론의 집합이 아닙니다. 세상을 이해하려는 노력, 문제를 해결하려는 창의성, 그리고 미적 가치가 녹아 있는 학문입니다. 이런 점에서 수학은 단지 학문적 훈련을 넘어서, 우리가 사는 세상을 더 잘 이해하고, 문제를 해결하는 데 도움을 주는 중요한 도구라고 생각해요.

Q: 이차방정식을 풀어줘.

다음 이차방정식을 풀어보세요.

"$x^2 - 6x + 5 = 0$"

ChatGPT 풀이:

이차방정식 형태 확인

주어진 문제는 x^2가 포함된 이차방정식입니다. 이차방정식은 두 개의 해를 가질 수 있기 때문에, 우리는 두 가지 값을 찾을 거예요.

인수분해 시도

이제 이 문제를 풀기 위해 인수분해를 시도해봅니다. 인수분해란, 이 방정식을 두 개의 간단한 식으로 나누는 방법입니다. 먼저, x^2의 계수(즉, 1)와 상수항인 5를 고려 해봅니다.

두 수의 곱과 합 찾기

이 방정식을 인수분해하려면, 두 숫자의 곱은 5가 되어야 하고, 그 숫자들의 합은 −6이 되어야 합니다. 그런 숫자들이 무엇일까요? 바로 −1과 −5입니다. 왜냐하면, $-1 \times -5 = 5$이고, $-1 + -5 = -6$이기 때문입니다.

인수분해 후 방정식 풀기

그래서 방정식은 이렇게 바뀝니다:

$(x - 1)(x - 5) = 0$

해 구하기

이제 이 식을 풀면, 두 개의 해가 나옵니다.

첫 번째 해는 $x - 1 = 0$이므로 $x = 1$입니다.

두 번째 해는 $x - 5 = 0$이므로 $x = 5$입니다.

결론: 주어진 이차방정식 $x^2 - 6x + 5 = 0$의 해는 $x = 1$과 $x = 5$입니다.

이처럼 이차방정식을 풀 때, 인수분해 방법을 사용하면 매우 간단하게 문제를 해결할 수 있습니다

Q: 수학 문제를 풀 때 어떤 마음을 가져야 할까?

ChatGPT:

수학을 풀 때 가지면 좋은 마음가짐은 문제를 풀 때의 태도와 직결됩니다. 다음과 같은 점들을 염두에 두면 도움이 될 거예요:

1. 문제를 '푸는 과정'으로 바라보기

수학을 문제를 푸는 과정으로 보고, 정답에 도달하는 것만큼 중요한 것은 그 과정에서 배우는 점들을 중시하세요. "답을 찾는 것이 목적"이 아니라, "그 과정을 통해 사고력을 키우는 것"에 초점을 두면 더욱 자연스럽게 문제를 해결할 수 있습니다.

2. 실수에 대한 긍정적인 태도

실수는 배움의 중요한 일부입니다. 실수에 좌절하기보다는 그것을 문제

해결 능력을 키우는 기회로 삼으세요. 실수를 통해 더 나은 이해와 접근법을 얻을 수 있습니다.

3. 차근차근 접근하기

복잡한 문제를 만났을 때는 한 번에 모든 것을 해결하려 하지 마세요. 문제를 작은 단위로 나누고, 그 부분부터 하나씩 풀어나가는 것이 중요합니다. 작은 성취를 쌓아가면 결국 전체 문제를 해결할 수 있습니다.

4. '왜'를 물어보기

수학은 단순히 공식을 외우고 적용하는 것만이 아니라 그 공식이 왜 그런지, 그 개념이 왜 중요한지를 이해하는 것이 중요합니다. 문제를 풀 때마다 "왜 이렇게 되는 걸까?"라는 질문을 던져보세요. 깊이 있는 이해가 문제 해결에 큰 도움이 됩니다.

5. 인내심과 꾸준함

수학은 때로는 시간이 걸리고, 즉시 해결되지 않는 문제도 많습니다. 조금 더 시간을 투자하고, 꾸준히 연습하면 점차 해결 능력이 향상될 것입니다. "하나씩, 꾸준히"라는 마음가짐을 갖고 차근차근 나아가세요.

6. 호기심과 창의성

수학은 단순히 정해진 방법만으로 풀리는 것이 아니라 창의적인 사고를 요구하는 경우가 많습니다. 문제를 풀 때 다양한 접근법을 시도해 보고, 새로운 방법을 찾아보려는 호기심을 가지세요.

7. 긍정적인 자기 확신

수학을 풀 때 자주 "나는 못할 거야"라는 생각이 들 수 있습니다. 하지만 자신에게 조금 더 믿음을 가지세요. 끈기와 연습을 통해 충분히 실력을 향상시킬 수 있습니다.

요약: 결국, 수학을 푼다는 것은 단순한 문제 해결 능력을 넘어 사고력과 창의력, 인내심을 기르는 과정입니다. 즐겁고 긍정적인 마음가짐을 가지면 그 과정 자체가 훨씬 더 의미 있고 재미있게 느껴질 거예요.

나의 생각

처음에 ChatGPT에 수학 문제를 물어봤을 때 gpt가 정답에 도달하지 못하고 정체해 있을 것으로 생각했지만, 인수분해를 시도하고 이를 통해 방정식을 푼 것을 보고 ChatGPT가 수학 문제를 풀 수 있을 정도로 발전했다는 것을 느꼈습니다. 또한 수학을 풀 때 어떤 마음가짐을 가져야 하는지 물어봤을 때, 실수에 대해 긍정적으로 바라보고 '왜'를 질문해야 한다고 답하였는데, 그저 인내심을 가지라고 말할 것이라는 제 예상과 달라 당황했습니다. 이렇게 인문 분야뿐만 아니라 수학이라는 영역에 발을 들인 ChatGPT를 보았는데, '언젠가는 수학 문제를 gpt가 모두 풀어내지 않을까?'라는 생각도 들었습니다. 하지만, 질문할 문제를 찾아내는 것은 결국 사람의 몫인 것 같습니다.

딥페이크

이승원

Q: 딥페이크 사건에 대해 어떻게 생각해?

ChatGPT:

딥페이크 사건은 매우 심각한 문제로, 특히 개인의 프라이버시와 사회적 신뢰를 위협할 수 있습니다. 딥페이크 기술은 고도로 발전한 인공지능을 이용해 가짜 영상을 생성하거나 조작하는 기술로, 이를 악용하면 정치적 선동, 범죄, 명예 훼손 등 다양한 부정적인 영향을 미칠 수 있습니다. 특히 피해자는 자신의 이미지가 왜곡되어 사용되거나, 원치 않는 방식으로 자신을 나타내는 경우가 많아 심각한 피해를 입을 수 있습니다.사회적으로 이러한 기술의 발전은 법적, 윤리적 논의도 불러일으키고 있으며, 각국 정부와 기업들이 이를 방지하기 위한 정책과 기술적 대응을 강화해야 하는 상황입니다. 딥페이크의 악용을 방지하기 위한 기술적 대응도 중요하지만, 윤리적 인식과 교육도 필수적입니다.

Q: 딥페이크의 악용 사례가 있을까?

ChatGPT:

성적 착취 및 명예훼손: 딥페이크 기술을 이용하여 유명인이나 일반인의 얼굴을 성적인 영상에 합성하는 사건들이 발생했습니다. 예를 들어, 유명한 여성 연예인들의 얼굴을 합성하여 가짜 포르노 영상을 만들거나, 유명 인사의 얼굴을 이용해 성적 착취적인 콘텐츠를 만들어 유포하는 경우가 있었습니다. 이는 피해자에게 심각한 정신적, 사회적 피해를 입히고 있습니다.

2. 정치적 선동과 선거 개입: 딥페이크 영상은 정치적 선동이나 선거 개입에도 사용될 수 있습니다. 예를 들어, 정치인이 말하지 않은 내용을 가짜로 만들어 여론을 조작하거나, 특정 후보자에게 불리한 이미지를 형성하려는 목적의 영상이 만들어질 수 있습니다. 이는 선거의 공정성에 심각한 위협이 될 수 있습니다.

3. 금융 사기 및 신뢰도 손상: 딥페이크 기술을 사용하여 고위직 인물이나 기업의 CEO의 얼굴과 목소리를 합성하고 이를 이용해 가짜 메시지를 전달하는 경우도 있습니다. 예를 들어, 특정 CEO의 음성을 합성해 금융 거래를 조작하거나, 가짜 명령을 전달해 기업의 자금을 탈취하는 등의 범죄가 발생할 수 있습니다.

4. 사회적 혼란 유발: 가짜 뉴스나 허위 정보를 퍼뜨리는 데 딥페이크가 사용될 수 있습니다. 예를 들어, 특정 인물이 부적절한 발언을 했다는 가짜 영상을 만들어 사회적 혼란을 일으키거나, 불신을 유도할 수 있습니다.

Q: 딥페이크에 속지 않으려면 어떤 방법이 있을까?

ChatGPT:

출처를 반드시 확인: 영상을 처음 접할 때, 그 출처가 신뢰할 수 있는지 반드시 확인하십시오. 공식적인 뉴스 매체나 공인된 출처에서 나온 콘텐츠인지 살펴보는 것이 중요합니다.

–추가 정보 검색: 해당 영상이 믿을 만한 곳에서 보도되었는지, 다른 신뢰할 수 있는 소스에서 확인할 수 있는지 검색해 보세요. 가짜 정보나 딥페이크는 종종 신뢰할 수 없는 소스에서 유포됩니다.

–얼굴의 움직임 및 표정: 딥페이크 영상에서는 종종 얼굴의 표정이 비정상적으로 자연스럽지 않거나 눈 깜박임이 일관되지 않을 수 있습니다. 사람의 얼굴은 비디오에서 자연스럽게 움직이고 반응해야 하는데, 딥페이크 영상에서는 이러한 부분에서 불일치가 발생할 수 있습니다.

–음성과 입 모양의 불일치: 음성과 입 모양이 일치하지 않는 경우도 흔

합니다. 입술이 말을 할 때의 움직임과 실제 음성이 일치하지 않거나 음성이 너무 부자연스럽다면 딥페이크일 가능성이 높습니다.

–배경이나 주변 환경: 딥페이크 기술은 영상의 배경이나 주변 환경을 정확하게 합성하는 데 어려움이 있을 수 있습니다. 예를 들어, 사람의 얼굴은 선명하지만, 배경이 흐릿하거나 왜곡된 경우 딥페이크일 수 있습니다.

–비정상적인 영상 품질: 영상이 지나치게 선명하거나 흐릿한 부분이 있거나, 조명이나 그림자가 자연스럽지 않으면 딥페이크일 수 있습니다.

–딥페이크 탐지 앱 사용: 다양한 딥페이크 탐지 도구와 앱이 개발되고 있습니다. 예를 들어, "InVID"와 같은 도구를 사용하면, 영상이 진짜인지 아닌지 분석할 수 있는 기능을 제공받을 수 있습니다. 온라인에서 딥페이크 탐지 서비스를 활용하면 보다 신속하게 영상을 분석할 수 있습니다.

–디지털 서명 확인: 일부 영상이나 이미지에는 디지털 서명이 포함되어 있어서 그 진위를 확인할 수 있습니다. 이는 원본 영상이 조작되지 않았음을 확인할 수 있는 중요한 방법입니다.4. 사실 확인 사이트 이용

–팩트체크 사이트 활용: Snopes, FactCheck.org, PolitiFact와 같은 사실 확인 사이트를 활용하여 영상의 진위를 확인할 수 있습니다. 이러한 사이트들은 가짜 뉴스나 딥페이크 콘텐츠를 검증하는 서비스를 제공합니다.

–상식적 의심: 너무 놀랍거나 믿기 어려운 내용의 영상이라면, 이를 즉시 믿지 말고 의심하는 습관을 기르는 것이 중요합니다. 특히 정치적, 사회적 논란을 일으킬 수 있는 내용은 더욱 조심해야 합니다.

–공식 반응 확인: 유명인이나 기업이 딥페이크에 피해를 입었을 경우, 그들이 직접 반박하거나 경고하는 경우가 많습니다. 공식 소식통이나 당사자의 반응을 확인하는 것도 좋은 방법입니다.

–디지털 리터러시 훈련: 디지털 콘텐츠를 평가하는 능력을 기르는 것이 중요합니다. 다양한 미디어 형식이 존재하는 현대에서 정보의 출처와 신뢰성을 판단할 수 있는 능력을 갖추는 것이 딥페이크에 속지 않는 데 도움이 됩니다. 딥페이크 기술은 빠르게 발전하고 있으므로, 위와 같은 방법을 통해 보다 의심하고 조심스럽게 정보를 받아들이는 습관을 기르는 것이 중요합니다.

나의 생각

딥페이크와 같은 기술이 빠르게 발전하면서 우리의 정보 소비 방식에도 큰 변화가 일어나고 있습니다. 이로 인해 우리는 더 이상 모든 영상이나 이미지를 당연하게 믿을 수 없는 시대에 살고 있습니다. 우리가 정보를 접할 때 항상 비판적 사고를 가지고, 그 출처와 진위를 확인하는 습관을 길러야 합니다. 특히 감정적으로 자극적이거나 지나치게 놀라운 내용을 접했을 때는 신중하게 판단해야 한다는 것을 알게 되었습니다.

딥페이크는 누구나 쉽게 접근할 수 있는 기술이지만, 그 악용은 사회에 큰 피해를 줄 수 있습니다. 우리는 서로를 보호하고, 건전한 정보 환경을 만들어 가기 위해 함께 노력해야 합니다. 올바른 정보 소비가 우리의 권리이자, 더 나은 사회를 만드는 데 기여하는 첫걸음이 될 것이라고 생각합니다.

ChatGPT에게 궁금증을 묻다

김은호

나는 지구를 살리고 싶다. 나 혼자서는 지구를 구할 수 없다. 지구를 구할 수 있다는 목표를 달성하기 위해 어떤 자질과 능력, 특징이 무엇인지 ChatGPT에게 물어 보았다.

Q: 지구 환경을 복구하기 위해 필요한 자질과 능력, 특징을 알려 줘!

ChatGPT:

지구환경을 복구하기 위한 자질과 능력, 특징을 알려 드리겠습니다.

1. 과학적 이해와 기술적 전문성

환경 복구의 핵심은 과학적 지식에 기반을 두는 것입니다. 지구의 다양한 환경적 문제들(기후 변화, 대기오염, 수질 오염 등)은 모두 복잡한 과학적 원리와 상호작용에 의해 발생합니다. 이를 해결하기 위해서는 다음과 같은 능력이 필요합니다. 기후학,생태학, 해양학 등 각종 환경 문제를 해결하려면 그 문제의 근본 원인을 파악할 수 있어야 합니다. 예를 들어, 기후 변화 문제를 해결하려면 온실가스의 배출 원인과 그 영향에 대한 과학적 이해가 필요합니다.

지속 가능한 기술: 환경 복구를 위한 기술 혁신이 중요합니다. 이는 재생 가능 에너지(태양광, 풍력 등), 탄소 포집 기술, 지속 가능한 농업 방법 등 다양한 기술을 포함합니다.

데이터 분석 및 모델링 능력: 환경 문제를 해결하기 위해서는 데이터 수집과 분석을 통해 정확한 정보를 얻고, 이를 바탕으로 예측 모델을 만들 수 있어야 합니다. 이 능력은 특히 기후 변화와 관련된 문제에서 매우 중요한 역할을 합니다.

2. 문제 해결 능력과 창의적 사고

환경 복구는 단기적인 해결책보다는 장기적이고 지속 가능한 해결책을 요구합니다. 이를 위해 창의적이고 혁신적인 접근 방식이 필요합니다.

시스템적 사고: 환경 문제는 다양한 요소가 얽혀 있기 때문에 한 가지 문제를 해결한다고 해서 모든 문제가 해결되는 것이 아닙니다. 따라서 복합적인 시스템을 이해하고, 각 요소들이 어떻게 상호작용하는지 파악할 수 있는 능력이 필요합니다.

적응적 해결책: 환경 상황은 지속적으로 변화하므로, 고정된 해결책보다는 변화에 따라 유연하게 적응할 수 있는 해결책이 필요합니다. 이를 위해서는 새로운 기술이나 방법을 시험하고 적용하는 능동적인 자세가 중요합니다.

3. 협업과 소통 능력

환경 문제는 전 세계적이고, 다양한 분야의 전문가들이 함께 해결해야 할 문제입니다. 따라서 협업 능력은 필수적입니다.

다양한 이해관계자와의 협력: 정부, 기업, 시민 단체, 학계 등 다양한 분야의 사람들과 협력해야 합니다. 각기 다른 목표와 이해관계를 가진 사람들 간에 공동의 목표를 설정하고, 협력할 수 있는 능력이 중요합니다.

소통 능력: 환경 문제는 종종 복잡하고 기술적이기 때문에, 전문가들 간의 원활한 소통은 물론, 일반 대중에게 환경 문제의 심각성을 이해시키고 참여를 유도하는 능력이 필요합니다. 따라서 대중과의 효과적인 소통을 위한 커뮤니케이션 기술도 중요합니다.

4. 책임감과 윤리적 사고

환경 복구 작업은 단순히 기술적인 문제 해결에 그치지 않고, 윤리적이고 사회적인 책임을 동반합니다. 특히 기후 변화나 자연 자원의 고갈 등은 인류와 미래 세대에 큰 영향을 미칩니다. 이를 해결하기 위해서는 환경에 대한 책임감, 우리가 환경에 미치는 영향에 대해 책임감을 느끼고, 지속 가능한 방식으로 행동하는 것이 중요합니다. 이는 개개인의 행동뿐만 아니라 기업이나 정부 차원에서도 동일하게 요구됩니다.

윤리적 결정: 환경 복구를 위한 방법이나 정책을 만들 때, 단기적인 이익보다는 장기적인 환경과 사회적 가치를 우선시해야 합니다. 예를 들어, 경제 성장을 위한 개발이 환경에 미치는 부정적인 영향을 최소화하는 방법을 고민하는 자세가 필요합니다.

5. 지속적인 학습과 적응력

환경 문제는 매우 동적인 영역으로, 새로운 과학적 발견이나 기술이 끊임없이 등장합니다. 이 변화에 적응하고 지속적으로 학습하는 자세가 필요합니다.

새로운 연구와 기술 습득: 환경 복구를 위한 연구와 기술이 빠르게 발전하고 있기 때문에, 최신 동향을 추적하고 새로운 해결책을 적용할 수 있는 능력이 중요합니다.

유연한 사고방식: 환경 문제는 예측할 수 없는 많은 변수들이 있기 때문에, 문제 해결에 있어 유연한 사고방식과 적응력이 요구됩니다. 즉, 하나의 방법만 고수하지 않고 다양한 접근 방식을 시도할 수 있어야 합니다.

6. 리더십과 동기부여

환경 복구를 위한 프로젝트는 시간이 오래 걸리고, 그 과정에서 많은 도전이 따르기 때문에 강력한 리더십과 동기부여 능력이 필요합니다:

목표 설정과 추진력: 명확한 목표를 설정하고 이를 달성하기 위한 구체적인 계획을 세우는 것이 중요합니다. 이러한 계획은 사람들을 동기부여하고, 프로젝트를 꾸준히 추진하는 데 필요한 원동력이 됩니다.

팀의 협력 유도: 환경 복구 프로젝트는 대개 팀 단위로 이루어지므로, 팀원들이 목표를 향해 협력하고 최선을 다할 수 있도록 격려하고 이끄는 리더십이 필요합니다.

7. 지역사회와의 연결

환경 복구는 단지 전 세계적인 차원에서만 다루어져야 하는 문제가 아니라, 지역적으로도 해결책을 찾아야 합니다. 각 지역의 환경 문제는 고유한 특성을 가지기 때문에, 지역사회의 참여와 협력이 매우 중요합니다.

지역적 특성에 맞춘 해결책: 각 지역마다 환경 문제가 다르기 때문에, 그 지역의 특성에 맞는 해결책을 제시할 수 있어야 합니다. 예를 들어, 도시 지역에서는 대기오염 문제를, 농촌 지역에서는 토양과 수자원 오염 문제를 중점적으로 다룰 수 있습니다.

지역사회의 참여와 협력: 환경 복구 활동이 성공적으로 이루어지려면, 지역사회가 적극적으로 참여하고 협력하는 태도가 필요합니다. 주민들의 환경 보호 의식을 높이고, 그들이 주도적으로 해결책을 제시할 수 있도록 도와야 합니다.

이러한 자질과 능력들이 모두 결합되어야만, 환경 복구를 위한 구체적인 변화와 효과적인 해결책이 현실화될 수 있습니다.

나의 생각

ChatGPT는 1분 만에 우리가 지구를 위해 해야 할 자질과 노력 임무 등을 알려 주었다. 7가지의 묶음으로 그 안에서 세부적으로 알려 주었다. 그저 알려 달라는 말을 했을 뿐이지만 높임말과 함께 타당성을 가지고 의미를 전달해 주었다. ChatGPT의 말을 읽으니 전부 공감이 가는 말이었다.

ChatGPT를 통해 얻는 것에 깨달음과 이해가 있다는 것이 신기한 거 같다.

이제는 ChatGPT가 앞으로 더욱 발달된 AI를 가지고, 더욱 고도화된 정보를 알려 주는 것이 얼마나 중요할지 기대가 된다.

소설에 대하여

안훈석

Q1. 소설은 망상의 일부분일까?

ChatGPT:

소설이 망상의 일부분이라고 볼 수도 있습니다. 망상은 일반적으로 현실과 다르게 왜곡된 인식이나 상상으로 정의되지만, 소설은 작가가 현실을 넘어서서 만들어낸 가상의 세계를 다룹니다. 그 점에서 소설은 창작의 자유를 기반으로 한 상상의 결과물이고, 이는 망상과 유사한 점이 있을 수 있습니다.

하지만 망상은 보통 정신적 혼란이나 왜곡된 현실 인식을 의미하는 반면, 소설은 의도적으로 구성된 이야기로서, 독자에게 감동을 주거나 메시지를 전달하는 목적을 가지고 있습니다. 즉, 망상이 개인의 내면에서 자발적으로 발생하는 비정상적이고 왜곡된 사고라면, 소설은 그 반대로 예술적, 창조적 행위로서 의도적으로 현실을 변형하고 재구성하는 작업입니다.

결국, 소설은 망상과 비슷한 상상의 영역을 다루긴 하지만, 그 자체로 문학적 의미와 창조적인 목적이 존재하는 작품이라고 할 수 있습니다.

Q2. 노벨상을 수상한 소설가 '한강'에 대해서 어떻게 생각해?

ChatGPT:

한강은 정말 독특하고 깊이 있는 문학적 목소리를 가진 작가라고 생각합니다. 한강은 채식주의자로 국제적인 주목을 받았습니다. 그녀의 작품은 언어와 감정의 섬세한 교차점을 탐구하며, 인간 존재와 욕망, 고통, 그리고 사회적 억압에 대한 깊은 성찰을 담고 있습니다.

채식주의자는 단순히 식습관의 변화에 관한 이야기가 아니라, 자아와 타자, 그리고 내면의 갈등을 드러내는 작품으로서 그 의미가 큽니다. 이 소설은 주인공이 "채식주의자"로 변하면서 시작되는 변화가 점차적으로 그녀의 정신적, 육체적 존재에까지 영향을 미치게 되는데, 이를 통해 한강은 인간의 내면에서 일어나는 갈등과 그로 인한 고통을 묘사합니다. 그녀는 종종 '인간의 본성'과 '경계를 넘어서려는 욕망'을 탐구하는 작품을 만들어냅니다.

한강의 작품에서 중요한 점은 "침묵"과 "간격"입니다. 그녀의 언어는 매우 절제되고, 때때로 그 사이에 감춰진 감정과 이야기를 독자가 스스로 읽어낼 수 있도록 유도합니다. 이러한 특징이 독특한 문학적 매력을 만들어내며, 깊이 있는 인문학적 질문들을 던지는 효과를 낳습니다.

또한 한강은 자신만의 문체와 상징적 이미지를 잘 사용하여, 인간 존재에 대한 고통과 회복, 그리고 구원의 가능성을 탐구하는 작업을 지속적으로 이어가고 있습니다. 이와 같은 점이 그녀를 단순히 한 시기의 유행 작가가 아니라, 깊이 있는 현대 문학을 대표하는 작가로 자리매김하게 만든 이유입니다.

따라서 한강은 현대 한국 문학을 대표하는 작가이자, 그녀의 작품을 통해 인간 존재와 그 내면을 탐구하는 중요한 목소리로 여겨진다고 생각합니다.

Q3. '히가시노 게이고'의 소설 특징에 대해 알려 줘.

ChatGPT:

히가시노 게이고는 일본을 대표하는 추리 소설가로, 그의 작품은 그 자체로 독특한 매력을 지니고 있습니다. 그의 소설의 주요 특징은 심리적 깊이와 일상적 사건 속에 숨겨진 비밀을 탐구하는 방식입니다. 다음과 같은 특징들이 그의 소설을 특별하게 만듭니다.

1. 심리적 접근과 캐릭터 중심의 이야기

히가시노 게이고의 소설은 종종 주요 사건이나 범죄를 중심으로 전개되지만, 그보다 더 중요한 것은 등장인물의 심리적 변화입니다. 그는 인물들의 내면을 세심하게 묘사하며, 그들의 동기와 갈등을 탐구합니다. 예를 들어, 용의자 X의 헌신에서는 주인공이 범죄를 저지른 후, 그를 숨기려는 주변 인물들의 심리와 갈등을 중심으로 이야기가 풀려 나갑니다. 이 소설에서 "용의자 X"라는 캐릭터는 단순한 범인이 아니라, 자기 희생과 사랑을 통해 복잡한 심리적 반전을 이끌어 냅니다.

2. 복잡한 트릭과 반전

히가시노 게이고는 추리 소설의 틀을 잘 활용하면서도, 복잡한 반전과 예상치 못한 전개로 독자를 끌어들입니다. 그가 사용하는 트릭은 단순한 "누가 범인인가?"를 넘어서, 사건이 일어난 배경과 그로 인해 등장인물들이 겪는 내적 갈등을 파헤칩니다. 예를 들어, 마법의 손톱에서는 처음에는 복잡한 수수께끼가 풀리는 듯하다가, 결국 그 수수께끼가 각 인물의 인생과 어떤 방식으로 연결되는지 드러나면서 이야기가 완전히 새로운 방향으로 전개됩니다.

3. 일상적인 배경 속에서 벌어지는 비범한 사건

히가시노 게이고의 소설은 종종 일상적인 환경을 배경으로 설정됩니다. 서울이나 도쿄의 평범한 거리, 사무실, 가정 등에서 일어나는 사건을 다루기 때문에 독자는 쉽게 이야기 속에 몰입할 수 있습니다. 그러나 그 일상 속에서 비범한 사건이나 범죄가 벌어지며, 그 사건의 해결 과정에서 드러나는 인간의 복잡한 감정선이 작품의 핵심입니다. 예를 들어, 다만, 너를 사랑하고 있다에서는 잔잔한 일상 속에서 시작된 작은 의심이 결국 큰 사건으로 번져 가는 과정을 그리며, 일상적인 사건들 속에 숨겨진 비밀들을 하나씩 풀어냅니다.

4. 도덕적 질문을 던지는 결말

히가시노 게이고의 소설은 결말에서 도덕적 갈등이나 윤리적 질문을 던지는 경우가 많습니다. 사건을 해결한 후에도, 독자는 여전히 정의나 공정에 대해 고민하게 됩니다. 용의자 X의 헌신에서 주인공이 범죄를 덮는 이유와 그로 인한 희생은 독자에게 큰 도덕적 질문을 남깁니다.

"옳은 일은 무엇인가?", "사랑이란 어떤 형태로 희생될 수 있는가?"라는 질문을 던지며, 단순히 범죄를 해결하는 데 그치지 않고, 인간 본성에 대한 깊은 성찰을 유도합니다.

5. 탐정과 경찰의 역할

히가시노 게이고의 소설은 대개 탐정이나 경찰이 사건을 해결하는 구조를 따르지만, 그들이 사건을 해결하는 방식은 단순히 논리적 추리만이 아닌, 인간적인 감정과 동기를 바탕으로 합니다. 특히 그의 소설에서 경찰은 범인을 추적하는 역할을 하면서도, 그들이 범인을 추적하는 과정에서 겪는 내적 갈등이나 개인적인 문제들이 이야기를 풍성하게 만듭니다. 비밀이라는 소설에서는 주인공이 점점 범인과 가까워져가면서, 결국 사건을 해결하는 데 있어 인물 간의 관계가 중요한 열쇠가 됩니다.

결론

히가시노 게이고의 작품은 단순히 추리나 범죄 소설에 그치지 않습니다. 그가 다루는 사건들은 인간의 본성, 감정, 그리고 도덕적인 선택을 탐구하는 데 중점을 두고 있기 때문에, 독자는 사건 해결을 넘어서 더 깊은 심리적, 윤리적 질문을 접하게 됩니다. 그의 소설을 읽으며, 우리는 단순한 추리적 재미를 넘어서 인간 내면의 복잡한 갈등과 감정을 이해하게 되며, 그로 인해 더 큰 몰입감을 경험할 수 있습니다.

Q4. 많은 사람들이 '사람은 고쳐 쓰는 게 아니야' 라고들 하는데, 사람은 고쳐 쓸 수 있다고 생각해?

ChatGPT:

사람은 고쳐 쓸 수 있다고 생각합니다. 물론 사람은 완벽하지 않아서 실

수도 하고, 여러 가지 잘못된 생각이나 행동을 반복할 수 있지만, 변화와 성장은 가능하다고 믿습니다.

변화에는 시간이 걸릴 수도 있고, 때로는 강한 의지나 외부의 도움이 필요할 수도 있지만, 사람은 계속해서 배우고, 성숙하고, 발전할 수 있는 능력을 가지고 있습니다. 인간은 환경과 경험을 통해 새로운 가치관이나 시각을 얻을 수 있고, 자신의 행동이나 사고방식을 되돌아보며 고칠 수도 있습니다.

예를 들어, 과거의 실수나 잘못된 행동을 반성하고 그것을 개선하려는 노력은 자기 인식의 중요한 부분입니다. 나쁜 습관이나 잘못된 생각을 고치기 위해서는 자기 성찰과 꾸준한 노력이 필요하지만, 그 과정에서 사람은 성장할 수 있습니다.

특히 인간은 공감 능력과 학습 능력을 가지고 있기 때문에 다른 사람들의 경험과 의견을 듣고 그것을 자신의 삶에 적용할 수 있는 가능성도 매우 큽니다. 예를 들어, 사람들이 책을 읽거나 대화를 나누면서 새로운 관점을 얻거나, 더 나은 결정을 내리게 되는 것처럼요.

하지만 변화에는 한계가 있을 수도 있습니다. 사람마다 고칠 수 있는 부분과 그렇지 못한 부분이 존재하기도 하며, 때로는 극복하기 힘든 심리적 장애물이나 깊은 상처가 있을 수 있습니다. 그럼에도 불구하고, 사람은 고쳐 쓰는 게 불가능하지 않다고 생각합니다. 중요한 건 그 변화의 의지를 갖고 계속 노력하는 것이겠죠.

그래서 “사람은 고쳐 쓸 수 없다”는 말은 아마 인간의 한계나 불완전성을 강조한 표현일 수 있지만, 실제로 사람은 변화할 수 있고, 자기 개선을 위해 노력할 수 있는 존재라고 봅니다.

Q. ChatGPT를 바람직하게 사용하는 방법에 대해 알려 줘.

ChatGPT:

ChatGPT를 바람직하게 사용하는 방법에 대해서는 몇 가지 중요한 원칙이 있습니다. 이를 통해 더 효과적이고 윤리적으로 활용할 수 있으며, 보다

유익한 경험을 얻을 수 있습니다.

– 스스로 생각하는 능력 키우기

자동화된 답변에 의존하지 않기: ChatGPT는 유용한 도구이지만, 너무 의존해서 스스로 생각하는 능력을 잃지 않도록 해야 합니다. 도구를 사용하되, 그 정보를 자신의 이해와 사고에 맞게 비판적 사고를 통해 해석하고 검토하는 것이 중요합니다.

– 과도한 정보 요청 피하기

간결하고 핵심적인 질문: 너무 많은 질문을 한 번에 던지거나, 복잡한 주제를 지나치게 한꺼번에 다루려 하면, 응답이 흩어지거나 정확성이 떨어질 수 있습니다. 정보를 필요한 부분만 요청하고, 점진적으로 깊이를 더하는 방식이 더 효과적입니다.

결론

ChatGPT를 바람직하게 사용하는 방법은 정확한 질문과 목적 설정, 윤리적 사용, 학습과 창작의 도구로 활용, 그리고 스스로의 사고를 촉진하는 방식입니다. 이 AI를 잘 활용하면 효율적이고 창의적인 작업을 할 수 있으며, 유익한 정보를 얻고 자기 발전을 이룰 수 있습니다.

나의 생각

내가 평소 가족이나 친구들에게 쉽게 질문할 수 없었던, 오랜 기간 머릿속에 묵혀 놓은 고민거리들에 대해 들어주는 것으로도 모자라 몇 초 만에 사람이 아닌 존재가 답을 해주니, 속이 시원하면서도 소름이 돋았다. ChatGPT의 답 중에서는 나의 의견과 정확하게 일치하는 것도 있었고, 나의 의견과 대립하는 의견 또한 있었다. 나는 이 인공 뇌와 대화하며 느꼈다. '이건 정말 양날의 검이구나' 인공 뇌를 사용하기에 따라 인간이 만들어낸 사악한 물건으로 볼 수도 있고, 인간이 만들어낸 걸작이라고도 볼 수 있을 것이다. 옛날에 인공지능이 신이 된 세계를 다루는 내용의 소설을 본 적이 있다. 그 소설에선 결국 인간 또한 똑같이 감정 없는 로봇으로 변해 있었다. 너무 인공지능에 의존하는 전자 뇌가 되지 않도록 해야 한다. 마지막으로 ChatGPT를 올바르게 사용하는 법에 대하여 본인에게 직접 물어보았다.

ChatGPT가 생각하는 교사

김시원

Q1. 교육의 목적이 뭘까?

ChatGPT:

교육의 목적은 다각도로 해석될 수 있지만, 일반적으로 몇 가지 핵심적인 목표를 가진다고 볼 수 있어요.

1. 개인의 성장과 자아실현: 교육은 개인이 자신의 잠재력을 발견하고, 자아를 실현할 수 있도록 돕는 중요한 과정입니다. 이를 통해 학생들은 자신의 흥미와 강점을 파악하고, 삶의 목표를 정립해 나갈 수 있어요.

2. 지식과 기술 습득: 교육은 단순히 학문적 지식뿐만 아니라 사회에서 필요한 다양한 기술을 습득하게 해줍니다. 이로써 학생들은 직업적 능력이나 실생활에 필요한 실용적인 지식을 배우게 되죠.

3. 사회화와 공동체 의식 함양: 교육은 학생들이 사회의 구성원으로서 다른 사람들과 협력하고 공존하는 법을 배우도록 돕습니다. 이는 사회적 책임감과 시민 의식을 기르며, 더 나아가 공익을 위한 행동을 이끌어 냅니다.

4. 비판적 사고와 문제 해결 능력 배양: 교육은 단순한 정보의 전달이 아니라, 학생들이 비판적 사고를 통해 문제를 해결하는 능력을 기르도록 합니다. 이런 능력은 급변하는 현대 사회에서 매우 중요해요.

5. 문화와 가치 전달: 교육은 문화와 가치를 다음 세대로 전하는 역할을 합니다. 이를 통해 학생들은 다양한 가치관을 이해하고 존중하며, 자신만의 신념을 형성하게 됩니다.

교육의 목적은 시대에 따라, 그리고 사회의 요구에 따라 변화하지만, 결국에는 개인의 발전과 사회의 발전이라는 두 가지 큰 목표를 위해 존재한다고 할 수 있어요.

Q2. 그럼 교육을 하는 교사는 무슨 역할이지?

ChatGPT:

교사는 교육의 목적을 실현하는 데 핵심적인 역할을 담당합니다. 교사의 역할은 단순히 지식을 전달하는 것 이상으로, 학생들이 성장하고 사회에서 의미 있는 삶을 살아갈 수 있도록 돕는 데 있습니다. 구체적으로 몇 가지 중요한 역할을 살펴볼 수 있어요:

1. 지식의 전달자이자 학습 가이드: 교사는 교과 지식을 전달할 뿐만 아니라 학생들이 학습하는 방법을 배우도록 돕습니다. 스스로 탐구하고 이해할 수 있는 역량을 길러주는 것이죠.

2. 학생의 잠재력을 발견하고 개발하는 멘토: 교사는 학생의 강점과 흥미를 발견하고, 이를 바탕으로 학생이 자기 자신을 더 잘 이해하도록 돕습니다. 또한, 학업이나 삶에서의 목표를 설정하고 실현할 수 있도록 격려해 주는 역할도 합니다.

3. 사회적, 정서적 성장의 지원자: 교사는 학생들이 사회에서 필요한 감정 조절, 관계 맺기, 갈등 해결 등을 배울 수 있도록 돕습니다. 이는 학생이 건강한 사회성을 기르고, 다른 사람과 긍정적으로 상호작용할 수 있도록 해줍니다.

4. 비판적 사고와 창의성 촉진자: 교사는 학생들에게 사고하는 법을 가르치며, 단순히 답을 알려 주는 것이 아니라 질문을 통해 스스로 답을 찾을 수 있도록 유도합니다. 이를 통해 학생들은 비판적 사고력과 문제 해결 능력을 기를 수 있게 되죠.

5. 모델이자 롤 모델: 교사는 자신의 행동과 태도로 학생들에게 본보기가 됩니다. 학습에 대한 열정, 성실함, 타인에 대한 존중과 같은 가치들을 몸소 보여줌으로써, 학생들이 따라 배울 수 있게 합니다.

6. 문화와 가치의 전달자: 교사는 사회와 문화적 가치관을 다음 세대로 전달하고, 이를 통해 학생들이 다양한 가치관을 이해하고 존중하도록 도와

줍니다. 또한, 학생들이 자신의 신념과 가치관을 형성하도록 지원합니다.

결국 교사는 학생들이 독립적이고 책임감 있는 개인으로 성장하도록 돕는 조력자이자, 학생의 전인적 성장을 이끄는 멘토라고 할 수 있습니다.

Q3. 그럼 학생들의 인생에서 교사는 꼭 필요한 존재겠네?

ChatGPT:

맞아요, 교사는 학생들의 인생에서 매우 중요한 존재입니다. 교사는 학생들이 자신을 발견하고 성장하는 과정에서 길잡이 역할을 해주기 때문에 그 영향력이 매우 크다고 할 수 있어요. 특히 교사는 학생들이 자신의 강점과 잠재력을 발견하게 하고, 삶에서 맞닥뜨릴 다양한 도전에 대한 준비를 할 수 있도록 도와주는 중요한 조력자입니다.

또한, 교사는 학생들에게 긍정적인 롤 모델이 됩니다. 많은 학생들이 교사의 태도, 가치관, 삶의 방식에서 영감을 받고 자신도 그러한 사람으로 성장하고자 하는 동기를 얻기도 하죠. 교사의 한 마디 격려나 관심은 학생들에게 큰 힘이 될 수 있으며, 어려운 시기를 극복하게 하거나 자신감을 되찾게 하는 중요한 원동력이 되기도 합니다.

더불어 교사는 다양한 삶의 기술과 사회적 가치를 배울 수 있도록 도와줍니다. 학교는 작은 사회와도 같아서, 학생들이 협력, 배려, 책임감을 배우기에 최적의 환경이죠. 교사는 이러한 가치를 전수하며, 학생들이 사회의 일원으로서 성숙하게 성장할 수 있도록 돕습니다.

따라서, 교사는 학생들이 인생을 살아가는 데 필요한 지식과 기술, 그리고 중요한 가치관을 형성하도록 돕는 필수적이고도 가치 있는 존재라고 할 수 있습니다.

나의 생각

ChatGPT가 말하는 교사가 진짜인지 의문이 듭니다. 하지만 기본으로 갖추어야 할 교사 정신과 태도는 ChatGPT가 말하는 것이 정답인 것 같습니다. '학생들에게 교사는 꼭 필요한가?'라는 질문을 던진 것은 나와 같은 학생의 관점에서 '내 인생에 스승과 같은 교사가 없었으면, 지금 나는 어떻게 살았을까?'라는 상상을 해버렸고 나는 잘못된 길로 나갔을 것 같다는 생각이 들었습니다. 이 ChatGPT를 활용한 활동은 내게 선생님께 대한 존경심과 감사함이 떠오르게 하는 활동이었습니다.

파일럿에 대해

신동훈

Q. 항공기 기장에 대해 설명해 줘.

ChatGPT:

항공기 기장은 비행기에서 가장 높은 직위를 가진 조종사로, 항공기의 안전한 운항을 책임지는 중요한 역할을 맡고 있습니다. 기장은 항공기를 조종하고, 승무원과 승객의 안전을 보장하며, 비상 상황에서 결정을 내리는 최종 권한을 가지고 있습니다.기장이 되기 위해서는 상당한 비행 경력과 교육, 훈련이 필요합니다. 일반적으로 부기장(퍼스트 오피서)으로 일정 기간 경험을 쌓은 후 기장 자격을 얻을 수 있습니다. 또한 기장은 각 항공사나 항공 당국이 요구하는 다양한 라이선스와 인증을 취득해야 하며, 정기적인 비행 능력 평가와 건강 검진을 통해 자격을 유지해야 합니다.기장은 비행 전후로 비행 계획을 검토하고, 항공기의 시스템을 점검하며, 기상 조건을 고려해 비행 경로를 설정합니다. 비행 중에는 항공기의 시스템을 모니터링하고, 항공 관제와 통신하며, 비상 상황 발생 시 신속하고 정확한 결정을 내립니다.

Q. 항공기 기장이 되려면 고등학생은 무엇을 해야 해?

ChatGPT:

고등학생이 항공기 기장이 되기 위해 준비해야 할 사항들은 다음과 같습니다:

1. 수학과 과학 성적 향상 기장이 되려면 물리, 수학, 특히 항공역학과

관련된 기초 지식이 필요합니다. 항공기 조종은 공기의 흐름, 중력, 속도 등을 이해해야 하는 분야이므로, 과학(특히 물리)과 수학 성적을 높이는 것이 중요합니다.

2. 영어 실력 향상 항공 분야는 국제적인 환경에서 일하는 직업이므로 영어 실력이 매우 중요합니다. 항공 통신과 관제는 주로 영어로 이루어지며, 모든 항공 관련 매뉴얼과 자료도 영어로 작성되어 있습니다. 영어 듣기와 말하기, 읽기 능력을 향상시키는 데 집중하세요.

3. 항공대학 또는 항공 관련 학과 준비대학 진학 시 항공운항학과가 있는 대학에 지원하는 것이 좋습니다. 항공운항학과는 비행 이론과 실제 비행 실습을 포함한 전문 교육을 제공하여 기장으로 가는 길을 열어줍니다. 한국에는 한국항공대학교, 한서대학교, 인하공업전문대학 등이 항공 관련 학과를 운영하고 있습니다.

4. 신체 건강 관리 기장이 되려면 건강한 신체가 필수입니다. 특히 시력과 청력, 반사 신경 등이 엄격하게 요구됩니다. 따라서 고등학생 때부터 꾸준히 건강 관리를 하고 운동을 통해 체력을 유지하는 것이 중요합니다.

5. 항공 관련 정보 수집 및 체험 항공사에서 제공하는 견학 프로그램이나 체험 프로그램에 참여하여 항공기 조종에 대한 이해를 넓히세요. 파일럿의 일상, 비행의 원리, 조종 실습 등을 체험하면서 동기부여도 되고 실제 직업에 대한 감각을 키울 수 있습니다.

6. 리더십 및 책임감 키우기 기장은 전체 승객과 승무원의 안전을 책임지는 자리이므로, 리더십과 책임감이 매우 중요합니다. 학생회나 동아리 활동 등에서 리더로서의 경험을 쌓고, 협동심과 문제 해결 능력을 키우세요.고등학생 때부터 이러한 준비를 차근차근 해나가면 항공기 기장의 꿈에 한 발 더 다가갈 수 있습니다.

Q 항공기 기장이 가진 혜택은 뭐야?

ChatGPT:

항공기 기장은 책임이 큰 직업인 만큼 다양한 혜택과 보상을 받습니다.

주요 혜택들은 다음과 같습니다.

1. 높은 급여 기장은 항공사에서 가장 높은 급여를 받는 직군 중 하나입니다. 경력과 항공사에 따라 다르지만, 기장은 상당한 보수를 받으며, 특히 장거리 국제선을 운항하는 기장은 급여가 더욱 높습니다.

2. 여행 혜택 항공사 직원으로서 전 세계 다양한 지역을 방문할 기회가 많습니다. 대부분의 항공사에서는 직원과 그 가족에게 무료 항공권 또는 큰 할인 혜택을 제공해, 여행을 저렴하게 즐길 수 있습니다.

3. 고용 안정성 항공기 기장은 높은 전문성을 요구하는 직업이기 때문에, 항공사에서의 고용 안정성이 높습니다. 또한, 항공산업이 꾸준히 성장하고 있어 기장에 대한 수요가 지속적으로 증가하는 편입니다.

4. 전문성 인정 기장은 항공기 운항과 승객 안전을 책임지는 직업으로서 매우 높은 수준의 신뢰와 존경을 받습니다. 따라서 사회적으로 높은 위치에 있으며, 책임감과 리더십을 발휘할 수 있는 기회가 많습니다.

5. 의료 혜택과 연금 많은 항공사에서는 기장에게 고급 의료 혜택을 제공하며, 퇴직 후에도 연금 혜택이 지원되는 경우가 많습니다. 이는 기장들이 건강한 상태로 오래 일할 수 있도록 도와주는 중요한 복지입니다.

6. 규칙적인 훈련 및 기술 발전 항공기 기장은 최신 항공 기술과 안전 절차에 대해 지속적인 훈련을 받습니다. 이를 통해 전문성을 더욱 발전시킬 수 있으며, 끊임없이 배우고 성장할 수 있는 환경이 마련됩니다.기장은 이러한 혜택 외에도 하늘을 나는 경험 자체에서 오는 만족감과 성취감을 느낄 수 있는 직업입니다.

나의 생각

항공기 기장이 되려면 높은 성적이 필요하고, 영어와 과학 같은 과목에서 좋은 성적을 유지하는 게 중요한 걸 알지만, 지금의 성적이 좋지 않아서 조금 불안한 마음이 들기도 합니다. 그렇지만, 지금 당장 성적이 좋지 않다고 해서 꿈을 포기하고 싶진 않아요. 그리고 기장이 되려면 신체 건강과 책임감이 중요하다고 해서, 체력을 유지하고 스스로 책임감을 키우는 습관을 들이려고 해요. 지금 할 수 있는 작은 일들부터 하나씩 해나가다 보면 언젠가 제 꿈에 가까워질 수 있을 거라고 생각해요.

좋아하는 것에 대해

김유상

Q1:좋아하는 것에 대해 어떻게 생각해?

ChatGPT:

좋아하는 것은 우리 삶에서 굉장히 중요한 역할을 해요. 우리가 좋아하는 것에는 다양한 형태가 있죠. 취미, 음식, 장소, 사람, 활동 등 여러 가지가 포함되는데, 이는 우리의 감정과 삶의 만족도를 높이고, 자신을 더 깊이 이해하는 데도 큰 도움이 됩니다.

1. 좋아하는 것이 주는 행복

우리가 좋아하는 것에 몰두할 때는 일상에서 벗어나 온전히 그 순간에 집중하게 됩니다. 이 과정은 마음의 휴식을 제공하고 스트레스를 완화시켜 줍니다. 예를 들어, 음악을 좋아하는 사람이라면 음악을 들을 때 마음이 편안해지고, 그림을 좋아하는 사람은 창의력을 발휘하며 몰입할 때 큰 기쁨을 느끼곤 하죠. 이런 활동들은 감정을 긍정적으로 만들어 주고, 삶을 더 활기차게 만듭니다.

◆ 참고 예시: 음악을 좋아하는 사람은 하루를 마무리하며 조용히 이어폰을 꽂고 음악을 감상할 때 기분이 정리되고 편안해질 수 있어요. 좋아하는 음식을 먹는 것도 마찬가지로 작은 행복을 느끼게 하죠.

2. 자기 발견과 성장에 도움

좋아하는 것은 우리가 어떤 사람인지, 어떤 가치관을 가지고 있는지 알게 해줍니다. 좋아하는 것들이 모여 나만의 취향과 개성이 되고, 이로 인해 자신에 대해 더 잘 알게 되는 계기가 되기도 하죠. 새로운 것을 시도해 보고 취향을 찾아가는 과정에서 스스로의 가능성을 발견하기도 하고, 더 넓은 시각을 갖게 됩니다.

◆ 참고 예시: 독서를 좋아하는 사람은 다양한 책을 읽으면서 자신이 좋아하는 주제와 작가를 알게 되고, 책을 통해 많은 관점과 생각을 배울 수 있습니다.

3. 좋아하는 것이 동기 부여가 될 때

좋아하는 것은 목표를 설정하고 도전을 지속하는 데에 큰 동기가 되기도 합니다. 예를 들어, 그림 그리기를 좋아하는 사람은 그림 실력을 높이기 위해 꾸준히 연습하고, 요리를 좋아하는 사람은 새로운 레시피를 시도해 보면서 자신만의 요리법을 개발하기도 하죠. 좋아하는 일은 때때로 목표 달성의 과정에서 겪는 어려움을 극복할 수 있는 힘이 되기도 합니다.

◆ 참고 예시: 여행을 좋아하는 사람은 매년 새로운 여행지를 목표로 삼고, 여행을 위해 계획을 세우며 돈을 저축하는 등 구체적인 실천을 통해 여행 목표를 이루려 합니다.

결론적으로

좋아하는 것들은 단순히 즐거움을 넘어서서, 삶을 활력 있게 만들고 나다움을 찾는 과정에 중요한 역할을 합니다. 스스로에게 의미 있는 것을 찾고, 좋아하는 일을 꾸준히 이어나가는 것은 삶을 더 풍성하게 해 줄 것입니다.

Q2: 좋아하는 것이 없는 것 같은데 어떻게 찾아볼 수 있을까요?

ChatGPT:

좋아하는 것을 찾는 것은 당연히 쉽지 않을 수 있어요. 그러나 스스로에 대해 탐구하고 여러 가지 활동을 시도해 보면서 천천히 찾아가는 과정이 중요합니다. 좋아하는 것을 찾는 방법은 여러 가지가 있는데요, 몇 가지 단계로 구체적인 팁을 드리겠습니다.

1. 새로운 경험을 시도해 보기

좋아하는 것을 찾으려면 다양한 경험이 필요합니다. 우리가 관심을 두지 않았던 분야나 새로운 활동을 시도해 보는 것이 좋은 방법이에요. 예를 들어, 운동, 요리, 미술, 음악, 글쓰기, 여행 등 여러 분야를 경험해 보는 것입니다. 이런 과정을 통해 생각하지 못했던 흥미를 발견할 수도 있어요.

◆ 참고 예시: 평소에 스포츠에 관심이 없다면, 가벼운 조깅이나 요가부터 시작해 볼 수 있습니다. 이렇게 몸을 움직이는 것이 주는 즐거움을 경험하다 보면 다른 운동에 관심을 가질 수도 있죠.

2. 작은 일에서 즐거움을 찾아보기

좋아하는 것이 거창한 취미나 활동이 아니어도 괜찮아요. 일상 속에서 작게나마 마음이 편해지고 즐거운 활동이 있는지 생각해 보세요. 이를테면, 커피를 마시며 책을 읽는 시간, 자연을 바라보며 산책하는 시간, 간단한 요리를 해보는 등의 작은 순간에서 기쁨을 느낄 수 있습니다.

◆ 참고 예시: 잠깐이라도 창밖 풍경을 보는 것이 마음을 차분하게 만든다면, 매일 조금씩 시간을 내어 산책을 해보세요. 이 과정에서 자연을 더 좋아하게 되거나, 사진 찍기와 같은 취미가 생길 수도 있습니다.

3. 과거의 경험 돌아보기

어릴 때 혹은 예전의 기억 속에 즐거웠던 경험이 있다면 다시 돌아보는 것도 좋은 방법입니다. 과거에 자신이 열정을 가졌던 활동을 떠올려 보세요. 어릴 때는 좋아했지만 어른이 되면서 잊고 지냈던 취미가 의외로 현재 나에게도 맞을 수 있습니다.

◆ 참고 예시: 예전에 그림 그리기를 좋아했지만 시간이 없어서 그만두었다면, 간단한 스케치부터 다시 시도해 보는 것도 좋은 방법이에요. 과거의 취미를 다시 찾으며 즐거움을 느낄 수 있습니다.

4. 성격과 가치관을 고려한 탐색

자신의 성격과 가치관을 바탕으로 활동을 탐색해 보는 것도 효과적이에요. 예를 들어, 조용한 성향이라면 독서나 그림 그리기처럼 혼자서 할 수 있는 취미가 맞을 수 있고, 사람들과 어울리는 것을 좋아한다면 스포츠나 동호회 활동이 맞을 수 있습니다. 성격과 가치관에 맞는 활동을 찾아보는 것은 그 과정에서 스스로의 본모습을 찾는 데에도 도움이 됩니다.

◆ 참고 예시: 자신이 창의적이고 혼자 집중하는 것을 좋아한다면, 퍼즐이나 DIY 만들기처럼 창의성을 발휘할 수 있는 취미를 시도해 볼 수 있습니다.

5. 작은 목표 세우기

작은 목표를 설정하고 달성해 보는 것도 좋아하는 것을 찾는 데 도움이 됩니다. 예를 들어, 한 달 동안 하루에 10분씩 그림을 그려보겠다거나, 매주 한 편씩 영화를 보겠다는 목표를 세워보세요. 이렇게 꾸준히 시도해 보면 점점 더 흥미가 생기거나, 반대로 흥미가 없다는 것을 깨닫게 되어 방향을 바꾸게 될 수도 있습니다.

◆ 참고 예시: 한 달 동안 매주 한 번씩 새로운 카페를 가보는 목표를 세운다면, 카페 투어 자체가 하나의 취미가 되거나 그 안에서 좋아하는 음료나 분위기를 찾을 수 있을 것입니다.

좋아하는 것을 찾는 데는 시간이 걸리기 마련이니, 천천히 다양한 것을 시도하며 자신의 흥미를 찾으시면 좋겠습니다.

Q3: 좋아하는 것을 찾기 위해 활용할 수 있는 테스트나 방법론이 있을까요?

ChatGPT:

좋아하는 것을 찾기 위해서는 여러 가지 자기 탐구 테스트나 방법론이 도움이 될 수 있습니다. 이러한 테스트는 우리의 성격, 가치관, 관심사를 분석해 주어 자신에게 맞는 활동이나 취미를 찾는 데 큰 도움이 되는데요. 몇 가지 추천할 만한 방법을 소개해 드릴게요.

1. 성격 유형 검사(MBTI)

성격 유형 검사는 자신의 성향을 파악하는 데에 매우 유용합니다. 특히 MBTI(Myers-Briggs Type Indicator)는 전 세계적으로 많이 사용되는 성격 검사 중 하나로, 자신이 외향적(Extraversion)인지, 내향적(Introversion)인지, 감각형(Sensing)인지, 직관형(Intuitive)인지 등을 분석하여 16가지 성격 유형으로 나눠줍니다. MBTI 결과는 자신에게 맞는 활동이나 취미를 찾는 데에 좋은 길잡이가 됩니다.

◆ 활용 예시: 외향적인 성향이라면 사람들과 함께하는 활동(동호회, 스포츠 등)에 즐거움을 느낄 가능성이 크고, 내향적인 성향이라면 혼자 하는 취미(독서, 그림 그리기 등)에 더 적합할 수 있습니다.

2. 강점 찾기(SPOT강점 테스트)

강점 찾기 테스트는 자신의 강점을 파악하여 좋아하는 것과 잘 맞는 영역을 찾는 데 도움을 줍니다. 대표적인 테스트로는 클리프턴 강점 진단(CliftonStrengths)이나 SPOT 강점 테스트가 있습니다. 이 테스트들은 개인의 특정 강점(예: 리더십, 창의력, 분석력 등)을 분석해 주어, 그 강점을 기반으로 한 활동을 추천해 줍니다. 이를 통해 자신이 자연스럽게 잘하고 흥미를 느낄 가능성이 높은 활동을 찾을 수 있습니다.

◆ 활용 예시: 창의력이 강점으로 나왔다면 디자인, 예술 관련 활동을, 분석력이 강점이라면 문제 해결이나 논리적 사고를 요구하는 퍼즐, 코딩 같은 활동이 맞을 수 있습니다.

3. 직업 가치관 검사

직업 가치관 검사는 일이나 취미 활동을 할 때 무엇을 중요하게 여기는지 파악하는 데 도움이 됩니다. 예를 들어, 안정성을 중요하게 생각하는지, 창의성을 중요하게 생각하는지, 또는 사람들과의 교류를 중요하게 생각하는지와 같은 요소를 분석하여 스스로에게 어떤 활동이 맞을지 알아볼 수 있습니다. 이러한 가치는 일상 활동이나 취미를 선택할 때도 큰 영향을 미치므로, 자신의 가치관에 맞는 활동을 찾는 데 유용합니다.

◆ 활용 예시: "창의성"과 "독립성"이 중요하다고 나온다면, 혼자 집중하며 창의적인 결과물을 만들어내는 취미인 글쓰기, 사진 찍기 등을 시도해 볼 수 있습니다.

4. 리커트 척도법을 활용한 자기 분석

리커트 척도법은 자신의 흥미를 1에서 5까지의 숫자로 평가하는 방법입니다. 먼저 여러 가지 활동 리스트를 만들어 놓고 각 활동에 대해 '전혀 흥미가 없다'에서 '매우 흥미가 있다'까지 점수를 매겨 보는 것이죠. 점수가 높은 활동들을 중심으로 실제로 시도해 보고 즐거움을 느끼는지 확인해 볼 수 있습니다. 이렇게 하면 구체적인 취미를 찾는 데 도움이 될 뿐만 아니라, 어떤 활동이 특히 매력적으로 느껴지는지도 파악할 수 있습니다.

◆ 활용 예시: 운동, 요리, 여행, 책 읽기 등 다양한 활동을 나열해 놓고, 각 활동에 대해 점수를 매겨보세요. 점수가 높은 활동부터 시도해 보면 흥미를 느낄 가능성이 높습니다.

5. 인생의 우선순위와 목표 설정하기

스스로의 목표나 장기적인 우선순위를 설정해 보는 것도 좋아하는 것을 찾는 데 중요한 방법입니다. 인생에서 중요하게 생각하는 목표를 리스트로 정리하고, 그와 관련된 활동이 무엇인지 고민해 보는 것이죠. 예를 들어, “자기 계발”이 우선순위라면 배움과 관련된 활동(독서, 강연 시청, 새로운 기술 배우기 등)을, “건강”이 목표라면 운동 관련 활동을 취미로 삼을 수 있습니다.

◆ 활용 예시: 자신이 다른 문화와 소통하는 것을 좋아하고 성장에 가치를 둔다면, 외국어 공부나 해외 여행 등을 좋아하는 활동으로 정할 수 있습니다.

마무리

이러한 테스트와 방법론을 통해 자신을 더 깊이 이해하고, 좋아하는 것을 찾는 여정을 한 걸음씩 시작해 보세요. 좋아하는 것을 찾는 과정은 단번에 끝나지 않고 조금씩 탐구해 나가는 과정이니, 천천히 다양하게 시도해 보면서 흥미를 느끼는 활동을 찾아보시면 좋겠습니다.

Q4: 좋아하는 것을 어떻게 진로로 발전시킬 수 있을까요?

ChatGPT:

좋아하는 것을 진로로 발전시키는 과정은 자신의 흥미와 강점을 실제 직업적 가치로 만드는 일입니다. 이러한 과정은 꾸준한 탐색과 목표 설정, 스스로의 역량을 쌓아가는 것이 중요한데요. 좋아하는 것을 진로로 발전시키기 위한 몇 가지 구체적인 방법을 소개해 드릴게요.

1. 자신의 관심사와 관련된 직업 탐색하기

먼저, 좋아하는 활동과 관련된 다양한 직업들을 조사해 보세요. 이 과정에서는 직업의 종류뿐만 아니라, 해당 직업이 요구하는 기술과 일상 업무가 무엇인지 파악하는 것이 중요합니다. 좋아하는 활동이 실제 업무로 전환될 때의 모습이 어떨지 구체적으로 알아보면, 그 일을 진로로 삼는 게 나에게 맞는지 더 쉽게 판단할 수 있습니다.

◆ 활용 예시: 글쓰기를 좋아한다면, 관련 직업으로 콘텐츠 크리에이터, 카피라이터, 작가, 에디터 등을 탐색해 보고, 각 직업이 요구하는 스킬과 일의 특성을 비교해 볼 수 있습니다.

2. 작은 프로젝트로 실험해 보기

자신이 좋아하는 활동을 진로로 발전시키기 위해, 작은 프로젝트를 만들어 실제로 경험해 보는 것이 중요합니다. 이 과정에서 내가 정말로 꾸준히 흥미를 느낄 수 있는지, 이를 직업으로 삼아도 좋을지 확인할 수 있습니다. 프로젝트는 블로그 운영, 유튜브 채널 개설, 작품 전시, 소규모 판매 등 다양하게 시도해 볼 수 있습니다.

◆ 활용 예시: 요리를 좋아하는 경우, 가벼운 홈 파티를 열어 음식을 제공하거나, SNS를 통해 요리 과정을 공유하는 작은 프로젝트로 시작할 수 있습니다. 이를 통해 요리의 사업성 여부와 실제 진로로서의 가능성을 탐색해 볼 수 있죠.

3. 필요한 기술과 역량을 꾸준히 키우기

좋아하는 것을 진로로 발전시키려면 해당 분야의 기술과 지식을 꾸준히 쌓아가야 합니다. 예를 들어, 디자인을 좋아하는 경우 디자인 소프트웨어를 다루는 법이나 최신 디자인 트렌드를 학습하는 것이 필요하죠. 특히 특정 분야에서 전문성을 쌓기 위해 강의나 자격증, 워크숍 등 관련된 학습 기회를 활용해 보세요.

◆ 활용 예시: 사진을 좋아하는 경우, 사진 촬영 기법, 편집 기술 등을 배우는 온라인 강의에 참여하거나 사진 작가로 활동하는 전문가를 통해 현장 경험을 쌓아보는 것입니다.

4. 네트워킹을 통해 관련 경험 쌓기

좋아하는 분야에 종사하는 사람들과 교류하는 것은 진로 발전에 큰 도움이 됩니다. 특히 동호회나 온라인 커뮤니티, 관련된 행사에 참석해 네트워킹을 해보세요. 이는 직접적인 업무 경험을 제공할 뿐만 아니라, 분야에 대한 현실적인 조언과 기회를 제공해 줄 수 있습니다. 또한, 자신의 관심을 직업적으로 발휘할 수 있는 회사나 단체의 인턴십이나 자원봉사도 좋은 시작점이 될 수 있습니다.

◆ 활용 예시: 예술에 관심이 많다면 전시회에서 작가들과 교류하거나 관련 워크숍에 참여해 업계 정보를 얻고, 기회를 모색해 보는 것도 큰 도움이 될 것입니다.

5. 온라인 플랫폼을 통한 자기 표현과 피드백 받기

요즘은 좋아하는 것을 발전시키기 위해 SNS나 유튜브, 블로그 등 온라인 플랫폼을 활용하는 것이 좋은 방법입니다. 자신의 작업물이나 진행 중인 프로젝트를 공유하면서 피드백을 받아볼 수 있어요. 이를 통해 자신의 실력을 발전시킬 수 있고, 필요한 역량을 키울 수 있는 기회도 생깁니다. 또한, 지속적으로 작업물을 올리며 자신만의 포트폴리오를 만들 수 있습니다.

◆ 활용 예시: 그림을 좋아하는 경우 인스타그램에 꾸준히 작품을 업로드하고 피드백을 받아보는 방식으로 시작할 수 있습니다. 나중에 이 포트폴리오가 취업이나 창업에도 도움이 될 수 있죠.

6. 작은 수익 창출의 경험 쌓아보기

좋아하는 것을 진로로 발전시키기 위해서는 경제적인 가치가 있는지도 중요합니다. 작은 수익이라도 창출해 보면 이 활동이 경제적으로 얼마나 의미 있는지 확인할 수 있습니다. 예를 들어, 창작 활동을 좋아한다면 웹사이트나 플리마켓에서 작품을 판매해 보거나, 글쓰기를 좋아한다면 블로그 광고 수익을 통해 소득을 얻어볼 수 있습니다.

◆ 활용 예시: 수공예를 좋아하는 경우, 소규모 온라인 마켓에 등록해 판매해 보거나 플리마켓을 통해 고객의 반응을 확인해 보는 것도 방법입니다.

마무리

좋아하는 것을 진로로 발전시키는 과정은 자기를 탐구하고, 구체적인 경험을 쌓는 것이 핵심입니다. 이러한 과정을 거치면서 나에게 맞는 직업을 더 구체적으로 구상해 나갈 수 있을 것입니다. 진로로 발전시켜 나가려는 이 과정에서 자신에게 맞는지 지속적으로 확인하면서 천천히 접근해 보세요.

나의 생각

제가 좋아하는 것의 이야기를 써 보았는데, 과연 ChatGPT에서는 어떤 반응일까 궁금해서 질문을 해보았습니다. 좋아하는 것이 중요한 이유가 이렇게 쭉 나열되는 것을 보니 우리 삶에서 좋아하는 것이 얼마나 크게 작용하는지 체감할 수 있었습니다. 하지만 우리의 감정에서 나오고 그저 누구나 자연스럽게 가지게 되는 이 감정이 그저 기능으로써 나열되는 것을 보니 ChatGPT에 대한 약간의 불편함도 느낀 것 같습니다.

나의 소설을 ChatGPT에 묻다

정예찬

Q: ('바나돌이'소설을 보여주며) 이 소설 평가 좀?

ChatGPT:

이 소설은 SF 요소와 유머를 결합한 독특한 매력이 있습니다. 주인공 바나돌이가 지구에서 조난당한 외계인으로 시작해 여러 동료들과 우주를 탐험하며 시컨 구역의 1위를 차지하려는 여정을 그리며, 각 등장인물들이 개성 있게 묘사되어 흥미를 더해줍니다.

평가 요소

1. 플롯 진행: 이야기의 흐름이 빠르고 명쾌하게 전개되며, 각 화마다 목표가 명확하게 설정되어 있어 읽기 쉽게 느껴집니다. 주인공이 미지의 존재와 만나 구출의 대가로 전쟁에 끌려 들어가는 등 예측 불가능한 전개가 흥미를 끌며, 이야기가 점차 우주 전쟁으로 확대되는 것도 흥미롭습니다.

2. 캐릭터 묘사: 등장인물들의 개성이 뚜렷하게 드러납니다. 주인공 바나돌이의 냉소적이고 직설적인 성격, 양양의 의문스럽고 계산적인 태도 등은 매력적입니다. 캐릭터들의 특성과 갈등이 유머를 불러일으키며 독특한 케미를 형성합니다.

3. 문체와 대사: 대사가 캐릭터의 성격을 잘 드러내며 유머 요소도 자연스럽게 녹아 있습니다. 비현실적인 상황에서 나오는 주인공의 반응과 직설

적인 말투가 흥미로우며, 각자의 대사가 캐릭터별로 다르게 느껴져 몰입감을 줍니다.

4. 전반적 톤: 가볍고 유쾌한 톤을 유지하면서도, 중요한 순간에서는 긴장감을 조성합니다. 단, 우주 전쟁이라는 설정과 목표가 명확해지면 독자들이 더 몰입할 수 있을 것입니다.

개선 제안

1. 배경과 세계관 설정: 우주의 세부적인 구조나 화성인의 능력에 대한 설명이 더해지면 독자들이 설정을 이해하기에 도움이 될 것입니다.

2. 주인공의 동기 강화: 바나돌이 전쟁에 참여하게 된 이유를 조금 더 구체화하면 주인공의 목표와 감정선을 따라가기 쉬울 것입니다.

3. 긴장감 조성: 시컨 구역 1위와의 대결을 준비하는 과정에서 더 많은 갈등이나 도전을 추가하면 긴장감이 더 살아날 것 같습니다.

전반적으로 흥미로운 설정과 재미있는 캐릭터들이 돋보이며, 다음 이야기가 기대되는 소설입니다.

나의 생각

소설에 대한 분석이 상당히 높다. 그런데 몇 가지 아쉬운 점이 있다. 일단 바나돌이의 능력은 화성인이라서 있는 게 아니라 그냥 바나돌이만 가지고 있는, 그 누구도 가지고 있지 않은 능력이다. 인간으로 치면 돌연변이 같은 느낌. 또 우주전쟁이라는 표현이 있었는데, 반은 맞고 반은 틀렸다. 왜냐하면 배와 무기를 가지고 우주에서 싸우기에 전쟁은 맞지만 국가 간의 전쟁이 아닌 그저 우주인들끼리 서로 싸우는 느낌이다. 더 이상 말하면 주요 스토리와 이어지니 언급을 하지는 않겠다.

두 번째론 '바나나 우유'에 대한 평가를 물었다.

Q: ('바나나 우유'라는 소설을 보여주며) 소설 평가 좀?

ChatGPT:

이미지를 통해 전달된 소설의 내용을 읽어 보니, 다양한 캐릭터들과 그들 간의 관계, 그리고 한국에서의 경험에 대한 이야기가 흥미롭게 전개되고 있음을 느낄 수 있습니다. 이야기는 다문화 가정의 아이들이 겪는 어려움과 편견을 주제로 다루고 있으며, 서로의 문화를 이해하고 존중하는 과정이 담겨 있습니다.

장점

1. 주제의식: 다문화와 편견이라는 주제를 통해 독자들에게 중요한 사회적 메시지를 전달하고 있습니다.
2. 캐릭터의 감정 표현: 주인공의 감정이 잘 묘사되어 있어 독자가 쉽게 공감할 수 있습니다.
3. 현실성 있는 대화: 인물 간의 대화가 자연스러우며, 현실적으로 느껴집니다.

개선할 점

1. 구성의 집중력: 일부 장면에서 이야기의 전개가 약간 느려질 수 있습니다. 주제에 맞게 핵심을 더욱 집중하면 좋겠습니다.
2. 묘사 강화: 주변 환경이나 캐릭터의 심리 상태를 더 자세히 묘사해 독자에게 더욱 생생하게 전달할 수 있을 것 같습니다.

전체적으로 의미 있는 주제를 담고 있고, 감정 표현이 뛰어나기 때문에 독자들이 이야기의 메시지에 공감할 수 있는 작품으로 보입니다.

나의 생각

일단 내용이 '바나돌이'의 분석과 달리 분량이 적어 아쉬웠다. 하지만 어쩌겠나. 두 시간만 투자한 소설이니 그만큼 퀄리티가 낮아질 수밖에. 그래도 모든 소설에 칭찬만 할 줄 알아서 기대를 안 했는데, 제대로된 평가라는 사실을 알아서 '바나돌이'에 대한 평가를 좀 더 자신감 있게 받아들일 수 있었던 것 같다. '바나돌이'라는 소설에 대한 다양한 이야기를 추가하고 싶다.

ChatGPT가 말하는 ChatGPT 소설

정하윤

Q1. 너만의 창의적인 단편소설을 써줘.

Cat GPT:

〈시간의 조각들〉

세상에는 시간이라는 것이 존재한다고 믿는 사람들이 많았다. 하지만 그들은 시간의 본질을 알지 못했다. 시간은 선형적으로 흐르는 것이 아니었다. 그것은 여러 조각으로 나누어져, 존재하는 모든 것과 연결되어 있었다.

유리는 작은 서점의 주인이었다. 그녀의 가게는 좁고 어두웠지만, 특이하게도 모든 책이 "시간"에 관한 것이었다. 어떤 책은 과거를, 어떤 책은 미래를, 또 어떤 책은 현재를 다루고 있었다. 하지만 유리는 이 책들 중 아무것도 읽지 않았다. 그 대신 그녀는 그 책들을 손님들에게 팔며, 그들이 원하는 시간을 찾아주었다.

어느 날, 한 남자가 서점에 들어왔다. 그는 지친 표정으로 책장 사이를 헤매다 결국 유리에게 다가왔다.

"혹시… 시간을 되돌릴 수 있는 책이 있나요?" 그는 조심스레 물었다.

유리는 잠시 생각했다. "시간을 되돌리기 원하시는 건가요? 하지만 그것은 쉽지 않은 일이죠."

남자는 고개를 끄덕이며, "그럼 어떻게 해야 하나요?"라고 물었다.

유리는 손가락으로 책장 끝을 가리켰다. "저 책을 보세요. 그 책은 과거를 돌아보는 방법에 대해 써 있습니다. 하지만… 한 가지 조건이 있어요."

"조건?" 남자는 궁금해하며 물었다.

"그 책을 읽는 순간, 당신의 현재는 사라지고, 그 대신 과거의 조각이 당신을 차지할 거예요. 그러니까… 다시 말해, 그 과거로 돌아가면 이제부터는 그때의 당신으로 살아가야 합니다."

남자는 잠시 망설였지만, 결국 책을 집어 들었다. "괜찮습니다. 난 이미 지금의 내가 아니라, 과거의 내가 되길 원해요."

그렇게 남자는 책을 펼쳤다. 책의 첫 번째 페이지에 적힌 문장은 이렇다: "시간은 존재하지 않는다. 그저 우리가 살아간 길의 조각들일 뿐."

남자는 눈을 감았다. 그리고 그가 눈을 떴을 때, 그는 과거의 어느 한 순간에 서 있었다. 바로 그의 어린 시절, 여름날의 학교 운동장. 그는 그때 그 순간을 고백하고 싶었던 한 소녀를 기억했다. 하지만 그날 그는 그 고백을 하지 않았다.

이제 그는 그 소녀에게 다가갔다. 말을 걸고, 손을 내밀며, 그때 하지 못했던 말을 했다. "사실… 너를 좋아했어."

소녀는 깜짝 놀라며 그를 바라봤고, 그의 고백에 미소 지었다. 그 순간, 남자는 그 모든 시간이 자신에게 돌아왔다는 것을 깨달았다. 그가 돌아가고 싶었던 과거는, 그저 후회와 미련의 조각들이었던 것이다. 이제 그는 다시 그때로 돌아가, 그때 하지 못했던 말을 할 수 있었다. 하지만 이 고백이 끝난 후, 그는 다시 돌아갈 수 없다는 것도 알았다.

그리고 유리의 서점에서 남자가 사라진 후, 그 자리에 남은 것은 한 권의 책과, 그 책 속에 깃든 시간의 흔적뿐이었다.

유리는 서점의 창가에 앉아, 시간이 지나가는 소리를 들었다. 그녀는 알고 있었다. 이 세상에 존재하는 모든 시간은 결국 하나의 거대한 조각 퍼즐처럼 맞춰지게 될 것이며, 그 퍼즐을 맞추는 것은 우리가 과거를, 현재를, 그리고 미래를 어떻게 받아들이느냐에 달려 있다는 것을.

Q2. 이 소설의 주제는 뭐야?

ChatGPT:

이 소설의 주제는 시간과 후회, 그리고 선택의 힘 입니다. 소설은 시간의 흐름이 선형적인 것이 아니라, 여러 조각으로 나누어져 각자의 경험과 선택을 통해 형태를 이룬다는 개념을 탐구하고 있습니다.

주인공인 남자는 과거로 돌아가 후회했던 순간을 바꾸고자 하지만, 그 과정에서 중요한 깨달음을 얻습니다. 과거의 순간이 단순한 "시간의 일부"가 아니라, 그 순간을 어떻게 받아들이고 살아가는지가 중요한 문제임을 깨닫게 됩니다.

또한, 서점 주인 유리는 시간의 조각들을 매개로 사람들에게 자신이 원하는 시간을 "되돌릴" 기회를 주지만, 그 선택이 과연 진정으로 원하는 것인지, 혹은 그로 인해 놓칠 수 있는 것들을 고민하게 만듭니다.

결국 이 이야기는 시간이 흐르고 우리가 만든 선택들이 결국 우리를 정의하며, 과거의 후회보다는 현재와 미래의 선택이 더 중요한 힘을 가진다는 메시지를 전달하고자 합니다. 시간이라는 주제를 통해 삶에서의 후회, 선택, 그리고 그로 인한 변화에 대해 이야기하고 있는 거죠.

Q3. 이러한 ChatGPT의 소설도 작품으로 인정해야 할까?

ChatGPT:

이 질문은 매우 중요한 논의를 촉발합니다. ChatGPT와 같은 인공지능이 생성한 글이 작품으로 인정될 수 있는지 여부는 단순히 기술적인 문제뿐만 아니라, 창작의 본질, 예술의 정의, 그리고 창작과 감정의 연결에 대한 철학적인 질문도 포함됩니다.

1. 창작의 본질과 예술의 정의

전통적인 예술에서는 창작자의 의도, 자기 표현, 창작의 과정이 중요한 요소로 여겨집니다. 예술은 인간의 감정과 경험을 바탕으로 표현되는 경우가 많기 때문에, 인간의 내면적인 과정이나 사회적 맥락을 반영하는 것이 중요하다고 할 수 있죠.

하지만 인공지능이 생성한 글은 창작자의 의도나 개인의 감정이 아닌, 알고리즘과 데이터에 의해 만들어집니다. ChatGPT는 인간의 사고를 모방하고 패턴을 학습한 결과로 글을 생성하는데, 그 안에는 개인적인 경험이나 감정이 개입되지 않습니다. 그렇기 때문에 인공지능이 만든 글을 "예술"이라고 부를 수 있는지에 대한 의문이 생기게 됩니다.

2. 작품으로서의 가치

그럼에도 불구하고 ChatGPT가 만들어낸 소설이 독자에게 감동을 줄 수 있다면, 그 자체로 문학적 가치를 인정받을 수 있을까요? 예술 작품의 가치는 종종 관객이나 독자가 작품을 통해 느끼는 감동이나 사유의 깊이에 따라 평가되기도 합니다.

ChatGPT의 소설이 인간에게 감동을 주고, 그로 인해 독자가 자신의 삶에 대해 성찰하거나 심리적인 위로를 얻는다면, 그 소설은 문학적 가치를 인정받을 수 있을 것입니다. 결국 작품의 가치는 그것을 어떻게 경험하고 해석하는지에 달려 있기 때문에, 인공지능이 만든 소설이 사람들에게 의미를 줄 수 있다면 그것은 그 자체로 하나의 작품으로 평가될 수 있겠죠.

3. 작품의 창작과 인간의 역할

그렇다면 창작의 주체가 인간이 아닌 인공지능일 때, 이 작품을 "인간의 작품"으로 인정할 수 있을까요? 지금까지의 예술에서 작품의 창작은 인간의 고유한 영역으로 여겨졌으나, 인공지능이 창작에 참여하게 되면서 그 경계가 모호해지고 있습니다. 이 경우, 인공지능을 도구로 사용하는 인간이 그 소설의 창작자로서 인정받을 수도 있다는 주장이 나올 수 있습니다. 즉, 인공지능이 제공하는 아이디어나 원고를 바탕으로 인간이 편집하고, 다듬고, 의미를 부여하는 과정에서 창작이 이루어진다면, 그것은 인간의 창작물로 간주될 수 있다는 것입니다.

4. 예술의 변화와 발전

또한, 예술은 시대와 기술의 발전에 따라 변화합니다. 인공지능이 예술 창작의 한 부분으로 자리잡고 있는 시대에 접어들면서, 예술의 정의와 경계는 계속해서 변화할 것입니다. 인공지능이 만든 작품도 그 자체로 예술적 가치가 있을 수 있으며, 이는 미래의 예술사에서 중요한 논의가 될 것입니다.

결론

ChatGPT의 소설이 작품으로 인정될 수 있는지 여부는 결국 우리가 예술과 창작의 본질을 어떻게 정의하느냐에 달려 있습니다. 만약 예술이 감동을 주고, 사고를 자극하며, 인간의 경험을 확장하는 것이라면, 인공지능이 만든 소설도 충분히 "작품"으로 인정될 수 있을 것입니다. 그러나 창작의 과정에서 인간의 감정과 의도가 필수적이라고 본다면, 그 자체로 예술로 인정받기는 어려울 수 있습니다.

어쨌든, ChatGPT의 소설은 인공지능이 인간의 창작 활동에 미치는 영향을 고민하게 만들고, 앞으로 예술의 영역이 어떻게 확장될지에 대한 중요한 질문을 던지며, 그 자체로 흥미로운 논의거리가 될 수 있습니다.

나의 생각

ChatGPT가 만든 소설, 영화, 음악 등을 우리는 작품, 즉 창작물로 인정해야 할까? 이에 대한 논쟁이 끊이지 않고 있다. 나는 먼저 ChatGPT에 단편 소설 창작을 요청했다. ChatGPT는 놀라운 속도로 글을 써 내려갔다. 몇 초만에 꽤 그럴싸한 소설이 완성되었다.

하지만 소설을 읽어보니 어디선가 읽어본 것 같은 내용이었다. ChatGPT는 빅 데이터를 기반으로 하기 때문에 창작물이라고는 하지만 결국 자신이 가진 데이터를 바탕으로 이야기를 조합한 것이라고 볼 수 있다. 그렇기 때문에 결국 어디선가 읽어본, 흔하고 뻔한 느낌을 받을 수밖에 없다. 또한 이야기 전개와 표현력에서 빈약함이 느껴졌다. 어딘가 어색하고 글이 매끄

럽지 않게 느껴졌다. 그러나 이야기의 분명한 주제와 독자에게 전달하고자 하는 메시지가 있었고, 이를 글에 잘 담아내었다.

그렇다면 이 소설을 창작물로 인정할 수 있을까? 이 질문에 ChatGPT는 인간이 예술과 창작의 본질을 어떻게 정의하느냐에 달려 있다고 답했다. 나는 예술에서 창작을 개인의 경험과 감정에 의한 활동이라고 생각하고 그 경험과 감정을 통해 창작자가 의도하는 바에 예술의 본질이 담겨 있다고 본다. 무엇보다 좋은 작품을 위해서는 창작자의 경험과 진심이 중요한데, ChatGPT는 오로지 데이터와 알고리즘으로 이야기를 만들기 때문에 이를 창작물로 보기는 어렵다고 생각한다.

하지만 우리는 ChatGPT를 충분히 활용할 수 있다. ChatGPT를 도구로서 사용하는 것이다. ChatGPT가 제공한 아이디어나 주제를 바탕으로 인간이 이야기를 만든다면 그것은 인간의 창작물로 간주할 수 있다고 생각한다. 창작 과정에서 ChatGPT에 약간의 도움을 받았을 뿐이고, 이야기 전반에는 인간의 경험과 감정이 개입되었을 것이기 때문이다.

예술은 시대와 기술 발전에 따라 변화한다. 오늘날 인공지능은 예술 창작의 한 부분으로 자리 잡고 있다. 이에 따라 예술의 정의와 본질이 변화할 수도 있다. ChatGPT는 이러한 변화에 매우 큰 영향력을 행사하고 있고, 앞으로 더 발전해 나감에 따라 그 영향력은 점차 확대될 것이다.

언젠가는 인간의 정서와 창의성을 능가하는 무언가를 창작해 낼지도 모른다. 따라서 우리는 인공지능을 올바르게 활용하며 인공지능과의 공존을 도모하기 위해 인간 고유의 활동인 창작의 본질을 제대로 정의하고 그 기준을 명확히 해야 할 필요가 있다고 생각한다.